Y

©

able des pieces contenues dans ce volume.

PIÈCES & ANECDOTES INTERESSANTES.

ſavoir

Les HARANGUES des Habitans de *Sarcelles*, un Dialogue des Bourgeois de *Paris*, &c.

qui n'ont pas encore été publiés:

LE PHILOTANUS, & le PORTE-FEUILLE DU DIABLE, qui en eſt la ſuite.

Revu & corrigé.

SECONDE PARTIE.

À AIX en PROVENCE,

Aux dépens des JE'SUITES,

L'an de leur régne 210.

HARANGUE
DES HABITANS
DE LA PAROISSE
DE SARCELLES,
À
MONSEIGNEUR L'ARCHEVÊQUE
DE PARIS.

À NOSSIGNEURS LES MITRIERS,

RAMASSÉS À PARIS,

CHEUX LES GRANDS AUGUSTINS,

Au moüas de Mai 1748.

G*N'A déjà pas mal de tems, Nossigneurs, que j'ons aïeu l'honneur de vous faire présent d'une magnière de petit Sarmon que j'avions affuté pour Monsigneur l'Archevêque à la Coque* (a). *L'an nous a dit du depis*

(a) La prémière Harangue des Habitans de la Paroisse de Sarcelles à M. Languet, Archevêque de Sens, a paru en 1740. & est dédiée à l'Assemblée du Clergé de cette même année. Voyez Partie I. pag. 277.

pis que vous l'aviais quasiment loüangé. Je n'en ons pas battu nos femmes pour ça, comme vous pensez. Parguié pis donc que vlà qu'est comme ça, j'ons rumainé à par nous, & j'ons pensé que falloit core vous bailler stilà que je venons de bredouiller à Monsigneur de Biaumont du Repaire, notre nouviau Mitrier.

Vous connoissez bian un çartain Pichon, Jésuite, qu'a fait moûler un Livre de son ingégnure, par lequeul il voudroit bian nous damner tretous, en nous faisant commégnier à bis & à blanc, & aveuc pas plus de çarimonies & de façons, que pour avaler une preune. Ce Pichon crayoit que tout le monde alloit bonnement bailler dans le panniau, & que j'allions tretous le suivre en enfar, en commegniant à sa mode; mais du guiantre si la plus moindre personne en a tant seulement aëeu la pensée! Le Belître, tidié, a trouvé à qui parler! Voyant donc qu'il avoit compté sans son hôte, & que queuques-uns de vous autres li avions damé le pion comme il faut, & pis craignant, voyez-vous, que toute la bande des Mitriers n'allît li char sur le dos, dame! il s'est avisé de faire semblant de se dédire. Il a écrit une lettre à Monsigneur de Biaumont, comme par laqueulle il dit qu'il se dédit. Monsigneur de Biaumont qui, depis que je l'avons, n'a pas tant seulement core dessar-

farré les dents, pour nous dire un mot du bon Guieu, & qui nianmoins l'avoit si balle dans toute ste gabarre ici, pour nous bailler un plat de son méquier, s'est contenté de nous faire vendre bian char deux ou trois mots de lettre, moûlés cheux Simon son Moûleux, où il nous dit pour tout potage, que je devons être bian éguifiés de voüar un Jésuite qui ne barguaine point à dire qu'il s'est trompé, & qui le dit core, Guieu sait comme? & parce qu'il n'a pas pu faire autrement. Parguié vlà-t-il pas dequoi bian s'éguifier!

C'est donc sus ça que je li ons agencé notre Sarmon. Vous voüarrez-mon, Nossigneurs, si ça parle comme il faut. Il est bian vrai que gn'en a biaucoup de vous autres, Nossigneurs, qui n'avont guère fait mieux; d'autres qu'avont core fait pire; & pis d'autres qui n'avont rian fait du tout; & c'est justement & ïa point à cause de ça, que je venons vous bailler le Sarmon que je li avons fait. Si vous vous connoissez bian vous-mêmes, & si vous croyez un brin en Guieu, vous en ferez votre profit, tout comme s'il s'addressoit à vous, Vous déferez ce que vous avez fait, & vous ferez ce que vous n'avez pas fait. Je nous en tenons là, & je ne vous en disons pas davantage. Notre Sarmon, si vous le luisez, comme je crayons bian que oüi, vous dira le reste.

 Aguieu,

Aguieu, Nossigneurs les Mitriers, je vous ferons tout ce que vous voudrez, quand vous serez tout ce que vous devez être.

HARANGUE
DES HABITANS DE LA PAROISSE DE SARCELLES, A MONSEIGNEUR L'ARCHEVÊQUE DE PARIS,

Au sujet de la Lettre par laquelle il addresse aux Curés & aux Confesseurs de son Diocèse la Rétractation du P. Pichon, Jésuite.

Prononcée le 5. Avril 1748.

Pargué, Monsigneur de Biaumont,
Je crairions vous faire un affront,
Si j'étions venus à la Ville
Voüar Monsigneur de Ventremille,

Quand il étoit où vous velà,
Et que je vous laississions là,
Sans venir en çarimonie
Vous dire que je sons en vie,
Et vous ôter notre chapiau;
C,a ne seroit ni bian, ni biau.
Vous n'avez pas une bedaine,
Comme il avoit, mais votre maine,
Comme une autre, vaut bian son prix;
Et mêmement dans tout Paris
Gn'en a guère de plus drolettes,
Mais vous êtes comme vous êtes,
C,a n'y fait rian; gros, ou menu,
Grand, ou petit, drait ou tortu;
C,a n'y fait rian: c'est pas la maine
Qu'an épluche, & qu'an examaine
Palsanguié dans les Eglisiers,
Et moins cor dans les Mitriers.
Et je fons cas de leux figure,
De leux toupet, de leux frisure,
Ouï, j'en fons tout autant de cas,
Que du Bonnet du grand Thomas *.
Mais vartiguié pour leux prâtrise,
Gn'a pas de nannain; an la prise
Comme une parle, un guiamant;
Mais, à vous parler franchement,
Par malheur je n'en comptons guère
En qui l'an honore & révère
Autre chose, que stelle-là.
Pourquoi, direz-vous, pourquoi ça?

Ah

* *Fameux Dentiste du Pont-neuf.*

Ah pourquoi! C'eſt par la morguiable,
Que gn'a que ça de révérable
Cheux tretous. Bonne foi, raiſon,
Bon drait, ne ſont plus de ſaiſon
Cheux eux. Je laiſſons l'Evangile:
C'eſt un vieux Grimoire inutile
Propre à mettre en un galetas,
Pour être mangé par les rats;
C'eſt tout au plus une Breloque
Que contre un biau Roman l'an troque.
Tout ça morguié j'ons dégoüaſé,
Comme il falloit, le tems paſſé
A Monſigneur de Ventremille.
O! c'eſt en un mot, comme en mille,
Monſigneur, que je ne ſaurions
Ne voüar pas ce que je voyons.
Et pis là-dedans ça travaille;
J'ons une langue, faut qu'alle aille.
Ce que je voyons, Monſigneur,
Ne vous fait pas un grand honneur:
Je ſons marris de vous le dire,
Mais je le ſons pour vous inſtruire,
Vous apprendre votre alleçon.
Vous n'êtes qu'un petit garçon,
Qu'un bout d'homme en la Mitrerie:
Vous n'avez fait, comme une Pie,
Ou comme un Moigniau mal niché,
Que ſauter, changer d'Evéché, (a)
Et ça, voyez-vous, dans l'eſpace
De cinq ans. Diſez-noüs de grâce,
L'an apprend-il bian ſon méquier,
En changeant tourjours d'atteglier?

Guieu-grace, & la Viarge Marie,
Vous vlà pour toute votre vie
Aſſez honnêtement pourvu.
Un Gaillard qu'a de revenu
Bian pras de deux cens mille livres,
A de quoi ſe bailler des livres,
Etuguier, s'inſtruire; en un mot
De quoi faire bouillir ſon pot.
Annui vous pourriais à votre aiſe
Apprendre comme un Guiocèſe
Dait, ſelon Guieu, ſe gouvarner.
Mais vaut bian mieux vous calainer (b)
Laiſſer faire un çartain Belître,
Qu'a quitté ſon froc pour la mître, (c)
Et la mître, pour parvenir
Core plus haut à l'avenir.
Ouï, c'eſt li qui coupe & qui rogne,
Qui vous taille votre beſogne,
Parguié comme fait un Farmier
A ſon Barger, à ſon Charquier.
Non-dà, vous n'êtes ſous ce Drille,
Que des Evêques en cheville.
Tirez trop à guiard, ou huriau,
Vite an vous ſarre le cordiau;
Vite an vous happe par la bride,
L'an vous ratorne, & l'an vous guide
Au guiable au vard. O! vlà-t-il pas
Palſanguié de vaillans Prélats!
Eh fi! Monſigneur du Repaire!
Luiſez, luiſez votre Bréviaire.
C'eſt là-dedans que vous prendrez
Ce qu'apras vous nous baillerez.

Clau-

Claude Fétu, notre Biaufrère
A prins itou dans ce Bréviaire
Choses qu'il savoit déjà bian
(Car dame! il n'ignore de rian!
Le Drôle magne la luisure,
Morguié comme une mignature!)
Mais, sfait-il, plus l'an cogne un clou,
Plus il s'enfonce dans son trou;
Tout de même aussi, tout fin comme,
Tant plus, voyez-vous bian, un homme
Luit, reluit ce qu'il sait déjà,
Et tant plus ça s'enfonce là.
Ecoutez donc, nous fait le Drôle,
Ecoutez comme ça controlle
Tous nos Monsieurs les Mitriers.
O que si ces bons Ouvriers,
Qui traitont les autres de Bêtes,
Rumainiont tout ça dans leux têtes
Bian devant Guieu, bian comme il faut,
Iriont-ils devant ce Grimaud
Faire comme ça la courbette;
Mettre à ses piés mître & houlette,
Tremblans de faire leux devoüar,
Sans son congé, sans son vouloüar?
Et pis il se met à nous luire
Ce qui peut plus mieux nous instruire;
Catéchème de Montpéglier,
Evangile, Epitres, Sauquier,
Missal nouviau, nouviau Brévlaire,
Et par-ci par-là d'autre affaire.
  Aussi, sans trop nous loüanger,
Je savons notre pain manger;

Je

Je ſavons le fort & le mince,
Quand l'an écorche, ou quand l'an pince;
Si les gens y vont tout de bon,
Ou s'ils baillont du galbanon.
GN'AURA deux ans, viannent les guaines,
Que de coliques, de migraines
(Comme faut dire, mais au fond
D'autres maux.) Monſigneur Balfond
S'en allit voüar dans l'autre monde
Ce qu'an y fait (*d*). Vîte à la ronde
An charche à qui l'an bailleroit
Sa place, & plus daigne en ſeroit.
Pour nous, auſſitôt je choüaſimes
Monſieur d'Harcourt, & je diſimes:
Si je l'ons raté l'autrefois,
Parguié petêtre, en fera choix,
A ce coup-ci de ce brave homme.
Depis ſi longtems que l'an chomme
D'un Archevêque comme il faut,
Palſanguié ſtici n'a qu'un ſaut
A faire, ſans pour ça qu'an aille
Nous charcher bian loin rian qui vaille.
Il eſt ſavant, bian craignant Guieu,
Sachant ſon méquier, de bon glieu,
An le connoit, an le ſouhaite,
Faut donc compter la choſe faite,
A la parfin je le tenons.
Barnique! Par-tout j'apprenons
Que notre Roi (la bonté-même,
Qui ſait vartiguié bian ſon thême,
Mais qui, pour ſa grande bonté,
Le plus ſouvent eſt affronté)

Vous

Vous a fait l'honneur & la grace
De vous bailler ste balle place.
Vous faisites le dégouté;
Vous n'aviais ni la fainteté,
Ni la capablété réquise,
Disiais-vous, pour si grande Eglise.
Le Défroqué vous écrivit,
Couriers sus couriers dépêchit; (e)
Vous étiais le deuxième Tome
Du grand Monsieur saint Chrystosôme (f)
Tant barguaignites, que fallit
Que notre bon Roi s'en mêlit
Apras quoi vous obaïssites,
Dans ce pays-ci vous venites,
Si bian si biau, que je vous ons.

Je revenons, & je disons
Que gn'entendant point de fainesse,
Biaucoup de monde par simplesse
Prenit ça pour argent comptant;
Mais pour nous, qui savons comment
Tout se brasse & se manigance;
Qui rodons par toute la France;
Qui vous ons vu petit garçon
Cheux ce pauvre Monsieur Simon (g)
Qui depis un tems ne voit goute;
Nous qui gn'a quatre ans, faisant route
Par Bayonne, là vous ons vu;
Et pis quand vous êtes venu
En un endroit où qu'est le Rhône, (h)
Pour monter sur un plus biau trône;
Nous donc qui nous y connoissons,
Comme se connoit en oignons

Mar-

Marchand d'ail & de rocamboles ;
L'an nous conte des fariboles,
J'ons-t-il fait ; ce biau Monſigneur,
Choſe ſûre, n'eſt pas d'himeur
A laiſſer là ſi bonne aubaine.
Mais faut bian en faire la maine ;
Ce qu'an devroit faire en Chréquian,
Le faire au moins en Coméguian.
Ou bian plutôt je gagerièmes,
Et cent bons ſous je mettrièmes,
Que c'eſt un tour du Tarlatin
Qui veut ici faire le fin ;
Nous faire accroire qu'il nous baille
Pour le moins un autre Noaille,
Un Mitrier de l'ancian tems.
Ce ſont deux maîtres Charlatans
Qui joüont là chacun leux rôle ;
Car Biaumont ſeul n'eſt pas un Drôle
A riſquer par ce biau ſemblant,
Un morciau ſi fin, ſi friand.
Tidié! Je connoiſſons notre homme !
  VLA', Monſigneur, approchant comme
En ce tems j'ons dit & penſé.
Eh bian ! au drait j'ons-t-il viſé ?
J'ons-t-il prins Bediaux pour des Prêtres,
Ou bian nos chauſſes, pour nos guêtres ?
Depis que vous êtes venu,
De votre eſtoc que j'ons-t-il vu ?
Le bon ordre dans les Paroüaſſes,
Les bons reboutés en leux places ?
Les Antardits, les exilés
A leux beſognes rappellés ?

En-

Enfin un Jard, un ſaint Hilaire (*i*)
Ramener l'Evangile en chaire ?
Mais, Monſigneur, que j'ons-t-il vu ?
Notre bon Roi déprévenu ? (*k*)
La Vérité qu'an veut détruire,
Commencer un brin à reluire ?
Tous ces pauvres Janſénians
Regardés comme bon Chréquians ? (*l*)
Tout au rebours. An les enchaîne,
A la Baſtille an les entraîne,
Et l'an ne voit de toutes parts
Qu'Archer, Pouſſe-culs & Mouchards.
S'il reſte cor queuque bon Prêtre,
Par vous il eſt envoyé paître.
Témoins ce Monſieur Villanſans, (*m*)
Qui depis plus de quarante ans
Etoit l'honneur de ſa Paroüaſſe ;
An li charche noüaſe, an le chaſſe.
Vous aviais, parole d'honneur,
Promins d'être ſon Protégeur ;
Mais ce n'étoit qu'un feu de paille.
Vous vous en allez à Varſaille
Charcher un çartain riban bleu,
Vous revenez ; par la morbleu
Ce n'eſt plus vous, c'en eſt un autre,
Vous envoyez le Prêtre au piautre :
La veille il eſt homme de bian,
Le lendemain c'eſt un vaurian.
Palſanguié faut que ſte fontange
Ait une vartu bian étrange,
Qu'alle chatouille bian le cœur,
Piſqu'an ôte un bon Sarviteur

Au

Au bon Guieu, qu'an veut qu'il s'en passe
Li, comme toute une Paroüasse,
Plutôt que de rester un an,
Sans enharnâcher ce riban !
O mais! notre bon Roi le porte,
Monsigneur le Dauphin; de sorte,
Que tous les ceux qu'en sont parés,
Apras le Roi sont hanorés.
Oui; mais, Monsigneur du Repaire,
C'est-il biau morguié qu'un Vicaire
Du bon Guieu, son prémier Bailli
Soit tout le prémier contre li ?
Que pour ce riban, il trahisse
Ses intérêts & son sarvice?
Ririais-vous bian, si queuque jour
L'an vous joüoit le même tour?
Si par queuque tour de baguette
Vous trouviais cheux vous maison nette?
Qu'an otît votre fricasseux,
Pour mettre un Marmiton crasseux?
Pour vos biaux chevaux de carosses,
Qu'an vous laissît de vieilles rosses?
En un mot & finalement
Tout le reste à l'équipollent?
Tout ça vous feroit-il bian rire?
Mais Guieu qu'aura-t-il à vous dire,
Pour avoüar de toute façon
Su si mal garder sa maison?
Vous avez vu de vos prenelles
Enlever comme Paronnelles,
Monsieur Morlet, Monsieur Duboüas, (n)
Pis itou Monsieur Boulannoüas,

Prê-

Prêtres morguié plus daignes d'être
Où vous êtes que vous petêtre.
Eh bian! Monsigneur de Biaumont,
Disez-nous franchement, où sont
Vos soins, vos pas, vos trimoussures
Pour empêcher ces troüas captures ?
O! vlà qu'étoit plus fort que moi!
Mais quand un chian par la morgoi,
Ne peut pas réchapper sa proie,
Parguié tout du moins il aboie.
Vous avez été sourd, muet,
C'est comme si vous l'aviais fait.
Je laissons Monsieur Majanville (o)
A peine souffart dans la ville
Par la noüarceur de son Curé.
Je laissons Monsieur Lafferai, (p)
L'Hôtel-Guieu, la Salpêtrière,
Où les Pauvres dans leux prière
Songeont à vous apparemment
Selon le sarvice amportant
Qu'ils ont de vous reçu naguère.
Igna qu'un rian que j'ons affaire
A vous, à tous vos Galfrequiers,
A ces magnières d'Eglisiers
Qui sont les Cocqs de votre troupe,
A qui vous baillez votre soupe
Par préférence aux braves gens,
Et je voyons des changemens
De mal en pis dans le Guiocèse, (q)
Tout comme si, ne vous déplaise,
Depis vingt ans je vous avions.
Votre Grandeur, je le voyons,

Vrament fait la fainte Mitouche ;
L'an ne diroit pas qu'alle y touche; (r)
Mais gna pas guiau, comme l'an dit,
Pire que celle qui croupit.
O vrâment, vous n'en faifez guère,
Non morguié, mais vous laiffez faire.
Le fufil point vous ne tirez,
Tidié non, mais vous le bourrez.
A qui vendez-vous vos coquilles?
MAIS je laiffons là ces broutilles.
J'ons autre chofe, Monfigneur,
Qui nous quient cor plus fort au cœur.
O! c'eft ftelle-là qui vous brouille
Aveuc nous, & qui vous barbouille!
Qui nous fait bian voüar à tretous
Que vous n'étiais pas fait pour nous;
Que falloit refter fus le Rhône,
Où que l'an farmonne, & l'an prône.
A la fourche, à l'hurlubrelu,
Sans crainte d'un Claude Fétu.
Ce qui donc tant nous turlupaine
Pour vous, & vars vous nous amène,
C'eft ce çartain Brimborion, (s)
Qui fe vend cheux Claude Simon,
Six fous parguié, fans rian rabattre.
J'ons fait le train, le guiable à quatre,
Pour à plus bon marché l'avoüar.
Quoi! gn'a plus de blanc, que de noüar!
A peine gn'a-t-il de quoi luire
En tout ça, comme j'ons fu dire,
Et morguié, Monfieur le Mouleux,
Vous voulez fix fous! En vlà d'eux.

Point

Point du tout, pas pour un Empire:
J'ons payé six sous. Pour quoi luire?
(Non pas nous, mais Claude Fétu,
Car jamais luire je n'ons su.)
Pour quoi luire? Deux mots de lettre
Qui dit qu'il ne faut pas parmettre
Le Livre d'un çartain Fripon
Que l'an appelle Jean Pichon.
Quoi donc, Monsigneur du Repaire,
Eh quoi! vous crayez satisfaire
Aux devoüars de votre méquier
Par une feille de papier,
Où vous chantez pour tout potage,
Que l'Auteur de ce bal ouvrage
Le condamne, regret en a,
Et qu'il en dit son *mia cueulpa*?
Donc un *mia cueulpa* jésuitique
Est cheux vous un acte autentique,
Pour guarir tous les maux passés
Que ce damné Livre a causés?
Selon vous, & votre dirie,
L'ame dait bian être attendrie,
C,a qui dait bian éguifier,
Quand l'an voit même l'Ouvrier
Qui condamne son propre ouvrage.
Le bal aveu! le blau ramage,
De dire que l'an a manqué,
Quand par-tout l'an est démasqué, (t)
Le dire core à demi-bouche!
Palsanguié Raffiat & Cartouche,
Pour se gârer de l'échafaut,
L'auriont morguié crié tout-haut.

Mais enfin ce Pichon réprouve,
Si vous voulez, son Livre, & trouve
Que de le faire il a raison.
O! gâre ici le retinton!
Gâre la porte de darrière!
A-t-il dégoüasé la magnière,
Le comment dont il entend ça?
Si mauvais Livre au monde igna,
Qui du bon itou ne conquienne.
Or c'est un à savoüar morguienne
Si c'est le mauvais, ou le bon
Que condamne votre Pichon.
S'il vos ût dit; je me déclare
Pour tout ce que Monsieur d'Auxarre (v)
Approuve par son Mandement:
Je condamne pareillement
D'esprit, de cœur, comme de bouche
Ce qu'il proscrit. Ça n'est pas louche:
O! vlà qu'est clar! ô! vlà qu'est bian!
Vlà le ramage d'un Chréquian!
Mais le Belître ne s'explique
Morguié qu'en patoüas jésuitique.
Tout ça ne vaut pas un zéro,
Et je disons du mirliro
Et de sa lettre & de la vôtre.
Encor gn'a que ce bon Apôtre
Morguié qui paroisse sur gliau. (x)
Les autres dans leux grand mantiau
Renfrongnés sous leux larges feutres,
Riont de tout ça, les bons Pleutres.
L'Auteur de ce Livre maudit
Vous mande bian qu'il s'en dédit,

Mais

Mais ſi ſtici le déſavouë,
Les autres vous faiſont la mouë ;
De vous entre eux ſe gobargeont,
Et pire une autrefois feront.
Voyez-mon-voüar ſi leux Duchesne
Se baille ſeulement la peine
De grouiller le pié d'ici là.
Il entend, ſait, & voit tout ça ;
C'eſt li qu'a parmins la moulure
Sur le vu, le lu, l'approuvure
De troüas de leux Quiologians.
Vlà donc, Monſigneur, cinq Vaurians
Qui de ce Livre ſont les Pères.
Outre plus nul de ces Vipères
N'a jamais rian fait, ni pondu,
Qui de tous ne ſoit ſoutenu.
Or donc ſi toute cette engeance
Couve cet œuf, prend ſa défenſe,
De quoi ſarvira, Monſigneur:
Le dédit que vous fait l'Auteur?
Hors de Paris, dans les provinces,
Cheux les gros Monſieux, cheux les Princes,
Dans les villages mêmement
Ils vous diront effrontément ;
Pichon laiſſe là ſon ouvrage?
Il n'en veut plus? le biau dommage!
O palſanguié! s'il en eſt las,
Quant à nous, je ne le ſons pas.
Il n'enframe que la Doctraine
Qu'an Parou, Japon, à la Chaine,
Et dans l'Europe je prâchons;
Aveuc quoi je convartiſſons (y)

Cou-

Coureuſes, Bandis, Idolâtres,
Sorciers, Farceux, gens de thiatres,
Aveuc quoi je convartirions
Jusqu'au Guiable, ſi je voulions ;
Et l'an voudroit qu'une Doctraine
Qui nous a baillé tant de peine ;
Que depis pras de deux-cens ans
Nous fait régner cheux tous les Grands,
L'an voudroit que cette Doctraine
Qui tout par-tout à prins raçaine,
Fût parduë ? Alle reſtera,
Ou, morguië biau jeu l'an voüarra.
VLA' ni plus, ni moins les paroles
Sanguié, Monſigneur, que ces Drôles
A drait, à gauche ſémeront,
Et tourjours leux chemin iront (2)
Partant, Monſigneur du Repaire,
Loin de faire une bonne affaire,
En devenant le Colporteux
De la Lettre d'un Affronteux,
Vous avez tarni votre Mitre,
Et vous avez caſſé ſa vitre
Qui vous tenoit un brin caché ;
Vous vlà bian net, bian épluché :
Plus ſur vous la moindre doütance ;
L'an vous voit en toute évidence ;
Vous vlà pour jamais charbonné.
N'avez-vous pas bian pouſſainé ?
Crayez-vous que gn'ait des çarvelles
Nulle part, nan plus qu'à Sarcelles,
D'un aſſez chétif entregent,
Pour ne pas voüar fixiblement

Que

Que tout ça n'est qu'un tripotage,
Un complot, un maquignonnage
Entre vous, le fourbe Tencin,
Les Tignacians, le Tarlatin?
Ouï, comme un Judas & comme un traitre,
Vous avez vendu votre Maître,
Si ce n'est pas en le livrant,
Tout du moins en l'abandonnant. (a)
Vous baillez deux mots d'écriture,
Pour nous vanter une amposture,
L'humblété, la soumission
D'un Marousle tal que Pichon!
Parguié Tencin (gn'a rian de pire!
Quand l'an dit Tencin, c'est tout dire)
Tout Tencin qu'il est, stenpendant
Nous en a baillé tout autant. (b)
Si vous chommiais de suffisance,
De capablété, de science,
Pour mener ça comme il fallolt,
Ne saviais-vous pas que gn'avoit
Dans le monde notre Blaufrère?
Il auroit toüasé votre affaire;
Morguié, Monsigneur, il faut voüar
Mais l'an crait tourjours en savoüar
Plus qu'an n'en sait; & pis vlà comme!
Hélas Guieu! ce que c'est que l'homme!
Mais bon! quand vous en auriais su
Tout autant que Claude Fétu,
Ayant prins un autre systême,
Vous auriais tourjours fait de même,
Et par ainsi donç, Monsigneur,
Faut vous débonder notre cœur;

Vous dire net ſans barguignance
Que vous pouvez en aſſurance
Jouïr de vos gros revenus;
Hanter tous ces Guiables cornus,
Que Guieu, jusqu'à tant qu'il les briſe,
Souffre éparpillés dans l'Egliſe:
Que quant à nous, je vous lairrons,
Et qu'ailleurs je nous tornerons.
Parguienne Apôtre pour Apôtre,
J'irons en écouter un autre.
Tant que Monſieur Caylus vivra,
Palſanguié notre homme il ſera.
Que Guieu le garde & le mainquienne,
Gn'a qu'à li qu'il faut qu'an s'en quienne
Sur tout ça (c). Si je le pardons,
Faute d'autres, j'écouterons
Le bon Guieu. C'eſt là le vras Maître;
Il ne peut ni tromper, ni l'être.
Gn'en a cor d'autres qu'ont moulé,
Mais comme li, nul n'a parlé. (d)
Gn'a tourjours queuque hanicroche,
Tourjours queuque choſe qui cloche.
Tout ça n'eſt point franc du coglier
Comme un Monſieur de Montpéglier,
Quand il vivoit, le bon char homme;
Comme le Biaufrère, ni comme
Le brave homme dont je parlons!
Compte pourtant je leux tenons
De ce qu'ils ont bian voulu dire;
Mais pour vous, comme un pauvre Sire,
Ou bian comme un homme vendu,
Vous avez l'ar tout morfondu;

L'an

L'an a biau vous montrer la route, (e)
Vous n'oyez, ni ne voyez goute.
Dans ce Livre, où chaque Démon
A bouté du sian, Jean Pichon
Veut qu'an baille la sainte hostie
A tous venans ; qu'an commegnie
Tous les jours, sautant par-dessus
Le *vitæ val antaritùs*. (*f*)
Vous voyez que, sans savoüar luire,
Je ne laissons pas que de dire,
De cracher queuques mots latins.
C'est que ceux-là j'avons apprins
Depis peu de notre Biaufrère.
Pour d'autres, je n'en savons guère,
Mais aveuc ceux-là, vartiguié,
Faut pas nous marcher sus le pié ;
Je n'aurions pas l'himeur bian souple !
J'en ons core apprins une couple
Qui boutont tout d'un coup au fait.
C'est ; *santa santis*. O qui sait
Bian à point ce qu'ils voulont dire,
Ne se lairra morguié séduire
Par aucunes des alleçons
De Pichon, ou ses Compagnons. (g)
O! Si, Monsigneur du Repaire,
Vous aviais magné cette affaire
Seulement aveuc ces cinq mots
Bian comme Il faut, bian à propos,
Par queuque balle Plastorale,
Ou par queuque autre chose égale ;
Ou si mêmement, Monsigneur,
Vous aviais du moins eu le cœur

D'adopter dans cette gabarre
Celle de Monſigneur d'Auxarre,
J'aurions fait comme le mulot,
Je n'aurions pas ſonné le mot.
Mais Votre Grandeur n'avoit garde;
Jeu ſi gros alle ne hazarde;
Alle craint par trop le bâton
De la Clique de Jean Pichon;
Car alle eſt cent fois plus craignable
Morguié que l'Enfar & le Guiable
Pour ceux qui n'ont (bian entendu)
D'autre Guieu, que leux revenu,
La pompe, le déſir de plaire,
En un mot de ſe ſatisfaire;
Car nos bons Monſieux les Prélats
Umont guiantrement le fracas.
Dame! an ne voit plus de ſaint Piarre!
Annui la Mître & la Quiare
N'auriont tant d'Aboyeux tidié!
Si falloit core aller à pié!

Mais une balle éguiſiance
Pour Paris & toute la France,
C'eſt de voüar vos lamentemens
Sus les jeûnes de l'ancian tems!
Vous voüar faire le Jarémie,
Le pleureux, ſus la lâche vie (*b*)
De biaucoup de Chréquians que gn'a;
Nous dire bian tout ci, tout ça
Pour une méchante amelette,
Ou queuques œufs à la mouillette
Que vous parmettez de manger;
Et pis tout de ſuite charger

Tous

Tous vos biaux Sarmonneux de balle
De prâcher contre ce ſcandale,
Eux qui petêtre ne crayont
Pas le quart de ce qu'ils diſont.
Qu'attendez-vous de tous ces Cuiſtres
Qui rempliſſont annui les Liſtres? (*i*)
De tous ceux que vous prâtriſez,
Ou que d'ailleurs vous ramaſſez?
Qu'an prendroit pour Soudars aux Gardes,
Voyant leux magnières pendardes,
Leux geſtes, leux ar, leux mainquien,
Qui n'avont pour bal entrequien,
Que l'Opera, la Coméguie, (*k*)
Et bian ſouvent la drôlerie?
Même turlure je diſons
De tous ces vilains Penaillons,
Qui dans l'Egliſe, & dans la ruë
Faiſont morguié baiſſer la vuë,
Par l'ar effronté qu'ils avont,
Aux femmes d'honneur qu'ils lorgnont.
Tantia que pouvez-vous attendre
De gens qui morguienne, à tout prendre,
Sont plutôt des ſcandaliſeux,
Qu'ils ne ſont des Convartiſſeux?
O! ſi vous aviais bonne envie
Que le monde changît de vie,
Tidié! vous feriais les cinq ſens,
Pour racrocher ces braves gens
Qui prâchiont le pur Evangille
Avant Monſigneur Ventremille;
Dont les uns ſont dans des cachots,
Les autres ſans paix ni repos,

 Sont

Sont journallement à la veille
Qu'il leux arrive la pareille.
Mais ce n'est brin là, Monsigneur,
A quoi vise Votre Grandeur,
Et quand vous faisez tant le Couème,
Tant le Piteux, c'est pour la frème.
 UNE preuve cor, s'il en fut,
Que vous n'allez pas au vras but,
C'est qu'il vous faut des Créïatures
Expras faites pour vos allures.
Témoins ce çartain lustucru (*l*)
Arrivé d'un pays pardu,
Tout expras pour être Grand Chantre,
O pour ça! point ça ne nous entre
Là-dedans, que vous ayais pu
Faire un choüas aussi sangrenu.
Eh quoi! s'en va notre Biaufrère,
Quoi! dans toute la bande enquière
De Messieurs les Chapitriers,
Quoi! parmi tous ces Eglisiers
Nouris, instruits dans le Guiocèse
Il ne pouvoit pas à son aise
Choüasir un Monsieur comme il faut,
Sans nous amener ce Nigaud?
Par exemple, un Monsieur Guiaubonne. (*m*)
Ou queuque autre honnête parsonne,
Et non, faut-il dire, un *quidam*,
Connu ni d'Eve, ni d'Adam?
Qui par la vartu de sa place,
Pourra pourtant bailler la chasse
Palsanguienne quand il voudra,
Ou plutôt quand il vous plaira,

Aux

Aux plus miglleurs Montreux à luire , (*n*)
Qui ne voudront pas faire dire
Aux Ecogliers leux alleçon
Dans le biau Livre de Pichon.
Pour ça , Monsigneur du Repaire,
Je ne pouvons pas nous en taire,
Vous avez baillé dans ce fait
Au Chapitre un maître soufflet!
Le pardon Guieu vous en accorde,
C'en est assez sur cette corde.
J'ons core un mot à fredonner,
Et pis je vous lairrons daîner.
C'est sur ce Docteur de Sorbonne,
Grand Oncle de Monsieur Pomponne.
Gn'a qui que ce soit, Monsigneur,
Qui ne sache quasi par cœur
Cheux nous, & dans le voisinage,
Aveuc queul horrible acharnage
Ce saint homme, ce grand Docteur
Fut tormenté par la fureur (*o*)
De ces hommes créiés pour nuire,
Ou, pour parler clar & tout dire,
Des Pichons de ce siècle-là.
Et savez-vous bian pourquoi ça?
Non possible? Faut vous le dire,
Car je venons pour vous instruire.
Vous saurez donc que ces Pichons,
De tout tems Farmiers des Démons,
Par prédications, moulures,
Et mille sortes d'enseignures
Semiont & par tarre & par mar
L'Evangile de Lucifar,

 Ou

Ou le leux, car c'est tout de même.
Antoine Arnaud, qu'étoit la crême
Des Docteurs, contr'eux bataillit,
Les tarrassit, les confondit.
Eux qui de céder n'aviont garde,
Allirent crier *à la garde*
Jusqu'au plus fin fond de l'Enfar.
Vlà donc tous les Démons en l'ar;
Tout par-tout ils le pourchassirent,
A balles dents le déchirirent;
C'étoit un traitre, un scélérat
Qui cabaloit con‵‵e l'Etat;
C'étoit un homme d'entrigance
Qui charchoit à pardre la France.
Bian plus, drés l'âge de neuf ans, (*p*)
Aveuc jurons, aveuc sarmens,
Au mitan d'une Conférence,
Il avoit aïeu l'ampudence
De dire que, tant qu'il vivroit,
De son mieux il travailleroit,
Emplayeroit toute sa science,
Pour abolir la pénitence,
L'Eucharistie . . . & pis cor quoi?
Tantia que gn'auroit plus de foi.
Du depis ste balle promesse
An l'a donc vu sans fin, sans cesse
Combattre la Religion;
Et de plus, sarvir d'Espion
A les annemis de la France.

MAUGRE' toute son innocence,
Sa bonne Doctraine, sa foi,
Sa fidalité pour son Roi,

De

De ſa volonté toute pure, (*q*)
Et ſans la moindre contraignure,
Mais ſeulement pour paix avoüar, (*r*)
Il partit pourtant, pour mon-voüar
Si cette malheureuſe Engeance
Dans le glieu de ſa retirance
Le lairroit du moins en repos.
Même fureur, mêmes propos,
Et d'autres cor plus déteſtables.
Selon, faut-il dire, ces Guiables.
An l'avoit chaſſé de l'Etat,
Comme un Pendard, un Renégat,
Et cent mille autres fourberies
Dans la huche d'Enfar pêtries.
Tant plus an l'a juſtiffié,
Tant plus ils l'ont calomnié,
Et le calomnient encore.
L'an diroit qu'il ne peut éclorre
De cheux eux le moindre chiffon,
Qu'ils n'y fourriont queuque lardon
Contre une ſi ſainte mémoire.
Votre Pichon dans ſon Grimoire
Qu'il vous antitule: *L'Eſprit*
De l'Egliſe & de Jéſus-Chriſt,
(Englieu que l'Eſprit véritable
De ce Livre, eſt ſtilà du Guiable)
Peut-il s'empêcher de vomir
Des noüarceurs qui faiſont frémir?
Par exemple, que ce ſaint homme
(Bian qu'il fût bon ami de Rome,
Qu'il ût pouvoüar & faculté
Par un Bref de ſa Sainteté (*s*)

De dire messe en sa Chapelle)
Est mort excommegnié, rébelle
A l'Eglise, enfin comme un chian,
Sans donner marque de Chréquian ?
Sus ça, Monsigneur du Repaire,
Votre parti, c'est de vous taire;
Vous restez tout déconçarté,
Comme un morciau de boüas flotté,
Sans remuance & sans parole,
Tout fin comme une vraie Idole.
Où qu'est donc, morguié, Monsigneur,
Où qu'est la artu, la vigueur?
Etes-vous m le, ou bian fumalle?
Avez-vous une ame? où qu'est alle?
O ça ne sarviroit de rian!
Les Compagnons du Tignacian
Devant le Chanceglier de France
Ont sus ça fait satisfaisance,
Et ce que fait tout un Troupiau
N'est pas un coup d'épée en gliau,
Ce sont des besognes bian faites.
Vous nous contez là des sornettes!
Ces gens se gobargeont de vous,
Ou vous vous gobargez de nous.
Tout devoit aller à marveille;
Ils deviont bian pencher l'oreille,
S'en aller cheux le Chanceglier,
Et là sainer çartain papier
Tal que vouloit Monsieur Pomponne.
Le défunt Docteur de Sorbonne,
Jusqu'ici plus noüar qu'un Damné,
Par ce papier bian savonné,

Al-

Alloit être bon Catholique.
Chacun le crayoit, mais barnique!
Pour nous, je ne l'ons jamais cru.
Tidié! tout d'abord j'ons blan vu
Que tout ça, n'étant point sortable
A leux but, n'étoit point faisable,
Et par ainsi qu'à la parfin
Tout iroit en iau de boudin. (t)
Si vous êtes dans l'ignorance
Des antrigues de cette Engeance,
Il quient qu'à vous de les savoüar,
Vous n'avez qu'à nous venir voüar;
Mais, Monsigneur, si d'aventure
Vous étiais au fait, ô semblure!
Ils sont vrament des malheureux,
Mais vous serais cor pire qu'eux.
Que les Tignacians, quoiques Prêtres,
Sayont Ampofteurs, Fourbes, Traitres,
Menteux, Voleux, Assassaineux,
Hypocrites, Empoissonneux,
Et queuque chose cor de pire,
L'an n'y trouve point à redire:
C'est leux méquier, ça les dépeint;
Mais le vôtre, c'est d'être Saint.
Parguié, Monsigneur du Repaire,
Voulez-vous de leux savoüar faire
Queuques petits échantillons?
Ils ne sont pas vieux, ni bian longs:
Ce n'est pas pour vous les apprendre,
Ils sont fort aisiés à comprendre;
Vous devez les savoüar au mieux,
Ils se sont passés sous vos yeux.

 Vous

Vous ſavez bian que ces Vipères
Ont barſé longtems vos Confrères
Et vous, diſant que leux Pichon
Rebailloit une autre façon
A ſa balle progéniture,
Où que la plus ſaine gloſure
Ne pourroit pas tant ſeulement
Trouver à mordre d'une dent.
Eh bian! cette façon nouvalle,
Vous le ſavez bian, qu'étoit alle?
Nouvalle encre, nouviau papier.
Quoi core? Nouval Ouvrier.
Itan c'eſt tout. Car ſus le reſte
Pas de changement pour un zeste. (v)
Bian plus: ces vilains Loups-garoux
Dans leux Grimoire de Travoux, (x)
Pour vous narguer cor davantage,
Ont fait l'éloge de l'ouvrage,
Et pis itou de l'Ouvrier.
Il ſait ſus ſon daigt ſon méquier:
Loin de mériter corrigeure,
Ni la plus moindre égratignure,
C'eſt un Chef-d'œuvre que tretous
Ne devons luire qu'à genoux.
Rian que ſus ſte ſimple étiquette
Un Mitrier qu'a l'ame nette,
Devroit juger du fond du ſac.
Mais un maitre coup de jarnac,
Qui vôtre parſonne regarde,
Qui fait voüar comme an vous nazarde,
Et comme an vous nazardera,
Tant que Votre Grandeur n'ira

Que

Que par des chemins de travarse,
Où l'an ne peut, que l'an ne varse,
Si bon Charquier que l'an soit-il,
Ce coup donc (par biaucoup subtil,
Il est vrai, mais en récompense,
Plein de noüarceur & d'ampudence)
C'est d'avoüar dans Paris semé
Un çartain graillon imprimé, (y)
Qui chante que le bal ouvrage
De Pichon, est le pur langage
De l'Eglise & des saints Docteurs;
Qui vous traite de séduiseurs
Tous ceux qui disont le contraire.
De plus, Monsigneur du Repaire,
De plus, savez-vous bian le jour
Qu'ils vous avont joué ce tour?
C'étoit un jour de ce Carême,
Et positivement le même
Qu'au Public vous avez fait don
De la Lettre de Jean Pichon.
Et ce qui plus le monde choque,
C'est que l'Auteur de ste Breloque
Est (je le baillerions en six
A devainer, & même en dix.)
Est par la morguié leux Duchesne.
C'est li qui le prémier dégaîne,
Faut-il dire, pour protéger,
Défendre, mainquiendre, venger
L'honneur de cette Pourriture,
Qui conquient toute l'écrêmure
De ce qu'ils ont pu rasainer,
Pour le monde en poste damner.

 Vous

Vous voyez par expérience
A quoi ſart votre complaiſance.
Aujord'hi baillez leux un œuf,
Il leux faudra demain un bœuf,
Et pis apras une Baleine,
Et pis Guieu ſait où ça vous méne.
Quand ils font bian le pié de viau,
Qu'ils venont torner leux Chapiau;
Qu'ils vous font bian des révérences,
Vous crayez ſus ces témoignances
Qu'ils vous portont biaucoup d'honneur:
Sachez pour tourjours, Monſigneur,
Que cheux eux gn'a Cuiſtre ſi mince
Qui ne s'eſtaime autant qu'un Prince,
Et par ainſi d'un plus haut prix,
Qu'un Archevêque de Paris.
Vouloüar payer leux bianvaillance,
C'eſt faire une folle dépenſe:
D'amis, ils n'en avont jamais,
Ils ne voulont que des Valets.

Voyez, Monſigneur du Repaire,
Ce que vous avez donc à faire;
Car morguié gn'a pas de miglieu,
Vous ne ſaurlais être au bon Guieu,
Et Valet de ces méchans Prêtres.
L'an ne peut pas être à deux Maîtres.
Craignez-vous pas de gargouiller
Un jour au fond du grand Cuvier
Où ſeront flanqués les Timides, (z)
Auſſi biau que les homicides,
Les exécrables, les menteux,
Tous les Mitriers approuveux (a)

De

De ce Drôle, & de sa Doctraine,
A moins que Guieu ne les ramène; (*b*)
Qu'ils n'en pleurint, mais tout de bon,
Et non pas dame! à la Pichon!
VLA' Monsigneur, une partie
De nos sujets de brouillerie
Aveuc vous. J'en ons dégoüasé
Le plus gros & le plus pressé.
Si ça vous fait changer de vie,
J'en aurons l'ame bian ravie,
Mais si vous restez endeurci,
J'ons core bon pié Guieu-marci.
VLA' core un Livre guiabolique (*c*)
Tout fras sorti de la boutique.
Ol par stilà je voüarrons-mon
Si vous êtes Français, ou non.

F I N.

Le Public seroit peut-être bien aise de trouver à la tête de ces Notes, au moins un abrégé de la vie du R. P. Jean Pichon. Le voilà devenu si fameux, qu'il y a, je crois, peu de personnes qui soient indifférentes sur ce qui le regarde, & qui ne désirassent savoir quelle ville ou quel village a vu naître un homme d'un mérite si singulier. Il faut que ces personnes se donnent un peu de patience. Ses Confrères ne tarderont pas sans doute à l'insérer dans le Catalogue de leurs Ecrivains célèbres. Il mérite bien d'y tenir un rang distingué.

En

En attendant je dirai seulement, que le R. P. Pichon étoit avec le R. P. Patouillet, son Lieutenant, à la tête de cette Colonie de Jésuites que feu M. de la Fare, Evêque de Laön, fit venir de la Province de Champagne, pour leur livrer le Collége de cette ville, contre la disposition expresse des Lettres Patentes du Roi, obtenues à l'occasion de la fondation de ce Collége, par les Bourgeois & Habitans de cette ville, & qui leur en accordent à toujours la propriété, même à l'exclusion de l'Evêque.

Aussitôt que les Jésuites eurent fait la conquête de ce Collége, le P. Pichon en devint le Recteur. Rien n'étoit plus juste. Il s'étoit trop signalé dans la poursuite de cette grande affaire, pour ne le pas faire jouïr, au moins pendant quelque tems, du fruit de ses veilles & de ses travaux, jusqu'à ce qu'il se présentât quelque autre poste, où il pût faire valoir ses grands talens d'une manière encore plus utile pour sa Société, & plus glorieuse pour lui.

La personne qui, après M. de la Fare, servit plus efficacement les Jésuites dans cette affaire, fut M. de la Galaisière, alors Intendant de la Généralité de Soissons, & à présent de Lorraine & du Barois.

Comme les Lettres ne contribuent pas peu à faire connoître le génie & le caractère de ceux qui les écrivent, en voici deux du P. Pichon, écrites à M. de la Galaisière, & copiées sur les Originaux. Il y a bien des gens qui sont persuadés que le Livre qui fait tant de bruit aujourd'hui, n'est point l'ouvrage du P. Pichon, & qu'il n'en est que le Prête-nom. On y reconnoît bien sa doctrine & sa pratique dans l'administration des Sacremens de Pénitence & d'Eucharistie, mais non pas son stile. Comme ceux de sa Compagnie qui ont travaillé ce Livre, sont en grand nombre, & qu'il n'auroit pas été séant de mettre les noms de tant d'Auteurs à la tête

tête d'un petit *in* 12. ils ont choisi leur Confrère le P. Pichon, pour lui en faire l'honneur. A l'égard des deux Lettres suivantes, elles sont certainement de lui, puisqu'elles sont, comme je viens de dire, copiées sur les Originaux-mêmes.

Lettre du P. Pichon, Jésuite, Recteur du Collége de la ville de Laön, à M. de la Galaisière, Intendant de Soissons.

Laön 4. Juin 1736.

MONSEIGNEUR,

Agréez qu'au nom de tout le Collége, j'aie l'honneur de vous marquer la part que nous prenons à votre maladie, qui cessera bientôt, si nos vœux continuels sont exaucés.

A mon retour d'une Mission (*a*), j'ai vu une tranquillité (*b*) dans la ville qui me fait croire que des prix, donnés à la fin de l'année, animeroient toute notre Jeunesse, & persuaderoient de plus (*c*) en plus aux Parens que nos soins & notre zèle ne diminuent point pour former leurs Enfans dans les sciences. M. Marquet, votre Subdélégué & Maire de la ville, en est fort d'avis. Nous vous supplions, si vous voulez bien approuver ce dessein, & concourir à l'avantage du Collége & des Eco-

(*a*) Le P. Pichon, Emule du P. du Plessis, ne sauroit vivre sans Missions.

(*b*) Cette tranquillité étonne le P. Pichon. Il n'y en avoit donc point avant qu'il partit.

(*c*) Les Parens n'en étoient nullement persuadés, puisque la plupart avoient retiré leurs Enfans pour les mettre ailleurs. Ces mots; *toute notre Jeunesse*, & ceux-ci; *de plus en plus*, ne sont mis ici que par élégance.

(*a*) Le

Ecoliers (a), de lui communiquer vos ordres sûr cela, & de lui permettre de délivrer les 200. liv. assignées les années précedentes à cet effet. Je suis avec la plus parfaite soumission, & la plus respectueuse reconnoissance de vos bontés pour nous,

Monseigneur,

Votre très-humble & très-obéissant Serviteur,

PICHON, *Jésuite & Recteur.*

Lorsque M. de la Galaisière fût nommé à l'Intendance de la Lorraine & du Barois, le P. Pichon lui écrivit la Lettre suivante pour s'en féliciter.

Laön 7. Septembre 1736.

MONSEIGNEUR,

Nous applaudissons avec joie à la justice que le Roi vient de vous rendre, en vous nommant Intendant en Lorraine, mais nous sentons vivement la perte que nous faisons, & la reconnoissance rendra éternel le souvenir de cette perte. Nous regretterons toujours en vous un Protecteur éclairé (b), & plein de bontés pour nous, dont la sage modération a su calmer une des plus rudes tempêtes (c) que notre Compagnie ait jamais essuyées. Entre les mains de qui allons nous tomber? Si nous osions vous demander en grace de faire passer dans le cœur de votre Successeur, les sentimens dont vous nous avez honorés, ce seroit une continuation de fa-

---

(a) Le Collége & les Ecoliers étoient donc deux objets distincts.

(b) Qui a su connoître tout le prix du mérite des Jésuites.

(c) Expression remarquable. Si les Jésuites y avoient péri, quelle perte pour la ville de Laön!

(a) Voi-

faveurs dont nous vous supplions, & que nous n'oublirons jamais, ni devant Dieu, ni devant les hommes. J'ai l'honneur d'être avec la plus respectueuse gratitude & la plus parfaite soumission,

Monseigneur,

Votre très-humble & très-obéissant Serviteur,

PICHON, *Recteur des Jésuites.*

P. S. Monseigneur l'Evêque n'a pu vous écrire, Monseigneur, pour vous féliciter. Un érésipelle qui commence à se dissiper, l'a *assez mal mené* depuis six jours. Il sent la perte qu'il fait, & vous savez ses sentimens pour vous.

Je laisse au Lecteur le plaisir de faire ses réflexions sur tout le contenu de cette Lettre, sans le prévenir par les miennes. *Protecteur éclairé* . . . . *une des plus rudes tempêtes* . . . . *si nous osions vous demander* . . . . il me semble qu'il falloit ajouter, *& si nous pouvions obtenir la grace*, &c. *ni devant Dieu, ni devant les hommes* . . . . *assez mal mené.*

C'est le P. Pichon qui en 1735. fut envoyé à Paris avec son Coadjuteur, le P. Patouillet, muni des Lettres de M. de la Fare, pour négocier avec les Ministres & M. de la Galaisière qui y étoit alors. En quoi il réüssit principalement, c'est qu'aïant fait entendre que l'opposition du Corps de ville au violent désir qu'avoit sa Compagnie (*a*) *de former les Enfans de la ville de Laön dans les sciences*, & conséquemment d'être mis en possession du

(*a*) Voici une Anecdote qui est toute récente au sujet des Jésuites de Laön.

M. l'Evêque d'aujourd'hui pria dernièrement le Supérieur des Jésuites, qui étoit venu lui rendre visite, de lui faire voir les Lettres Patentes qui concernoient leur établissement à Laön. Le Supérieur les lui ap-

du Collége, étoit le fruit des Caballes du Sieur Beauvisage, Lieutenant de Maire de cette ville, celui-ci fut exilé à cent lieuës de sa patrie. C'étoit la moindre punition qu'il méritat, pour avoir osé *cabaler* contre les intentions si pures d'une Compagnie qui ne veut que le bien du monde entier, & qui ne travaille que dans cette vuë à en faire la conquête.

Le P. Pichon suivit de près *le Protecteur éclairé* de sa Compagnie, & passa en Lorraine, pour être à son tour Coadjuteur, mais de qui? du fameux P. Menoux, appellé dans le païs par excellence, le Comte de Menoux, Directeur à vie de la Mission des révérends Pères Jésuites, fondée par le Roi de Pologne, & résidante à Nancy dans le faux-bourg de St. Pierre de cette ville, où ils ont une Maison qui est plutôt un Palais qu'une Maison religieuse. Aussi les révérends Pères ont-ils fait mettre au-dessus du Portail sur une pierre de marbre noir, cette édifiante inscription: HÔTEL DES MISSIONS ROYALES.

Outre les Missions Royales, ils tiennent encore dans cet Hôtel, Magasin de Liqueurs, comme de Scuba, de Parfait-Amour, d'Huile de Venus, &c. à la place du fameux Sonini, qui s'est retiré, après avoir

---

apporta. Quand M. l'Evêque les eut, il lui dit qu'il n'avoit pas le têms de les lire sur le champ, mais qu'il n'avoit qu'à revenir dans quelques jours & qu'il les lui remettroit. Le Jésuite étant sorti, M. l'Evêque les lut & y aïant vu la clause par laquelle M. de la Fare, son Prédécesseur, avoit engagé ses Successeurs à payer deux mille livres de rente aux Jésuites, il n'eut rien de plus à cœur que de se décharger lui & ses Successeurs d'un fardeau qui l'incommodoit fort. Pour cela il envoya sur le champ ces Lettres à M. le Chancellier, en le priant de lui en envoyer de pareilles à l'exclusion de

avoir fait sa fortune, & auquel ils ont succedé. C'est le Frère Guyot qui en est le fabricateur & le distributeur, à cent sous & six livres la bouteille.

Ceux qui seront curieux de connoître encore mieux le R. P. Pichon, peuvent lire les Nouvelles Ecclésiastiques des 7. Août 1746. 20. & 27. Février, 6. & 13. Mars 1747. pag. 44. col. 2. de cette dernière feuille.

(a) M. Christophe de Beaumont du Repaire est fils d'un Gentilhomme de Perigord. Il a eu une légitime de huit à dix mille livres. Son Oncle, l'Abbé Lostange de St. Alvaire, Frère de sa Mère, lui donna sa nomination pour un Bénéfice de quatre à cinq-cens écus. Il avoit cette nomination dans sa poche, lorsque quelques amis vinrent le voir, & l'engagèrent à une partie de chasse. Il se servit, sans y penser, de cette nomination pour bourrer son fusil, au-lieu de la porter aux Insinuations Ecclésiastiques. S'en étant apperçu le lendemain, il alla trouver son Oncle pour lui faire part de son avanture, & pour lui en demander une autre. Son Oncle la lui refusa, en lui disant, que ce qui lui étoit arrivé, étoit une marque que Dieu ne l'appelloit pas à ce Bénéfice. Un an ou deux après, il

---

de la clause qui l'incommodoit, d'autant plus, disoit-il, que je n'ai pas besoin des Jésuites, & que d'ailleurs mon Prédécesseur n'a pu m'imposer un joug aussi odieux. M. le Chancellier lui a accordé sa prière, & lui a envoyé d'autres Lettres Patentes comme il le désiroit. Les Jésuites étant venus rechercher leurs Lettres Patentes, les remportèrent sans savoir ce qui étoit arrivé. Mais les aïant luës à leur retour chez eux, ils furent bien mortifiés, & ils vinrent en faire leurs plaintes à M. l'Evêque, qui les reçut très-mal & les renvoya bien honteux, &c.

il le crut sans doute appellé à un autre Bénéfice de sept à huit cens livres qu'il lui donna. Il eut soin de ne point bourrer son fusil de cette dernière nomination. Il fut fait ensuite Comte de Lyon, puis recommandé à M. de Crussol, Evêque de Blois, qui le fit venir auprès de lui, & le fit son Grand-Vicaire. Il sut se rendre si agréable à cet Evêque, que celui-ci lui donna un Bénéfice de mille écus, quoiqu'il l'eût promis à un autre à la prière de Madame de Crussol, sa Mère. Cette Dame en fut extrêmement courroucée, & en fit de grands reproches à son fils. M. de Beaumont, sensiblement touché de voir cette Dame si fâchée, donna sa démission de ce Bénéfice, auquel il compris visiblement qu'il n'étoit point appellé. Ce trait de générosité lui attira l'amitié de Madame de Crussol, qui la fit beaucoup valoir en Cour, & sur-tout auprès de M. de Mirepoix, qui pour cela le crut appellé à un Evéché. En ce même tems il en vaqua heureusement deux, celui de Bayonne & celui de Cahors. M. de Mirepoix nomma M. de Beaumont à celui de Cahors qui vaut plus de 70000. liv. & l'Abbé du Guesclin à celui de Bayonne, qui n'en vaut pas plus de 25000. mais M. le Duc d'Orléans, qui avoit demandé un Evéché pour l'Abbé du Guesclin (*a*), troubla cet arrangement. Ce dernier eut celui de Cahors, & M. de Beaumont celui de Bayonne, pour lequel il fut sacré Evêque le 24. Décembre 1741. Il passa en 1744. à l'Archevéché de Vienne, vacant par la démission du Cardinal d'Au-

(*a*) L'Abbé du Guesclin étoit Grand-Vicaire de Pontoise, & demeuroit au Palais Royal. Il portoit alors des chemises si courtes, qu'à peine alloient-elles jusqu'à la ceinture de sa culotte. La raison que son Domestique en rendoit, c'est, disoit-il, que si elles entroient dans la culotte, elles feroient paroitre les cuisses trop grosses.

d'Auvergne, & enfin à celui de Paris, dont il a pris possession le 7. Novembre 1746. Ainsi M. de Beaumont a changé trois fois d'Evêchés dans l'espace de quatre ans, dix mois & treize jours. Voilà ce qu'on appelle s'entendre, & faire son chemin en habile homme; mais une petite réflexion, qui est à la vérité assez inutile dans le tems où nous sommes, mais que je ne puis omettre, puisqu'elle me vient dans l'esprit; M. de Beaumont étoit dans son prémier Evêché par l'ordre de Dieu, ou contre l'ordre de Dieu. S'il y étoit par l'ordre de Dieu, a-t-il pu le quitter, sans desobéir à Dieu? S'il y étoit contre l'ordre de Dieu, n'étoit-il point des régles de le quitter simplement, & de n'en point prendre un autre?

(*b*) Cette pensée n'est vraie que dans le sens que M. de Beaumont peut se tranquilliser, comme il se tranquillise en effet, sur la manière de gouverner son Diocèse. Il est dispensé de toute sollicitude à cet égard. Ce n'est point à lui à s'inquiéter du choix des Ministres qui doivent travailler sous lui; à s'embarrasser si les Sacremens de Pénitence & d'Eucharistie sont bien ou mal dispensés; si l'erreur est prêchée à la place de la vérité; en un mot si J. C. est annoncé, ou s'il ne l'est pas. M. de Beaumont peut & doit *se calainer* à tous ces égards. Ce sont les affaires du P. Boyer, dont il n'est que le prémier Commis. Un prémier Commis, ou Chef de Bureau, ne choisit point ordinairement ceux qui doivent travailler sous lui. Il les reçoit de la main des Interessés dans l'affaire. Mais il n'est pas vrai que M. de Beaumont *se calaine*, c'est-à-dire, qu'il ne se donne aucuns mouvemens d'ailleurs. Comme ce n'est pas une petite affaire que de contenter le P. Boyer, Dieu sait quelle est la vigilance de M. de Beaumont, pour aller même au devant des désirs de son illustre Commettant; & cette vigilance est portée si loin, qu'il ne se fie pas même à ceux qui portent le nom de ses Grands-Vicaires, sur

ſur une infinité de menus détails. Par exemple, ſi une femme, quelle qu'elle ſoit, a beſoin d'entrer dans un Couvent de Filles, c'eſt à lui perſonnellement qu'il faut s'addreſſer, pour en obtenir la permiſſion. Il veut ſavoir le nom, la demeure, les qualités, &c. de celle qui demande cette permiſſion, pour juger ſi elle n'eſt point ſuſpecte, & par conſéquent capable de porter le mauvais air & la contagion du Janſéniſme dans ce Couvent. C'eſt ce qui fait que bien des gens trouvent à redire à l'Intitulé de tous ſes Mandemens. Ils portent: *Chriſtophe de Beaumont, par la miſéricorde divine & par la grace du St. Siège Apoſtolique, Archevêque de Paris, &c.* au-lieu de dire, par la grace du St. Siége, pour parler exactement, il devroit dire; *Par la grace de Jean-François Boyer, ci-devant Religieux Théatin, puis Evêque de Mirepoix, & à préſent Evêque univerſel de l'Egliſe Gallicane.*

1°. Parce que le St. Siége ne lui a fait aucune grace ſur ſes Bulles, & qu'il les a payées, ou d'autres pour lui, ſans aucune diminution, ni remiſe. 2°. Parce que c'eſt au P. Boyer ſeul, & non au St. Siége, qu'il eſt redevable du titre qu'il porte d'*Archevêque de Paris.*

On trouve encore que les termes, *Par la miſéricorde divine*, ſont ici mal employés. Il faudroit dire, *Par la permiſſion*, ou, *juſtice divine.* La raiſon en ſaute aux yeux.

(*c*) On ne doute point qu'un Moine ne puiſſe être ordonné Evêque, &, par une ſuite néceſſaire, ſortir de ſon Cloître, pour s'attacher à ſon Egliſe. L'Hiſtoire Eccléſiaſtique nous en fournit un grand nombre d'exemples.

On ſait encore qu'un Moine Evêque doit conſerver dans l'Epiſcopat, les pratiques & la vie monaſtique qu'il a embraſſée; mais on demande,

1°. Si l'Epiſcopat eſt réſolutif *per ſe & ex naturâ ſuâ*, des vœux d'un Cordélier, par exemple, d'un Minime, d'un Capucin, d'un Théatin, &c.

& si, venant à se démettre de son Evêché, il peut continuër de vivre hors de son Cloître, d'où la nécessité indispensable de remplir les devoirs de son état l'avoit tiré, & finir ses jours dans le tumulte de la Cour & ailleurs.

2°. Si malgré ses vœux monastiques, particulièrement celui de pauvrété, il peut jouïr du révenu d'un gros Bénéfice simple, comme de l'Abbaïe de Corbie, qui vaut plus de quatre-vingt mille livres, ou d'un autre semblable.

On lit dans l'Histoire, que Jean-Pierre Caraffe, Archevêque de Théate, l'un des quatre Fondateurs de l'Ordre des Religieux Théatins, & ses trois Compagnons, avant que de prononcer leurs vœux, se démirent entre les mains du Pape, Caraffe de son Archevéché, & les autres de leurs Bénéfices, & de leurs emplois, afin de travailler par leur exemple, &, (selon leur institut) à remettre le Clergé dans l'état de sa prémière perfection, sur le modèle de la vie pauvre & desintéressée des Apôtres. En effet, ils partageoient leur tems entre les exercices de la vie active, & la contemplation. Il ne paroit pas que Caraffe, qui se déchargea du poids de son Archevéché pour devenir Théatin, eût été d'humeur, après l'être devenu, de se charger de l'embarras & de la sollicitude de toutes les Eglises, & du choix de leurs Pasteurs. Il paroit encore moins vraisemblable qu'il se fût mis lui-même sur la feuille des Bénéfices, pour être pourvu d'une Abbaïe d'un revenu immense, au mépris de son vœu de pauvrété.

On demande la résolution de ce cas au R. P. Boyer, ancien Evêque de Mirepoix, Inspecteur-Général des Archevéchés, Evéchés, Paroisses, Abbaïes, Cures, Prieurés, Chapitres, Canonicats, Prébendes, Chapelles, Séminaires, Hôpitaux, Couvens, Congrégations, Communautés Séculières & Régulières, d'Hommes, de Femmes, de Garçons, de Filles, de la Cour, des Villes, des Bourgs, Villages, Hamaux, &c. à l'exception des seules Maisons & Eglises des Jésuites.

(d) M. Jaques-Bonne Gigault de Bellefond, ci-devant Archevêque d'Arles, & auparavant Evêque de Bayonne, prit possession de l'Archevéché de Paris le 2. Juin 1746. & fit le court trajet de ce monde dans l'autre le 20. Juillet suivant, agé de 48. ans. C'étoit encore un prémier Commis du P. Boyer, mais beaucoup plus ardent & plus expéditif que M. de Beaumont. Quoiqu'il n'ait tenu le Siége de Paris que quarante-huit jours, c'est-à-dire, comme on voit, qu'autant de jours, qu'il avoit d'années, néanmoins toutes les mesures étoient déjà prises entre le Commettant & le Commis, pour achever d'exterminer tout ce qui restoit en place dans le Diocèse de ces gens qu'on appelle *Jansénistes*, c'est-à-dire, de ces misérables révoltés contre l'Eglise & contre l'Etat, c'est-à-dire, contre les Jésuites; qui d'une part sont entêtés à ne pas vouloir jurer sur les saints Evangiles, & sur la part qu'ils prétendent en Paradis, qu'un certain Evêque, nommé *Cornelius Jansénius*, a enseigné & a eu intention d'enseigner des hérésies; & de l'autre qui se feroient plutôt crucifier, que de se soumettre à un Décret du Pape Clément XI. qui ordonne à tous les Fidèles de l'un & de l'autre sexe, de penser & de croire, sous peine d'excommunication, & d'encourir l'indignation du Dieu tout-puissant & des bienheureux Apôtres Pierre & Paul, c'est-à-dire, sous peine de damnation éternelle, *que le Père Quesnel est, principalement dans son livre des Réflexions Morales sur le Nouveau Testament, un faux-Prophète, un Maître de mensonge, un Séducteur plein d'artifice, un vrai fils de l'ancien Père du mensonge; qu'il a corrompu en diverses manières les expressions du Nouveau Testament, à dessein de perdre les ames, &c.* Que les 101. Propositions extraites de ce Livre par les Jésuites, sont

sont toutes, l'une portant l'autre, *injurieuses à l'Eglise & aux Puissances séculières; séditieuses, impies, blasphématoires, hérétiques*, &c. Il ne faut que jetter la vuë sur ces 101 Propositions, pour se convaincre que c'est encore leur avoir fait grace, que de ne les avoir flétries qu'avec des qualifications si mésurées.

En effet, y a-t-il rien de plus *séditieux & de plus impie*, que de dire, par exemple, comme fait le P. Quesnel, Prop. 27. *que la foi est la prémière grace & la source de toutes les autres*; Prop. 91. *que la crainte d'une excommunication injuste ne doit point nous empêcher de faire notre devoir*; Prop. 48. *qu'on ne peut être que ténèbres, égarement & que péché, sans la lumière de la foi, sans Jésus-Christ, sans la charité.* Prop. 28. *que le Dimanche doit être sanctifié par des lectures de piété, & sur-tout des saintes Ecritures*, & mille autres horreurs semblables. Les Jésuites ont bien fait de ne pas oublier les qualifications de *séditieuses & injurieuses aux Puissances séculières*, afin de mettre les Princes dans leurs intérêts contre ce Livre & contre ses Défenseurs; car si le Roi ne s'en mêloit pas, la Bulle *Unigenitus* seroit respectée en France à-peu-près comme l'est chez les Jésuites la Bulle *Ex illâ die.*

Tout étoit donc prêt pour mettre la dernière main à cette grande œuvre. Une Instruction Pastorale bien tournée & bien limée de concert avec le P. Boyer, souverain Dispensateur des biens de l'Eglise, devoit nettoyer le Diocèse de toutes les personnes dont je viens de parler. Elles devoient être exterminées, *tanquàm pulvis quem projicit ventus à facie terræ.* Mais les momens de Dieu n'étoient pas encore venus, pour permettre ce grand & terrible évènement, s'il a résolu de le jamais permettre. Ce pauvre homme fut subitement attaqué d'une fièvre putride & brûlante, accompagnée d'une petite vérole, qui en quatre jours le mit au tombeau. Son corps, même avant sa mort, exhaloit une telle puanteur que personne ne put rester auprès de lui, excepté le Frère Stanislas (*a*), Religieux de la Charité, pour lui donner les secours dont il avoit besoin, & pour lui parler de Dieu. Dans son délire il ne parloit que de Religieuses, de Constitution, de Lettres de cachet, d'Exils, &c.

Cette horrible puanteur augmenta beaucoup après que son ame eut quitté son corps, & fut cause qu'on précipita son enterrement, qui se fit en outre sans aucune cérémonie, (comme se seroient faits sans doute ceux de tous les *Jansénistes*, s'il avoit vêcu, & s'il n'y avoit point eu de Parlement à Paris) parce qu'on ne pouvoit trop se hâter de délivrer l'air d'une infection si extraordinaire. Quelle perte pour la Bulle qu'un Sujet si rare, qui ne feignoit point de dire, *qu'il s'attendoit pour elle à tous les opprobres qui pourroient lui arriver, & qu'il les*

(*a*) Le Frère Stanislas étoit connu & considéré de tout ce qu'il y a de personnes de distinction à Paris, & même de Monseigneur le Duc d'Orleans, pour son mérite & pour sa vertu. Il faisoit des charités considérables & de toute nature, par les ressources qu'il trouvoit chez toutes ces personnes. L'année dernière il fit recevoir une pauvre fille malade aux Hospitalières du fauxbourg St. Marceau, où il avoit une Sœur Religieuse. Comme la maladie de cette fille continuoit toujours sans amendement, quelques Religieuses lui conseillèrent d'aller à St. Médard invoquer le bienheureux François de Pâris qui y est enterré, & par l'intercession duquel, lui dit-on, Dieu faisoit beaucoup de miracles. La bonne fille va à St. Médard, & s'informe à la Sacristie où étoient les reliques du Saint qui faisoit des miracles. On peut juger quel vacarme cela excita. Tous les Prêtres accoururent, l'investirent, lui demandèrent d'où elle étoit, qui

les regardoit comme une suite de son ministère. Quelle fermeté? C'étoit dire d'elle en propres termes, ce que St. Paul disoit de Jésus-Christ. *Per quem mihi mundus crucifixus est, & ego mundo.* Gal. VI. ỳ. 14. Voyez les Nouvelles Ecclésiastiques du 16. Janvier 1747.

(*e*) Ces Couriers dépêchés pour faire une sainte & douce violence à M. de Beaumont, me font ressouvenir de certains vers en vieux langage que j'ai lus quelque part, où il est parlé de chevaux, de poste, & de dons. Les voici:

Au temps passé l'Esprit Saint eslisoit
Ceulx dont souloit l'Eglise estre servie.
En ce temps-là vertu fruict produisoit,
Car les Esleuz estoient de saincte vie.
Mais maintenant les Mondains par envie
Ont

---

qui l'avoit envoyée, &c. Cette pauvre fille qui n'y entendoit point de finesse, répondit ingénument & exactement à toutes les questions qui lui furent faites. En conséquence, plusieurs Religieuses ont été chassées, & par une suite nécessaire réduites à de grands besoins. Le Frère Stanislas, pour avoir cherché à leur procurer quelques secours, s'est attiré une pareille disgrace. Ses Supérieurs ont eu ordre de le retirer de leur Maison de Paris ,& de l'envoyer à 40. ou 50. lieuës de là. Il est à Grainville la Teinturière, près de Cany, dans le païs de Caux. Il est parti la semaine du mécredi des cendres de cette année 1748. On saura bien sans doute où le prendre, quand M. de Beaumont en aura besoin pour lui rendre les mêmes services qu'il a rendus à M. de Belfond; mais ce qu'il a fait méritoit-il que tant de pauvres familles, qu'il assistoit dans Paris, fussent privées des secours que son éloignement l'empêche de leur continuër?

Ont usurpé la saincte eslection,
Dont s'est ensuy humaine affection,
Et par ainsy touts vices procedez
Sont des Pasteurs, qui nous sont concedez
Par les chevaux, par la poste & par dons.
Trop mieux vaudroit les eslire à trois dez,
Car à l'hazard ils pourroient estre bons.

(*f*) St. Jean Chrysostôme aïant appris qu'on avoit jetté les yeux sur lui, pour le faire Evêque, la haute idée qu'il avoit de l'Eglise & de l'Episcopat, & les sentimens que son humilité lui faisoit concevoir de lui-même, le jettèrent dans une telle frayeur, qu'il s'évanouït à cette nouvelle; & ses sens lui étant revenus, il s'écria en pleurant, & en soupirant: *Quel crime énorme l'Eglise a-t-elle donc commis, pour être si sévèrement punie par l'élection d'un homme comme-moi pour l'Episcopat?* Il ne m'appartient pas de sonder jusqu'à quel point les sentimens de M. de Beaumont ont été conformes à ceux de St. Chrysostôme, mais ce que tout le monde a dit, c'est que ses prémières résistances venoient principalement (de bons connoisseurs ont dit *uniquement*) de ce qu'aïant déjà dépensé beaucoup d'argent & en peu de tems, pour ses Bulles de l'Evéché de Bayonne & de l'Archevéché de Vienne, il se croyoit hors d'état d'en trouver pour celles de l'Archevéché de Paris; mais aussitôt que le P. Boyer se fut ouvert à lui, & l'eut assuré qu'il en faisoit son affaire, toutes ses difficultés s'applanirent, son incapacité s'évanouït, & son obéissance fut sans réserve. Il lui dit, comme Eole à Junon:

Tuus, o Boyère, quid optes,
Explorare labor: mihi jussa capessere fas est.
Tu mihi quodcunque hoc regni, tu Sceptra, Jovemque
Concilias: tu das epulis accumbere Divûm,
Nimborumque facis, tempestatumque potentem.
Æneïd. Lib. I. ℣. 80.

(g) M.

(*g*) M. Simon est Principal du Collége de Séez, ruë de la Harpe, où M. de Beaumont a été Pensionnaire. Ce M. Simon d'une capacité & d'un mérite un peu au-dessous du médiocre, mais de ces caractères souples & lians, à qui la nature a accordé l'heureux talent de s'insinuër & de se faufiler à peu de fraix avec ceux qui sont, ou qui peuvent devenir, en état de leur être utiles, a eu toute sa vie la vuë assez foible, & il l'a perduë totalement depuis quelques années. C'est dommage. M. de Beaumont en fait grand cas. Il est des parties de Conflans, & il occuperoit un poste distingué à l'Archevéché pour conduire le Diocèse, s'il avoit de bons yeux.

(*h*) C'est-à-dire, à Vienne, ville Archiépiscopale en Dauphiné, sur le Rhône, capitale du Viennois.

(*i*) Célèbres Prédicateurs Doctrinaires. Le P. Jard a été interdit dès l'année 1729. à l'avènement de M. de Vintimille. Ce Prélat ne lui demandoit qu'un demi-ouï, qu'une ombre, qu'une lueur d'acceptation, mais le P. Jard ne voulut rien accorder. On a dit dans le tems, que c'étoit dommage que le Public fût privé des belles & solides réponses qu'il fit à cet Archevêque.

Le P. saint Hilaire fit un Sermon magnifique à St. Eustache, le mardi 14. Août 1742. à la cérémonie du Batême d'un Juif, nommé Usilly, agé de 26. ans. J'étois à ce Sermon. Le Père saint Hilaire y rassembla tout ce que S. Paul dit de la prééminence de la nouvelle Alliance sur l'ancienne, & développa d'une manière lumineuse & pathétique, la Doctrine de cet Apôtre sur cette intéressante matière. Rien ne paroissoit mieux placé, puisqu'il parloit à un Juif converti. A la sortie de l'Eglise, on ne voyoit que gens par pelotons qui s'entretenoient de la beauté & de la solidité de ce Discours. Tous les Auditeurs n'en portèrent pas apparemment un jugement

ment si favorable. En effet, il combattoit directement la Doctrine de la Bulle *Unigenitus*, qui est celle des Pharisiens de ce tems-ci. Aussi fut-il dénoncé à l'Archevéché, & le Prédicateur fut interdit, & l'est encore.

(*k*) On se donne bien de garde de déprévenir le Roi. On lui connoit un cœur droit, tendre & généreux. On sent à merveille, que s'il étoit une fois bien informé que tout ce qui se commet dans le Royaume contre les Appellans & ceux qui sont attachés à l'Appel, n'est qu'injustice, ceux qui abusent de son autorité d'une maniére si criminelle & si injurieuse à la Majesté Royale, n'y trouveroient pas leur compte. Aussi a-t-on une attention singulière à s'entretenir dans les préventions fâcheuses dans lesquelles il a eu le malheur d'être élevé dés le berceau; & pour l'y fortifier de plus en plus, on va jusqu'à lui représenter ceux qu'on appelle *Jansénistes*, comme ses plus grands ennemis, & comme des gens qui *ne veulent ni Pape ni Roi*. On ne compte pas que M. de Beaumont réüssisse à desabuser le Roi. *Hæc mutatio dexteræ Excelsi*. Psaume LXXVI. ℣. 11. Les endroits par lesquels il s'est fait connoitre depuis qu'il est ici, ne permettent pas même d'espérer qu'il y travaille jamais, & qu'il puisse dire (si ce n'est en récitant son Bréviaire) *loquebar de testimoniis tuis in conspectu Regum, & non confundebar*. J'ai parlé de votre loi, j'ai soutenu votre vérité devant les Rois, & je n'en ai point rougi. Ps. CXVIII. vs. 46.

(*l*) Lorsque les Jésuites & leurs Partisans parlent de ceux qui ne reçoivent pas la Bulle, ils n'osent encore se servir du terme d'*Hérétiques*; mais pour désigner les Acceptans, ils disent, *les Catholiques*. Ceux qui sont un peu au fait, & qui lisent, peuvent le remarquer. Aucun Evêque, que je sache, n'a encore relevé jusqu'à présent dans les

écrits

écrits Jésuitiques, cette énonciation affectée & schismatique.

(*m*) Pour savoir ce que c'est que M. Villemsens, Docteur de Sorbonne, & Vicaire de St. Nicolas des Champs; ce qui s'est passé à son égard de la part de M. de Beaumont & du Sr. Lecluse, son Curé, il faut lire la feuille des Nouvelles Ecclésiastiques du 7. Août 1747.

(*n*) Messieurs Morlet, du Bois, Boulonnois & de Majainville, Ecclésiastiques du Clergé de St. Etienne du Mont. Les trois prémiers ont été enlevés & conduits à la Bastille, vers la fin de l'année dernière 1747. pour aucune autre raison, que parce que leur vie édifiante, & le bien qu'ils faisoient dans la Paroisse, blessoient les yeux du Curé. M. Boulonnois avoit été Théologien de feu M. l'Evêque de Senez, *Insons Tencinii Præda Latrocinii.* Tâche indélébile! crime impardonnable.

(*o*) M. l'Abbé de Majainville, Neveu de M. le Begue de Majainville, Conseiller Clerc de Grand' Chambre, a été obligé de quitter la Paroisse, pour avoir osé guêter le prémier Janvier 1747. à la prière de Messieurs les Marguilliers, mais contre le bon plaisir du Moine qui en est le Curé.

Un Ecclésiastique en surplis, modeste & édifiant, a choqué ce Pasteur: une Quêteuse impudente & scandaleuse par son immodestie, comme sont la plupart aujourd'hui, auroit été accueillie & complimentée.

(*p*) M. Claude Lasseray, natif de Longuesse, village près de Meulan sur Seine, à huit lieuës de Paris, Diocèse de Roüen, ancien Supérieur de Ste. Barbe, avoit été (pour cette raison) exilé par Lettre de cachet à vingt lieuës de Paris, lors de la destruction de cette Communauté; mais feu M. le Cardinal de Fleury, moins inhumain que le Moine qui occupe aujourd'hui

 sa

sa place, avoit consenti qu'il restât à Longuesse chez sa Mère. Il y étoit encore le vendredi 8. Décembre 1747. mais le lendemain il en fut enlevé par un Exemt à la tête de douze ou quinze Archers, qui le conduisirent d'abord chez son Frère, Marchand, ruë St. Denis, au Chien rouge, où ils arrivérent sur les 10. ou 11. heures du matin. Ils firent de grandes & inutiles perquisitions dans une Chambre qu'il a chez ce Frère, puis le conduisirent à la Bastille, où il est encore.

On a de fortes raisons de croire que ce sont les Jésuites de Pontoise & le Curé du lieu (*a*), qui ont été les Promoteurs de cet enlèvement.

Tout cela s'est passé sous les yeux & avec l'agrément de notre digne Archevêque.

(*q*) Il y auroit déjà de quoi composer un juste volume, si on faisoit un Recueil exact de tout ce qui s'est passé dans le Diocèse, depuis que M. de Beaumont en est l'Archevêque titulaire.

On y verroit, par exemple, une Société de pieux Laïcs, qui servoient les malades à l'Hôtel-Dieu, & qui édifioient toute la Maison, rompuë par les ordres de M. de Beaumont.

La Supérieure des Carmélites du fauxbourg St. Jaques, arrachée à son Couvent, & transférée dans celui des Carmélites de la ruë de Grenelle, où M. de Beaumont vient d'envoyer un de ses Appariteurs Ecclésiastiques, pour lui interdire le Parloir,

---

(*a*) Ce Curé est un Constitutionnaire rigide, qui eut l'effronterie, il y a quelques années, d'accuser M. Lasseray du Chien rouge, de rien moins que d'avoir voulu l'assassiner. Il y a eu un procès criminel, qui a fait beaucoup de bruit. M. Lasseray a prouvé son innocence par un *alibi*; & le Calomniateur en a été quitte pour le chagrin de n'avoir pas réüssi.

(*a*) On

loir, & pour lui signifier qu'elle sera privée des Sacremens jusqu'à ce qu'elle ait changé de sentimens.

Une pauvre fille, nommée Elisabeth Artisan, chassée des Hospitalières du fauxbourg St. Marceau, où elle avoit un lit par la protection de M. le Duc d'Orleans, pour avoir fait une neuvaine à St. Médard; & les Demoiselles Pensionnaires, qui s'étoient jointes à elle, obligées de sortir de la Maison.

On verroit dans ce Recueil, que M. de Beaumont a fait retirer des mains des pauvres Enfans de la Salpetrière, des livres de piété, non suspects, au jugement-même de M. le Duc d'Orleans, tels que les Offices de l'Eglise traduits en François, &c. & qu'il leur a envoyé à la place de ces livres, de petits Offices de la Vierge tout latins, & des Chapelets. Cela, comme on voit, est parfaitement assorti au goût des Jésuites.

On y verroit de pieux Laïcs, dits Gouverneurs, chassés de Bicêtres, & les Ecoles de cette Maison détruites.

Le refus fait à M. de Vaugon, Docteur de Navarre, d'une Cure qui lui avoit été résignée, pour n'avoir pas voulu prononcer ces mots; *J'accepte la Constitution Unigenitus*.

On y verroit le Curé de Monfermé obligé de comparoitre à l'Archevéché, pour y essuyer une vive réprimende, de ce qu'il avoit eu l'impertinence de se conformer aux statuts du Diocèse, en refusant à la Communion un Domestique de M. Hocquart, Fermier-Général, Seigneur du lieu, qui avoit fait sa prémière Communion dans une Eglise étrangère (*a*).

Le Chapelain des Religieuses de la Magdeleine de Tresnel, interdit, pour avoir refusé d'aller signer le Formulaire par devant Messieurs de St. Nico-

(*a*) On croit que c'est chez les Jésuites.

colas du Chardonnet, commis par M. de Beaumont à cet effet.

La défense faite aux Religieuses Hospitalières de St. Gervais, de laisser dire la Messe dans leur Eglise, à M. Orry, Curé de la Ville-aux-Clercs, Diocèse de Blois, parce qu'il a eu la témérité de rendre gloire à Dieu du miracle éclattant opéré sur la Veuve Mercier de la Paroisse de Moisy, en signant avec trente-neuf de ses Confrères, les deux Requêtes présentées en 1738. à M. l'Evêque de Blois, pour le supplier de faire informer juridiquement de la guérison miraculeuse de cette Veuve (*a*). Une Converse Novice aux Religieuses de la Croix du fauxbourg St. Antoine, qui faisoit l'édification de toute la Communauté, reçuë à faire profession à la voix & aux vœux unanimes de toutes les Religieuses, obligée de renoncer à sa vocation, & de se retirer, parce que M. Gueret, Curé de St. Paul, qui, à la prière de M. le Grand Chantre, nouveau Supérieur de cette Maison, l'avoit interrogée sur la Religion, avoit trouvé ses réponses trop savantes. *C'est bien à une Cambrouse comme vous, ma Mie*, lui dit-il, *qu'il convient de savoir toutes ces choses.* Il ne paroit pas, comme on voit, que

(*a*) Les gens qui refléchissent & qui combinent les évènemens, attribuent à une double cause cette défense faite aux Hospitalières de St. Gervais. M. de Beaumont, avant que d'être dans l'Ordre Episcopal, étoit Grand-Vicaire de M. de Crussol, Evêque de Blois. M. le Curé de la Ville-aux-Clercs écrivit à M. de Beaumont une Lettre respectueuse, pour lui exposer les raisons qu'il avoit de ne pas marier deux personnes de sa Paroisse qui se trouvoient dans un certain cas dont je ne me souviens plus. Ces personnes qui vouloient se marier, s'addressèrent à M. le Grand-Vicaire pour en obtenir la permission. Ils l'obtinrent, se marièrent,

que ce pauvre Curé, en devenant vieux, prenne le chemin de pleurer son ancienne apostasie.

On y verroit M. Raunay, nouveau Curé de St. Germain l'Auxerrois, quoique parfait Moliniste, comme élève du Séminaire de St. Nicolas du Chardonnet, vivement réprimandé à l'Archevéché, pour avoir eu la mollesse de souffrir qu'un Prêtre de l'Oratoire (le P. Brochand) mariât son Neveu dans son Eglise.

Pour l'honneur de M. Raunay, il est bon de dire ici en passant, qu'il a abondamment réparé cette faute.

1°. Il a courageusement refusé à M. Bournisien, Curé de St. Gosse, la permission de marier son propre Neveu dans son Eglise (de St. Gosse) & dans toute autre.

2°. Il a révoqué par écrit la permission verbale qu'il avoit donné à M. Dubosq, Prêtre de la Paroisse de St. Luc, & par conséquent suspect de confesser une Femme malade.

3°. Il a témoigné amèrement à un Prêtre de sa Paroisse, son ressentiment contre lui, de ce qu'il avoit eu la témérité d'appeller dans une maladie qu'il avoit euë, un Confesseur Appel-

---

rent, & vinrent dans leur Paroisse, pour s'y établir. M. le Curé, qui ne croyoit pas leur mariage légitimement contracté, s'y opposa; & leur défendit la cohabitation. Nouvelles plaintes portées à M. le Grand-Vicaire de la part des Conjoints. Nouvelle Lettre écrite par M. le Curé à M. le Grand-Vicaire, pour lui prouver la nullité & du mariage & de la permission accordée de le célébrer. Un Curé de village oser se mésurer avec un Grand-Vicaire! cela ne se pardonne jamais.

Omnibus Umbra locis adero: dabis, improbe, pœnas. Virg.

pellant qui n'avoit que des pouvoirs verbaux.

Cela s'appelle porter la délicatesse & le repentir jusqu'où ils peuvent aller. Aussi est-il toujours le bien aimé du P. Boyer, dont la protection l'a si efficacement maintenu dans la possession de sa Cure, contre les justes prétentions de M. l'Abbé de Cazaman, Maître des Requêtes.

On y verroit les Sacremens refusés dans une maladie qu'on croyoit mortelle, à un Prêtre Flamand, nommé Gavroy, agé d'environ quatre-vingts ans. Ce Prêtre demeuroit sur la Paroisse de St. Etienne du Mont. Le P. Pierre-François-Joachim Bouëttin, Curé, qui souffroit depuis long-tems avec peine que sa Paroisse fût infectée par le séjour d'un tel homme, aïant appris sa maladie, courut chez lui, comme pour l'exorciser, c'est-à-dire, pour le délivrer du Démon du Jansénisme dont il étoit possédé, ou, faute de réussite, pour lui déclarer qu'il le laisseroit mourir sans Sacremens. Il ne réüssit pas en effet, & alla à l'Archevéché rendre compte à M. de Beaumont de ce qui s'étoit passé, & du parti qu'il avoit pris.

M. Bélichon, Avocat au Parlement, ami du malade, aïant appris la vérité & la résolution du Curé, alla aussi trouver M. de Beaumont, pour le prier de donner ses ordres au P. Bouëttin. Celui-ci retourne à l'Archevéché, pour détruire ce que M. Bélichon auroit pu y avoir fait; déduit ses raisons au Prélat qui les trouve fort bonnes, mais qui n'ose pourtant encore, pour l'unique défaut d'acceptation de la Bulle, se résoudre à faire refuser les Sacremens dans la Capitale, & sous les yeux du prémier Parlement du Royaume, à un Prêtre irréprochable dans sa conduite & dans ses mœurs. Le P. Bouëttin retourne voir le malade, & lui déploie toujours inutilement ses lieux communs & ses menaces. Enfin il s'avise de lui demander si, depuis qu'il est dans le Diocèse, il a dit la Messe. Le malade lui répond que oui, &

mê-

même plusieurs fois. Le Moine insiste, & lui demande s'il a reçu la rétribution des Messes qu'il a dites. Le Patient lui répond d'abord que non, puis rappellant sa mémoire, & craignant de blesser la sincérité, il lui dit qu'il se ressouvenoit qu'étant allé un jour à la Doctrine pour y dire la Messe, le Sacristain le pria de la dire pour une personne qui venoit de lui en demander une, & qu'après la Messe, ce Sacristain voulut lui payer la rétribution qu'il ne voulut point accepter, mais qu'après plusieurs instances de la part du Sacristain, & plusieurs refus de la sienne, le Sacristain l'aïant comme forcé de l'accepter, en lui disant qu'il la donneroit aux Pauvres, s'il le jugeoit à propos, que pour lui il ne pouvoit garder cet argent qui ne lui appartenoit point, il y avoit enfin consenti, & qu'en sortant de l'Eglise, il l'avoit effectivement distribué aux Pauvres. A ces mots, le Moine victorieux s'écria que, suivant les Statuts du Diocèse, il avoit encouru la censure, & qu'il étoit suspens *ipso facto*. Il alla raconter sa découverte à M. de Beaumont qui l'en félicita, & qui décida doctement que le Prêtre étranger étoit suspens, & conséquemment indigne des Sacremens.

M. Lelichon retourne à l'Archevéché pour continuër ses sollicitations ; mais il fut bien étonné quand il entendit le jugement porté contre son ami. Eh quoi ! lui dit le Prélat enflammé de zèle, vous me demandez les Sacremens pour un homme qui a encouru les censures de l'Eglise ! y pensez-vous ?

Le bon Prêtre n'est point mort par la grace de Dieu, mais s'il n'étoit pas revenu de cette maladie, il auroit été dit qu'il seroit mort excommunié & privé des Sacremens par Monseigneur notre illustrissime Archevêque, pour une pièce de douze sous reçuë d'une main, & donnée aux Pauvres de l'autre.

On verroit bien d'autres choses dans le Recueil

dont

dont je parle, si on vouloit y ramasser tout ce qui s'est déjà passé dans le Diocèse depuis l'avènement de M. de Beaumont. Nous devons nous préparer à un bel avenir, si Dieu le laisse vivre.

A propos de cela, je me souviens d'une espèce de Prophétie, qui courut dans tout Paris quelques jours après la prise de possession de M. de Beaumont. On la disoit extraite des Prophéties de Nostradamus. Ce qui n'est pas vraisemblable, parce que Nostradamus n'a fait que des quatrains. En tout cas, *Se nò vera è ben trovata.* Là voici:

Quand des Poissons Royne azurée
Pays Séquanien nigrera,
Dure Esclanche mal embrochée
Jusqu'au bout point ne tournera,
Ains dedans les cendres cherra.
Par même coup belle Vallée
D'os & pouritures comblée
Plus sus terre ne paroitra.
En sa place s'eslèvera
Belle Montaigne y transmigrée
Par ressorts que chacun voirra.
Longue ne sera sa durée.
La cime couverte sera
De thym, muguet & giroffiée,
Mais le bas REPAIRE enclorra
De Scorpions, dont la Couvée
Les environs infectera;
D'où vent pestilent soufflera
Qui thym, muguet & giroffiée
En peu de tems moissonnera;
Puis belle Montaigne esbranlée,
Et de fond en comble escroulée,
Ce que devinez deviendra.

Il y a quelques Manuscrits anciens, où, au-lieu de ce dernier vers, on lit celui-ci.

A tous les D . . . . . s'en ira.

Le

Le Lecteur choisira; pour moi je m'en tiens au prémier, & je prie Dieu de tout mon cœur qu'il ne permette pas qu'aucun des deux se vérifie jamais, & que plutôt M. de Beaumont de Loup devienne Pasteur.

(*r*) Nombre de gens ont été assez contens de ce coup de pinceau. En effet M. de Beaumont est, dit-on, la politesse-même. Ses révérences, son affabilité, ses paroles doucereuses charment tous ceux qui se contentent de cette monnoie. Le menu Peuple de Paris, sur-tout celui qui demeure aux environs de l'Archevéché, & qui le voit souvent passer, l'éléve beaucoup, & nous assure que nous avons un grand & un digne Prélat.

Il paroit que les Habitans de Sarcelles demandent quelque chose de plus. J'ai même entendu dire à Claude Fétu lui-même, que ce caractère Patelin est très-dangereux dans un Evêque chargé de la destruction d'un Diocèse, & qui n'en a été pourvu qu'à cette condition. *Meliora sunt vulnera diligentis, quàm fraudulenta oscula odientis.* Prov. XXVII. ℣. 6.

(*s*) La Lettre de M. de Beaumont, par laquelle il addresse aux Curés & aux Confesseurs de son Diocèse, la prétenduë Rétractation du P. Pichon. Elle est en effet imprimée chez Claude Simon. Nos bonnes gens n'ont pas tort de se plaindre de la cherté de cette pièce. La Lettre de M. de Beaumont ne contient que 49. lignes, & celle du P. Pichon 33. ce qui ne fait en tout que 82. lignes en gros caractère.

Ces deux morceaux sont trop courts & trop précieux, & ont fait trop de bruit, pour ne pas les insérer ici tout-au-long en faveur de ceux qui n'ont pas jugé à propos d'y mettre six sous.

Let-

Lettre de Monseigneur l'Archevêque de Paris, aux Curés & aux Confesseurs de son Diocèse, par laquelle il leur addresse la Rétractation de l'Auteur du Livre intitulé : L'Esprit de Jésus-Christ & de l'Eglise sur la fréquente Communion; *imprimé à Paris chez Hippolite-Louis Guerin, en* 1745.

Nous croyons, mes Frères (*a*), de voir vous faire part de la rétractation que l'Auteur du Livre, intitulé : *L'Esprit de Jésus-Christ & de l'Eglise sur la fréquente Communion*, vient de nous addresser.

Peu de tems après que la divine Providence nous eut appellés au gouvernement de ce Diocèse, nous examinâmes de concert avec plusieurs Prélats, les moyens de prévenir le mal que pouvoit faire cet Ouvrage.

Vous verrez par la Lettre qui contient la Rétractation du P. Pichon, qu'on étoit convenu de faire une nouvelle édition ; qu'elle étoit même en état de paroitre, & qu'elle a été arrêtée par des difficultés que l'Auteur n'avoit pu prévoir.

Dans la crainte qu'on ne lui imputât le retardement de la réparation qu'il devoit au Public, il nous écrivit une prémière Lettre, où il rétractoit tous les endroits de la prémière édition de son Livre, qu'on avoit cru devoir changer ou retrancher dans la seconde. Comme cette Lettre étoit rélative à une édition qui n'a pu avoir lieu, nous n'avons pas jugé à propos de la publier (*b*). Le P. Pi-

(*a*) Les autres Evêques disent : *mes chers Frères* : plusieurs même mettent le mot *cher* au superlatif, à l'exemple de S. Paul.

(*b*) C'est cependant cette prémière Lettre qu'il falloit publier. On auroit vu sur quels points tomboit la Rétractation du P. Pichon.

Pichon en étant instruit, nous a envoyé la Rétractation que nous vous présentons aujourd'hui. Nous avons lieu de croire que vous serez édifiés de la démarche d'un Auteur qui est le prémier à condamner son propre ouvrage. L'Eglise n'est jamais plus satisfaite, que lorsqu'elle voit ceux qui sont tombés dans des excès répréhensibles, en faire le desaveu public, & prévenir le jugement des Supérieurs Ecclésiastiques, par celui qu'ils prononcent contre eux-mêmes.

Animés du même esprit de charité & de condescendance, les droits de la vérité étant à couvert, nous ne devons plus penser qu'à retirer des mains des Fidèles, le Livre, intitulé : *L'Esprit de Jésus-Christ & de l'Eglise sur la fréquente Communion.* C'est pourquoi nous vous enjoignons (*a*) de vous servir du pouvoir que vous avez dans le Tribunal de la Pénitence, pour en interdire la lecture à ceux qui sont sous votre conduite. Cette précaution nous paroit d'autant plus suffisante, que nous avons pour Coopérateurs dans le saint ministère, des

(*a*) S. Paul en écrivant à Timothée, se sert du terme, *je vous conjure.* Celui de, *Nous vous enjoignons*, en parlant à ses Coopérateurs, à ses Frères, me paroit bien fort. Le Roi ne s'énonce pas autrement en parlant à ses Officiers. Quand le Roi exige quelque chose de ses Sujets Ecclésiastiques, il ne leur dit point crûment; *Nous vous enjoignons.* Ces trois mots sont tempérés, & comme préparés par ces trois autres qui les précèdent : *Nous vous exhortons.* Lorsqu'un Musicien emploie une dissonnance, il ne manque pas de la préparer par un bon accord, & de la sauver par un autre; mais M. de Beaumont n'y fait pas tant de façons : il emploie brutallement ses dissonnances. *Principes gentium dominantur eorum . . . . non ita erit inter vos*, Matth. XX. vs. 25.

(*a*) Men-

des hommes attachés aux maximes de St. François de Sales, & élevés dans la pratique des règles de St. Charles : règles adoptées par le Clergé de France, & qui par la publication qu'en ont faite nos Prédécesseurs, sont devenuës la loi de ce Diocèse. Nous sommes bien assurés que conduits par de tels Guides, vous serez toujours également en garde & contre les fausses maximes d'une sévérité outrée qui tendroient à détourner les Fidèles de la fréquente Communion, & contre les excès d'indulgence & de facilité qui les porteroient à négliger les saintes dispositions qu'elle exige. Donné à Paris en notre Palais Archiépiscopal, le huit Février mil sept-cens quarante-huit.

CHR. Archev. de Paris.

Lettre du P. Pichon, Jésuite, à Monseigneur l'Archevêque de Paris.

MONSEIGNEUR,

RECEVEZ avec bonté, un Auteur qui a le chagrin d'avoir publié un Livre qui ne fait que trop de bruit.

C'est dans votre Diocèse que le Livre, intitulé : *L'Esprit de Jésus-Christ & de l'Eglise sur la fréquente Communion*, a été imprimé. Il est juste, Monseigneur, que ce soit devant Votre Grandeur que j'en fasse le prémier desaveu public. Peu de tems après que ce Livre eut paru, mes Supérieurs le desaprouvèrent (*a*), en arrêtèrent le débit, & ordonnèrent qu'on le corrigeât. Plusieurs grands Prélats, plusieurs savans Théologiens firent sur cet ouvrage de sages & de judicieuses observations. Dieu m'a fait la grace d'avoir la docilité qui convient

(*a*) Mensonge insoutenable.

(*a*) C'est

vient à mon état. Je déférai, comme je le devois, aux lumières de tant de personnes respectables; & comme on convenoit que, pour remédier au mal, il étoit à propos de faire une seconde édition de mon ouvrage, qui rectifiât & fît disparoître tout ce qu'il y a de condamnable dans la prémière, ce travail fut aussitôt entrepris.

Vous savez vous-même, Monseigneur, que dés la fin du mois d'Août 1747. cette seconde édition étoit prête de ma part; que revuë par des yeux éclairés, & retouchée par des mains habiles, on m'assuroit qu'elle pouvoit être desormais utile aux Fidèles qui la liroient dans un esprit de Religion; & que ce n'est que quelques difficultés que je n'avois pu prévoir, qui en ont empêché l'impression (*a*).

Dans la crainte néanmoins qu'on ne me soupçonne d'y avoir mis obstacle, & de tenir encore à des maximes répréhensibles, je déclare ici à Votre Grandeur (& la supplie de ne point laisser ignorer cette déclaration) que je desavouë le Livre, intitulé: *L'Esprit de Jésus-Christ & de l'Eglise sur la fréquente Communion*, imprimé à Paris chez Guérin, en 1745. que je rétracte cet ouvrage, & que je le condamne de tout mon cœur.

J'ai l'honneur d'être avec le plus profond respect,

Monseigneur,

De Votre Grandeur,

Le très-humble & très-obéissant Serviteur, PICHON, Jésuite.

A Strasbourg, ce 24. Janvier 1748.

(*t*) 1. Le

(*a*) C'est que ses Supérieurs ont trouvé le Livre tellement de leur goût, & si conforme à la Doctrine universelle de la Société, qu'ils n'ont pas voulu consentir qu'on y fît aucun changement.

(t) 1. Le Livre du P. Pichon a été imprimé en 1745. au commencement de l'année sans doute, puisque ses Confrères, Auteurs du Journal de Trévoux, en ont fait l'éloge dés le mois d'Octobre de la même année, ou il faudroit dire que ces Pères se seroient furieusement pressés de donner connoissance au Public du mérite de cet ouvrage. Ce qui n'est pas hors de vraisemblance.

2. Les Remarques de M. Languet, Archevêque de Sens, sur ou contre ce Livre, sont du mois de Juin 1747.

3. L'Instruction Pastorale de M. l'Evêque d'Auxerre, portant condamnation de ce même Livre, est du 27. Septembre 1747.

4. Le Mandement de M. l'Archevêque de Tours, aussi contre ce Livre, est du 15. Décembre 1747.

5. L'Instruction Pastorale de M. l'Evêque de Soissons, est du 7. Janvier 1748.

6. L'Auteur des Nouvelles Ecclésiastiques (je conviens que je cite un personnage odieux à la Société, mais qu'importe d'où vienne un avis, quand il est bon) l'avoit indiqué dés le 7. Août 1746. & en a donné un ample Extrait dans les feuilles des 20. & 27. Février & 6. Mars 1747.

7. La Rétractation du P. Pichon, si c'en est une, addressée à M. de Beaumont, n'est que du 24. Janvier 1748. Elle est donc postérieure à tous ces Ecrits. Le P. Pichon n'a donc avoüé ses erreurs, s'il les a avoüées, qu'après qu'il a été démasqué & décrié de toutes parts, & par ceux mêmes de qui il devoit le moins se méfier, tels entr'autres que M. Languet, & M. de Tencin, qui est redevable de son Chapeau à la Société. Quoi! pourroit-elle dire sur-tout à ce dernier, quoi! *Tu homo unanimis, Dux meus & notus meus, qui simul mecum dulces capiebas cibos, in domo Dei ambulavimus cum consensu.* Ps. LIV. vs. 14. Il est vrai que l'Ecrit du Cardinal de Tencin est postérieur à la

Ré-

Rétractation du P. Pichon; mais les Jésuites n'ignoroient pas les dispositions de cette Eminence.

Un pareil aveu de la part des Jésuites sous le nom du P. Pichon, dans de pareilles circonstances, n'est donc qu'un jeu, & ne doit paroitre d'aucun mérite aux personnes sensées, non plus qu'aux Païsans de Sarcelles. Comment donc M. de Beaumont en paroit-il si touché? Comment peut-il dire à ceux à qui il addresse sa Lettre, *qu'il a lieu de croire qu'ils seront édifiés de la démarche d'un Auteur qui est le prémier à condamner son propre ouvrage, & qui prévient le jugement des Supérieurs Ecclésiastiques, par celui qu'il prononce contre lui-même?* Messieurs de Sens, d'Auxerre, de Tours, de Soissons, ne sont-ils point des Supérieurs Ecclésiastiques, ou sont-ils des gens sans conséquence dans l'Episcopat?

Il faut donc, pour concilier cet endroit de la Lettre de M. de Beaumont avec la vérité, se persuader qu'il ne l'a hazardée que par pure politesse pour le P. Pichon & pour ses Confrères, ou plutôt que cette Lettre est un thême composé par les Jésuites-mêmes, qu'il a eu la complaisance de signer, pour leur faire sa cour.

(v) Nos bonnes gens pensent mieux qu'ils ne parlent, en cette occasion, quand ils disent que le P. Pichon auroit dû se déclarer pour tout ce que M. d'Auxerre approuve par son Mandement, & condamner tout ce qu'il y condamne. Ils savent aussi bien que personne 1. que le P. Pichon, en qualité de Jésuite, ne peut rien faire, pas même un acte de contrition, sans la permission de ses Supérieurs; 2. que, si c'est lui qui a composé le Livre en question (dequoi les Connoisseurs ne conviennent pas) l'ouvrage n'est plus à lui, depuis qu'il a vu le jour, & que c'est un effet acquis à la Société; 3. que chez les Jésuites tout Auteur d'un Livre, ou celui qui en porte le nom, ne peut desaprouver ce Livre (ce qui n'arrive jamais, à moins

moins qu'il n'y soit comme forcé par une nécessité antécédente) que dans le tems, en la manière, & dans les termes choisis & convenus par la Société.

D'un autre côté, comment la Société auroit-elle pu consentir que son P. Pichon condamnât sans restriction, tout ce que M. d'Auxerre condamne, elle qui par l'organe de son Supplémenteur (le P. Jugou) entreprend de prouver, & prouve effectivement, à sa manière & suivant ses principes admis, dans la feuille du 8. Avril de cette année 1748. que M. d'Auxerre est retranché de l'Eglise de Jésus-Christ, c'est-à-dire, de celle de sa Compagnie? Il se sert pour cela d'une belle Prosopopée, qu'il est bon de rapporter tout entière & mot pour mot, d'autant que je ne crois pas que les feuilles du Supplément aient un grand débit, & qu'elles soient fort répanduës. Là voici:

„ Quoi! pourroit-il lui dire, (le P. Pichon à „ M. l'Evêque d'Auxerre) vous avez encouru „ vous-même par votre appel, & par vos écrits „ contre la Constitution, l'excommunication por„ tée par ce Décret de l'Eglise universelle, & vous „ défendez la lecture de mon Livre, *sous les peines de* „ *droit!* Votre autorité sur mes Lecteurs est-elle „ plus grande que ne l'est à votre égard celle de „ l'Eglise universelle? Vous sied-il bien, permet„ tez-moi de vous le dire, vous qui vous êtes re„ tranché vous-même de l'Eglise de Jésus-Christ „ par votre appel scandaleux & schismatique, vous „ qui par conséquent n'êtes plus l'homme de l'E„ glise; vous qui êtes sous l'anathême; vous dont „ plusieurs écrits fument encore de la foudre dont „ ils ont été frappés, vous sied-il bien de condamner, „ de censurer les miens? Commencez par vous „ soumettre à l'Eglise (des Jésuites), & alors on „ vous sera soumis. Craignez & respectez l'autori„ té de cette Mère des Fidèles, & alors on crain„ dra, & on respectera la vôtre. Vous soutenez „ que *la crainte d'une excommunication injuste ne doit*

„ *pas*

„ *pas empêcher de faire son devoir*; comment après
„ cela voulez-vous que vos Diocésains craignent
„ *vos peines de droit, vos excommunications*? A quoi
„ aboutiront toutes vos censures, s'ils se persua-
„ dent (*a*) que ce que vous leur défendez, est
„ pour eux un devoir? Et s'il me plaisoit à moi
„ d'appeller & de réappeller au futur Concile
„ toutes vos Ordonnances & Instructions, qu'au-
„ riez-vous à me dire? Ne pourrois-je pas alors
„ me servir de toutes vos expressions? Dire que
„ le Tribunal souverain de l'Eglise universelle,
„ le Concile général, est saisi de mon affaire? Que
„ quand il sera assemblé dans un endroit libre, je
„ me soumettrai? Que mon appel est non seule-
„ ment *dévolutif*, mais encore *suspensif*, &c. &
„ employer ainsi tout le jargon de l'*Appellantisme*,
„ sans que jamais, dans cette cause, vous puissiez
„ me rien opposer qui, dans l'affaire de la Consti-
„ tution, ne fasse encore plus contre vous?"

On peut juger par cet échantillon, de la sincérité avec laquelle les Jésuites condamnent la Doctrine enseignée dans le Livre du P. Pichon, & de la valeur de sa Rétractation, dont M. de Beaumont affecte de paroitre si enthousiasmé.

(*x*) Les autres n'avoient garde de paroitre sur l'eau dans cette affaire, c'est-à-dire, de signer aucun acte improbatif de ce Livre. Ils se seroient mis hors d'état, par cette démarche imprudente, de lui donner, comme ils y étoient bien résolus, un nouveau cours, & de le mettre en vogue plus que jamais, aussitôt que l'orage seroit passé, comme ils font déjà. Une expérience de 200. ans leur a appris qu'il ne peut rien leur arriver qui ait de longues suites. Ils ont bien reçu de tems en tems quelques échets, mais ils n'ont jamais perdu de ba-

---

(*a*) Ils ne se le persuaderont pas, s'ils savent un peu leur Catéchisme.

batailles complettes. Aujourd'hui, un pouce de terrein perdu, demain six regagnés. Si leur gloire semble souffrir quelques éclipses de tems en tems, elle n'en paroit que plus brillante, quand le nuage est dissipé.

Mersus Profundo, pulchrior evenit.
Hor.

L'enfantement de la Ligue en France, qui étoit leur ouvrage; les meurtres de nos Rois Henri III. & Henri IV. qu'ils ont fait faire; la Piramide élevée contre eux; leur scandaleuse Compagnie de Jésuitesses, établie en Angleterre, & supprimée dés sa naissance par Urbain VIII. l'affaire de Doüay, chef-d'œuvre de fourberie; le traitement inouï fait à Dom Bernardin de Cardenas, Evêque du Paraguay, à Dom de Palafox, Evêque d'Angelopolis, au Cardinal de Tournon; l'affaire de leur Père Jean-Bâtiste Girard; de leur P. Mourao, puni du dernier supplice à la Chine; l'usurpation qu'ils ont faite de l'Eglise paroissiale de St. Louïs de Brest, où ils ont dit la Messe, escortés de Soldats armés; la succession immense d'Ambroise Guys, dont ils se sont emparés; les trois-cens mille Florins qu'ils ont volés à la Dame de Viane de Bruxelles; l'affaire des 101. Tableaux, & un nombre infini d'autres évènemens semblables, prouvent bien que leur gloire ne peut jamais recevoir d'échec essentiel & durable, si ce n'est dans le tems où s'accomplira ce qui est prédit d'eux sous la figure des Ethiopiens. *Coram illo procident Æthiopes, & inimici ejus terram lingent.* Ps. LXXVI. vs. 11.

Néanmoins la prudence ne veut pas qu'ils exposent cette gloire, par aucune démarche précipitée. Aussi est-ce la sage conduite qu'ils ont tenue dans l'affaire présente. Ils n'ont fait paroitre que le P. Pichon, comme un Enfant perdu. Si le P. Duchesne, Provincial, avoit seulement reti-

ré

ré sa permission, comme le Roi a révoqué son Privilége pour l'impression du Livre, ç'auroit été quelque chose; mais ils ont trouvé le moyen de ne faire parler que le P. Pichon, & encore de 110. lieuës, & à qui? à M. de Beaumont, ce qui n'est rien. Au contraire, il y a tout à gagner pour eux, tant du côté de l'honneur, que du côté de l'argent-même. Ils ont sagement retiré tous les Exemplaires de ce Livre dés le commencement. Par-là il est devenu très-rare. Cependant tous les Curieux le cherchent & veulent l'avoir. Ils en font sortir de tems en tems quelques Exemplaires de leur magasin, qu'ils vendent, dit-on, un Louïs d'Or, au-lieu de 40. sous qui étoit son prémier prix. Voilà, comme on voit, un Bénéfice de douze-cens pour cent. Jamais M. l'Abbé de Tencin, aujourd'hui Cardinal, Archevêque de Lyon, Primat des Gaules, & Ministre d'Etat, n'a dans le plus fort de l'agio, fait monter les actions si haut.

D'ailleurs, si tous les Curieux veulent l'avoir, tous les Curieux le liront. Toutes les *criailleries* qui se sont élevées contre, cesseront; tous les Evêques qui l'ont condamné, mourront: le Livre restera, sera lu, admiré, sa Doctrine mise en pratique. Quel profit! quelle gloire!

(y) Si l'on veut avoir une idée de la nature & de la rapidité des conversions qu'ils font chez les Infidèles, il ne faut que parcourir le 25me. vol. de leurs Lettres édifiantes, imprimées à Paris avec approbation & privilége.

A la page 5. par exemple, ils disent qu'en 1717. cent vingt-un mille cent soixante-un Indiens, dans le Paraguay, furent bâtisés de la main des Jésuites.

A la page 25. que le gibier & le poisson viennent d'eux-mêmes se présenter aux Jésuites, pour être pris de leur main (a).

Ibid.

(a) Les Jésuites dans ce païs-là, ont le plaisir

 de

Ibid. Que les forces manquent aux Barbares, & qu'ils ne peuvent tirer leurs flêches, dés qu'ils apperçoivent les Jésuites (*a*).

Pag. 49. Que ces Peuples ont la conscience si timorée, qu'ils fondent en larmes, en s'accusant de fautes si légères, qu'on doute quelquefois si elles sont matière d'absolution (*b*).

Aux pag. 54. & 55. que lorsque la fête de Dieu approche, les Peuples de ce païs s'y préparent, en tuant le plus d'oiseaux & de bêtes féroces qu'ils peuvent, qu'ils exposent sur le passage de la procession; ce qui, ajoutent ces bons Pères, convertit beaucoup d'Infidèles qui voient cela (*c*).

Pag. 158. & suivantes, qu'un village entier, qui avoit pris les armes, pour massacrer le P. Cavallero & sa suite, un de ses Néophites s'avisa d'élever bien haut l'image de la Ste Vierge, & qu'alors un engourdissement s'empara de tous les membres des Barbares, qui ne purent décocher leurs fléches, & prirent la fuite.

Pag. 171. Qu'en l'année 17 . . . le P. Cavallero guérit miraculeusement tous les malades qu'on lui présenta, &c.

(*e*) Le P. Perin, Jésuite, dans une assemblée des Dames de la Charité de St. Sulpice, où il prêcha

---

de faire bonne chère en viande & en poisson à bon marché.

(*a*) C'est un plaisir que de prêcher parmi ces Peuples. On n'est point exposé au martyre.

(*b*) Les Jésuites n'aiment pas les petits péchés. Cela les embarrasse.

(*c*) Un si grand amas de gibier est en effet une voix bien puissante, & bien efficace, pour arracher les ames au Démon, & pour les gagner à Jésus-Christ. Je m'étonne que les Apôtres ne se soient pas servi d'une recette si innocente, & si facile.

cha un des jours de la Semaine sainte de cette année 1748. dit qu'il falloit communier tous les jours, sans se mettre en peine de ce que peuvent dire certains gens . . . .

Prémière preuve que la Doctrine enseignée & développée par les Jésuites dans le Livre du P. Pichon, n'est point une Doctrine abandonnée par la Société. Au contraire, voilà l'orage bientôt passé : tous les coups sont portés, sans avoir fait aucunes blessures. Les bons Pères vont recommencer sur nouveaux fraix. Dans peu ils donneront quelque autre Livre plus fort encore, & après celui-là un autre.

La condamnation de la Proposition 66. *Qui veut s'approcher de Dieu, ne doit ni venir à lui avec des passions brutales, ni se conduire par un instinct naturel, ou par la crainte, comme les bêtes, mais par la foi & par l'amour, comme les enfans ;* la condamnation, dis-je, de cette Proposition, qui, par la grace de Dieu, fait encore horreur à quiconque n'est point dirigé par les Jésuites, paroitra peu-à-peu moins horrible; on s'y accoutumera, on s'y conformera. On suivra l'exemple du grand nombre des Prêtres fabriqués par la Bulle, qui ne disent pas la Messe avec plus de dispositions que n'en demande le P. Pichon, & le plus souvent avec celles que proscrit la Proposition condamnée.

Témoins cinq Prêtres, disant Messe tous les jours (je ne veux pas dire en quelle église) qui le Mécredi de la Semaine sainte de cette année, insultèrent violemment une femme dans l'Allée d'un Marchand de bierre sur le Pont Notre-Dame, vers les sept heures du soir. Cette femme cria; le Marchand de bierre accourut. Les Prêtres, pour se disculper, soutinrent, comme les Vieillards de la chaste Susanne, qu'ils l'avoient trouvée commettant des infamies avec un homme dans l'Allée. Le Marchand de bierre qui connoissoit cette femme, lui dit que ces cinq Prêtres venoient depuis longtems tous les jours dans sa maison (ils y étoient donc venus pendant tout le Carême) & qu'ils y restoient enfermés dans une chambre à boire de la bierre, & à faire le tapage & le baccanal jusqu'à onze heures, & minuit. C'est l'expression dont il se servit.

Témoin un autre Prêtre, qui demeuroit, il y a sept ou huit mois, dans une maison ruë St. Victor, à côté de M. Vatry, Notaire, & qui disoit tous les jours la Messe, tantôt au Val-de-Grace, & tantôt aux Bernabites.

Sur une plainte faite par les voisins, un Commissaire se transporta chez lui pendant la nuit. Il y trouva vingt ou trente fusils, & environ autant de robes de chambre, tant d'hommes que de femmes, avec une jeune fille de 15. ou 18. ans, qu'il faisoit passer pour sa Nièce. Cette fille fut conduite à la prison de St. Martin, & le Prêtre je ne sai où.

Mais ce sont-là des Prêtres publiquement scandaleux, & des Avanturiers, tels qu'il y en a eu dans tous les tems. Je ne parle pas d'eux; je parle de ces Prêtres connus, attachés aux Paroisses, approuvés par les Evêques, &, faute d'autres, employés par les Curés à faire les prônes, à administrer les Sacremens, en un mot, subrogés au lieu & place de ceux qui, pour l'honneur de la Bulle, sont exilés, ou exclus des fonctions du saint Ministère. Si la Proposition du P. Quesnel n'étoit point condamnée, & si ces Prêtres ne pouvoient pas approcher de Dieu, c'est-à-dire, célébrer la sainte Messe, *avec des passions brutales*, où en serions-nous? où trouveroit-on des Messes dans Paris? Comment pourroit-on accomplir le second Commandement de l'Eglise? On ne seroit pas dans un moindre embarras dans toutes les Provinces, puisqu'on n'y emploie plus que les Prêtres parfaitement soumis de cœur & d'esprit à la Bulle. Une personne d'un grand mérite de Brétagne me disoit der-

niénièrement, par exemple, que les Prêtres les plus réglés de son païs, sont ceux qui n'ont qu'une maîtresse, & qui ne se soulent qu'une fois par jour. Il faut donc que le Livre du P. Pichon subsiste dans toute sa force & vigueur, & que la Proposition du P. Quesnel reste sous l'anathême, pour avoir dans ce tems-ci des Messes autant qu'il en faut.

(*a*) Jésus-Christ dit nettement dans l'Evangile: *Omnis ergo qui confitebitur me coràm hominibus, confitebor & ego coràm Patre meo qui in cælis est.* Quiconque donc se déclarera pour moi devant les hommes, je me déclarerai de même pour lui devant mon Père qui est dans les Cieux. Matth. X. 32. *Omnis quicunque confessus fuerit me coràm hominibus, filius hominis confitebitur illum coràm angelis Dei: qui autem negaverit me coràm hominibus, negabitur coràm angelis Dei.* Quiconque me confessera devant les hommes, le fils de l'homme le reconnoitra aussi devant les anges de Dieu; mais si quelqu'un me renonce devant les hommes, je le renoncerai aussi devant les anges de Dieu. Luc XII. 8.

Nosseigneurs les Evêques Constitutionnaires renvoient apparemment ces deux endroits de l'Evangile au tems des martyrs de la foi, & ne pensent pas sans doute qu'il y aura, & qu'il doit y avoir dans tous les tems, des martyrs de la Vérité. Il est dit de St. Jean-Batiste, qu'il vint pour servir de témoin, pour rendre témoignage à la lumière. *Hic venit in testimonium, ut testimonium perhiberet de lumine.* Jean, I. 7. S'ils croient que ce témoignage n'est pas un devoir attaché à leur ministère, comme il l'étoit à celui de St. Jean, à la bonne heure, mais alors ils ne nous empêcheront pas de dire d'eux: *Fur non venit, nisi ut furetur, & mactet, & perdat.* Le Voleur ne vient que pour voler, pour égorger, & pour perdre. Jean, X. 10. Quel jugement doit attendre le P. Boyer, pour le di-

dire en passant, qui au-lieu de donner des Pasteurs au Troupeau de Jésus-Christ, lui ôte ceux qu'il a, & les remplace par des Voleurs qui ne viennent que pour le piller, & pour tout perdre?

Il est dit ailleurs; *Qui non est mecum, contrà me est, & qui non colligit mecum, dispergit.* Celui qui n'est point avec moi, est contre moi, & celui qui ne recueille point avec moi, dissipe. Luc, II. 23. M. de Beaumont a acquiescé à tout, pour ne point choquer les Jésuites: il a refusé de se joindre à M. Archevêque de Tours: il est entré dans le noir complot; il a donc renoncé Dieu devant les hommes & pour les hommes; il a donc trahi son Maître; il n'a point amassé, il a donc dissipé.

Quand il n'auroit point fait d'autre mal, que celui de garder le silence, *væ tacentibus*, dit St. Augustin; malheur à ceux qui ne parlent point. *Quoniam tacui*, dit David, *inveteraverunt ossa mea.* Parce que je me suis tû, la corruption s'est envieillie dans mes os. Ps. XXXI. 3.

Je laisse tout cela aux remords de Monseigneur notre Archevêque, si sa conscience lui en fournit. Qu'il se souvienne du moins que le Muet de l'Evangile n'étoit muet que par l'impression du Démon, qui lui lioit la langue, & lui ôtoit l'usage de la parole.

(*b*) Le Cardinal de Tencin a aussi écrit une Lettre aux Curés & aux Confesseurs de son Diocèse, qu'il appelle *ses très-chers Frères*, en date du 11. Février 1748. Elle est une fois plus courte que celle de M. de Beaumont, mais elle est une fois meilleure. Il y dit *qu'il faut être saint pour communier, & encore plus saint pour communier souvent.* Ces seules paroles mettent Monseigneur notre Archevêque beaucoup au-dessous de M. de Tencin. Cela s'appelle parler, & bien parler. Mais M. de Beaumont ne dit rien du

tout:

tout: *væ tacentibus.* Au reste je ne suis guère plus édifié de l'un que de l'autre. Si le Cardinal de Tencin dit, *qu'il faut être saint pour communier, & plus saint encore pour communier souvent*, la loi n'est pas pour lui, car il est à présumer que, s'il communie, il ne communie pas souvent; ou que le mot de *saint* ne signifie pas chez lui, ce qu'il signifie chez le reste des hommes. Notre Archevêque, ainsi que le grand nombre des autres, a peut-être eu intérêt de ne pas établir une loi si rigoureuse, ou si *desespérante*, pour me servir de l'expression de ses bons amis les Jésuites; car dans la position où il se trouve, il ne peut guère se dispenser de communier de tems en tems; à quoi n'est pas exposé un Ministre d'Etat. Ce n'est point à l'Autel qu'il doit figurer.

(*c*) Je sai de Claude Fétu-même, que le véritable & l'unique sens de ce passage est, qu'il n'y a que M. d'Auxerre qui ait accompli toute justice, & soutenu toute vérité, dans l'affaire présente; ce que les autres n'ont pas fait, comme on le va voir dans un moment, & que par conséquent, *ce n'est qu'à lui qu'il faut qu'on s'en tienne*, si l'on veut avoir tout ce qui est à désirer dans une réfutation du Livre du P. Pichon; & non pas qu'il n'y ait que M. d'Auxerre aujourd'hui à qui l'on doive s'attacher, comme au seul Evêque qui reste dans l'Eglise. Claude Fétu & ses compatriotes reconnoissent & respectent tous les Evêques, jusqu'au Cardinal de Tencin. Ils sont disposés à les écouter tous, quand ils enseignent la vérité; mais ils savent que St. Paul disoit autrefois aux Galates: *Licet nos, aut Angelus de cœlo evangeliset vobis præter quàm quod evangelisavimus vobis, anathema sit.* Quand nous vous annoncerions nous-mêmes, ou quand un Ange du Ciel vous annonceroit un Evangile différent de celui que vous avez reçu de nous, qu'il soit anathême. *Gal.* I. 8.

Cette remarque étoit nécessaire, pour aller au-devant de ce que pourroient dire certaines gens, qui ne manqueroient pas de saisir cet endroit, pour décrier nos bonnes gens, & ceux qui pensent comme eux, en leur imputant de vouloir faire de l'Eglise un Etat Anarchique.

(*d*) Messieurs de Tours, de Soissons, de Carcassonne & de Lodève, qui, après M. d'Auxerre, se sont le plus distingués dans cette affaire, ont donné des Instructions très-solides sur les Sacremens de Pénitence & d'Eucharistie, mais ils n'ont pas accompli toute justice.

1. Ils n'ont pas dit un mot en faveur de M. Arnauld contre les invectives du P. Pichon. Ils acquiescent donc à la diffamation de ce grand Docteur; ils le reconnoissent donc dans le portrait affreux qu'en font les Jésuites. Je ne suis, par la miséricorde de Dieu, ni Evêque ni Prêtre, ni assurément digne de l'être: je n'ai point l'honneur d'être de la famille de M. Arnauld, mais je ne puis lire ce qu'ils en disent, sans frémir d'indignation contre l'impudence des Auteurs, & sans déplorer la lâcheté de ceux qui n'ont ni plume pour écrire, ni bouche pour parler. *Os habent, & non loquentur.* Voici un des traits avec lesquels ils le peignent. C'est à la page 239. de l'édition de Paris, car je n'ai point vu celle de Liége.

M. Arnauld a été un Docteur de Sorbonne, qui, sans autre autorité, que celle d'un esprit trop vif, hardi à l'excès, outré dans ses sentimens particuliers qu'on soutenoit opiniâtrément, entêté de son savoir, plein de mépris pour tout le monde, & même pour l'Eglise, avoit une envie démésurée de dominer sur les Esprits, d'être chef d'une Cabale. Il s'est mis à la tête de celle des Jansénistes, & pour cela, il s'est fait chasser de la France, & est mort excommunié, avec toute la réputation d'un Chef de Parti, révolté contre toutes les Puissances Ecclésiastiques & Séculières. . . . . . Les Calvinistes & les Catholiques (les Partisans des Jésuites, car tous les autres ne sont pas Catholiques) *s'accordent à dire que le dessein de l'Auteur*, (M. Arnauld) *& du Livre* (de la fréquente Communion) *& de tout le Parti Jansénisle, a été d'abroger la Communion, & d'en vouloir même à l'Eucharistie, &c.*

Voilà assurément une sortie des plus vives que nos Prélats n'ont osé répousser. Ce n'est pourtant qu'un échantillon de ce qu'a voini le P. Pichon, ou plutôt les Jésuites par son organe, contre la mémoire de M. Arnauld. Ces Messieurs se sont tûs là-dessus. Ils ont dit de belles & bonnes choses, on en convient, on les en loue, mais ils n'ont pas dit tout ce qu'ils devoient dire. Ne pas dire tout ce qu'on doit dire, soit par timidité, soit par des vuës humaines, c'est, dit St. Augustin, être grand parleur & muet en même tems; *Væ tacentibus, quoniam loquaces muti sunt.* La vérité ne souffre point de partage. Qui ne la défend qu'à demi, ne la défend point, & qui ne la défend point, l'opprime.

2. Il semble qu'ils aient peur de choquer la Bulle *Unigenitus*. Ils la choquent bien réellement dans leurs Instructrions, en établissant une Doctrine opposée à la sienne; mais après ce manque de respect pour elle, ils viennent comme se jetter à ses piés, pour lui demander pardon: ils se radoucissent, & semblent la caresser. M. de Soissons, par exemple, lui dit (pag. 20.) *qu'il a la consolation de voir qu'il n'y a personne dans son Diocèse qui ne rende à la Bulle* Unigenitus *le respect & l'obéissance qui lui est duë, & que, graces à Dieu, les Pasteurs des ames n'en sont pas moins zelés pour l'observation des saintes règles* (a). Dieu en soit loué; mais s'ils rendoient sincérement à la Bulle le respect & l'obeis-

(a) Cela prouve 1. qu'un effet ne suit pas toujours nécessairement de sa cause. 2. Que de l'aveu même de M. de Soissons, l'effet que la soumission à la Bul-

béissance qu'elle exige, ils ne seroient rien moins que *zélés pour l'observation des saintes règles.* Les Jésuites qui sont ses vrais Adorateurs en esprit & en vérité, en sont la preuve.

Il taxe (page 18.) le P. Pichon, de hardiesse, d'apporter en preuve de son sentiment sur le délai de l'absolution, la condamnation de la Proposition 87. Le P. Pichon n'a point tort. Il prend le vrai sens de la Bulle, & M. de Soissons en parle en aveugle, en comparaison de lui.

Pag. 42. il dit: *On imprima, il y a quelques années, la Vie d'un Ecclésiastique, à qui ses Directeurs* (il falloit dire son Directeur) *avoient permis de passer trois ans* (il falloit dire deux ans) *sans communier, même à Paque, quoique l'Auteur de sa vie nous le représente comme un homme qui avoit vécu dès sa jeunesse, dans la plus éminente sainteté. Certaines gens applaudissent beaucoup à cette particularité de sa vie. Tant il est vrai que l'esprit de Parti conduit bientôt les hommes à des singularités & à des excès très-condamnables.*

Quel jargon! Il venoit de louer la conduite de plusieurs Elus de Dieu, qui par le motif d'une crainte respectueuse pour l'auguste Sacrement de nos Autels, avoient cru pouvoir s'en défendre la participation pendant des années entières, & même pendant plusieurs années, & ici il condamne un Saint, dont Dieu a manifesté la sainteté par une infinité de miracles éclatans, pour avoir, avec la permission, ou la tolérance de son Directeur, passé deux ans sans communier. Pourquoi ce double poids & cette double mesure? C'est que le bienheureux François de Paris étoit Appellant d'une Bulle, à qui lui & son Diocèse rendent de si pro-

fonds

Bulle doit naturellement produire dans *les Pasteurs des ames*, c'est de les rendre *moins zélés pour l'observation des saintes règle*

fonds respects. Tant il est vrai que le respect qu'on veut rendre à une Bulle, qui loin de mériter nos hommages n'est digne que de nos anathêmes, *conduit les plus grands hommes à des singularités & à des excès très-condamnables*, défigure les plus beaux ouvrages, & gâte les meilleurs Esprits.

L'Auteur de sa vie nous le représente comme un homme qui avoit vécu dès sa jeunesse dans la plus éminente sainteté. Ces expressions ont un air dédaigneux, qui *décèle* un homme peu convaincu de la sainteté de celui dont il parle. Mais tirons le rideau sur de pareilles tâches.

Ceux qui nous ont donné son portrait, nous le représentent prosterné au pié de la croix. En effet, c'étoit là qu'il pleuroit nuit & jour les maux qu'a faits la Bulle, cette Bulle pour qui M. de Soissons a tant de vénération. Il y pleuroit les tourmens d'un Dieu crucifié par le péché, & spécialement par les profanations autorisées par cette infernale Bulle. Voici des vers qu'on pourroit mettre au bas de son portrait. Ils sont comme l'abrégé de sa vie.

Tel au pié de la Croix sans cesse humilié,
Devant cette victime il s'immoloit lui-même,
Méditant dans son cœur la violence extrême,
Des tourmens qu'a soufferts un Dieu crucifié.

Né dans le sein de l'opulence,
Et des grandeurs que le Monde chérit,
Il renonça dès sa plus tendre enfance
A tout leur faux éclat, pour suivre Jésus-Christ.

Pour conserver son innocence,
Il châtia son corps, il dompta le Démon
Par la plus rude pénitence,
Les jeûnes, le travail, les veilles, l'oraison.

Par une humilité profonde
Il fut toute sa vie inconnu, retiré,
Et s'il étoit encore au Monde,
Il seroit encore ignoré.

Si Nosseigneurs les Evêques avoient bien médité leurs Mandemens au pié de la Croix, & non aux piés des Jésuites, avant que de les donner à leurs Diocésains, peut-être y auroit-il moins de choses à y désirer. Ils n'auroient pas manqué d'observer que la Doctrine du P. Pichon n'est autre que celle de toute la Société, & d'avertir leurs peuples de se donner de garde de tous ses Confrères, comme d'autant de faux Prophètes; ce qu'ils n'ont pas fait. C'est aussi la faute dans laquelle M. d'Auxerre lui-même est tombé par une excessive complaisance pour les amis de ces faux Prophètes, que je prie Dieu de lui pardonner.

(*e*) Messieurs d'Auxerre, de Tours, de Soissons, &c. *lui avoient montré la route.* Il dit lui-même dans sa Lettre, *que peu de tems après que la divine Providence* (c'est-à-dire le P. Boyer) *l'eut appellé au gouvernement* (c'est-à-dire, au ravage) *de ce Diocèse, il examina, de concert avec plusieurs Prélats, les moyens de prévenir le mal que pouvoit faire cet ouvrage.* Quoiqu'il ne nomme pas ces Prélats, on sait qu'un des Principaux étoit M. l'Archevêque de Tours; que celui-ci l'a vivement pressé de se joindre à lui dans *le moyen* qu'il a pris, *pour prévenir le mal*, mais M. de Beaumont qui se concertoit plus avec le P. Boyer & le Cardinal de Tencin, qu'avec les Prélats dont il parle, a fait bande à part, &, *comme un pauvre Sire, & comme un homme vendu*, s'est contenté d'écrire une courte Lettre, pour servir seulement d'enveloppe à celle du P. Pichon, laquelle probablement a été composée & limée elle-même (la Lettre du P. Pichon) par ces trois grands Personnages, puis envoyée au P. Pichon, pour la transcrire & la signer. Je ne don-

donne pas ce fait comme constant, mais comme probable, & par conséquent sûr dans la pratique, parce que je connois plusieurs personnes graves qui sont de cet avis

(*f*) L'Eglise chante depuis 500. ans dans la Prose du St. Sacrement, ces paroles qui sont de St. Thomas;

Sumunt boni, sumunt mali,
Sorte tamen inæquali
Vitæ vel interitûs.

Les bons & les méchans le reçoivent (Jésus-Christ) *mais avec un sort bien différent: il est la vie pour les uns, & la mort pour les autres.*

Il y a longtems que les Jésuites ont accusé pour la prémière fois, ceux à qui ils donnent le nom de *Jansénistes*, entre autres, M. de St. Cyran, M. Arnauld & les Religieuses de Port-Royal, de ne pas croire la présence réelle, par la raison qu'ils demandent de grandes dispositions pour la Communion (voyez la 16. Lettre Provinciale) mais la croient-ils, eux qui n'en demandent aucunes? S'ils la croient, comment peuvent-ils accorder leurs pratiques & leurs enseignemens avec ce *vitæ vel interitûs*, & le *non mittendus canibus* de la Prose du St. Sacrement? avec le *nolite dare sanctum canibus* de l'Evangile, avec le *probet autem se ipsum homo*, & le *judicium sibi manducat & bibit* de St. Paul? avec le *Sancta Sanctis* des prémiers siècles de l'Eglise? S'ils la croient, ils sont donc pires que les Démons. *Demones credunt & contremiscunt.* Les Démons croient & tremblent en croyant, dit St. Jaques. Les Jésuites ne tremblent point; ils n'aiment point non plus. Tout le monde sait ce qu'ils enseignent sur l'amour de Dieu. Attendons-nous donc qu'ils enseigneront bientôt qu'il n'y en a point.

De

De Loyala la Couvée obligeante
A peine éclose, enfanta maints moyens
Pour alléger la charge trop pésante
Dont l'Evangile accabloit les Chrétiens.
Là se bornoient les prémiers Ignaciens.
Leurs Descendans plus généreux encore,
Voulant bannir les remords, les terreurs
Dont travaillés sont les pauvres Pécheurs,
Leur grand sécret vont enfin faire éclore:
Il fait déjà grand bruit en plus d'un lieu.
C'est... devinez... de ne plus croire en Dieu.

(g) De tout tems les Compagnons du P. Pichon ont enseigné ce que le P. Pichon enseigne aujourd'hui. M. Pascal fait mention dans la 16me. Provinciale, d'un Livre composé par un Jésuite, nommé Mascarenhas. Ce Livre est approuvé par leurs Docteurs & par leur Père Général. M. Pascal en cite cet endroit, comme étant la pratique ancienne & universelle de la Société. Le voici: *Toutes sortes de personnes*, dit ce Livre si autentiquement approuvé, *& même les Prêtres, peuvent recevoir le Corps de Jésus-Christ le jour même qu'ils se sont souillés par des péchés abominables. Bien loin qu'il y ait de l'irrévérence en ces Communions, on est loüable d'en user de la sorte. Les Confesseurs ne doivent point les en détourner. Ils doivent au contraire conseiller à ceux qui viennent de commettre ces crimes, de communier à l'heure même, parce qu'encore que l'Eglise l'ait défendu, cette défense est abolie par la pratique universelle de toute la Terre.* Mascar. tr. 4. disp. 5. n. 284.

Voilà une preuve bien autentique que le Pichonisme est enseigné par tous les Jésuites qui sont sur la Terre. Et quel est le Royaume, la Province, la Contrée, l'Isle où il n'y ait point de Jésuites? Le Pichonisme est donc enseigné par tous les Jé-

Jésuites, mais, si l'on n'y prend garde, il le sera bientôt aussi par les autres Prêtres. Par exemple, dans l'Eglise de St. Sauveur, le jour de Pâque de l'année 1743. un des Portes-Dieu de cette Paroisse, nommé Grasset, dit dans son prône de l'absoute, *que c'étoit un grand mal de ne point faire ses Pâques, & un grand mal de les faire mal; mais que, tout compté tout rabattu, il valoit mieux les faire mal, que de ne les point faire du tout.*

(*b*) Il est beau sans doute; & l'on doit être bien édifié, de voir M. de Beaumont, dans son Mandement qui permet l'usage des œufs pendant le Carême, déplorer les transgressions qu'il dit s'être commises dans le Carême précedent. *Quelle bonte!* s'écrie-t-il, *pour le siècle où nous vivons! Entre toutes les loix de l'Eglise, il en est peu de plus respectables, & de moins respectées, que celle qui nous ordonne de nous préparer par des œuvres de mortification & de pénitence à célébrer dignement la Pâque des Chrétiens.* Voilà qui va fort bien: mais le P. Pichon & ses Compagnons font célébrer la Pâque non seulement à ceux qui ne s'y sont point *préparés par des œuvres de mortification & de pénitence*, mais même à ceux qui sont actuellement tirannisés *par des passions brutales, & qui ne se conduisent que par un instinct naturel comme les bêtes*; ou s'ils demandent quelque préparation, elle ne consiste qu'à aller vîte à confesse, & M. de Beaumont est comme une souche sur tout cela. Il ne se signale que par une Lettre courte & sèche, où il se contente de nous faire admirer l'héroïque docilité du P. Pichon, sans nous donner un seul mot d'instruction, & sans flétrir son Livre d'aucune censure. Pourquoi être si vivement touché du relâchement des Chrétiens sur la discipline de l'abstinence, & être tout de glace sur la profanation du corps & du sang de Jésus-Christ? L'un est-il moins digne de ses larmes que l'autre?

(*i*) En jettant la vuë sur la liste des Prédicateurs

teurs du Carême de cette année 1748. j'ai compté 13. Jésuites, entre autres, les Pères Griffet, de la Neuville, Ségault; du Plessis, Ingou, Auteur du Supplement, & le P. Teinturier (ce dernier pour Versailles), 14. Capucins, 12. Prêtres étrangers, & 14. Eglises sans Prédicateurs. Telle est la ressource de M. de Beaumont, pour remédier au scandale dont il se plaint dans ce Mandement.

(k) C'est un fait constant que les Livres de piété de l'Ecriture sainte, des saints Pères, & tous les autres bons Livres, diminuent tous les jours de prix. Plusieurs Libraires sur le Quai des Augustins & ailleurs, m'ont dit qu'ils n'en vendoient plus, & que les Prêtres d'aujourd'hui (les Enfans de la Bulle) n'achettent que les Comédies, les Romans & autres sotises du tems, comme *les Bijoux indiscrets*, *les Colporteurs*, *la Chauve-souri*, *les Mœurs*, & autres semblables dont les prix excessifs ne les rebutent point. Ce dernier vient d'être condamné par arrêt du Parlement du 6. Mai, à être brulé par les mains du Bourreau, à cause des impiétés qu'il contient. Les autres ne le mériteroient pas moins, à cause des ordures dont ils sont remplis, & qui sont la pâture journalière de nos Abbés.

(l) M. d'Urvoi, Grand Chantre à la place de M. de saint Exupery, devenu Doïen après l'abdication de M. l'Abbé d'Harcourt. M. de Beaumont n'a trouvé ni dans le Chapitre de Notre-Dame, ni dans tout le Clergé du Diocèse, aucun Sujet qui lui convint. Il a fallu qu'il en fit venir un de 100. lieuës d'ici, pour lui donner cette place qui est la seconde dignité du Chapitre. Il faut que le merite soit devenu bien rare dans ce païs-ci. On peut juger de celui de M. d'Urvoi par ce trait. M. Guichon, le plus ancien & un des plus respectables de tous les Chanoines de l'Eglise de Paris, mourut vers la mi-Mai de cette année 1748. Cet homme élu entre tant d'autres par M. de Beaumont, ne jugea pas à propos d'assister à

son

son enterrement, non plus que huit ou dix autres schismatiques comme lui, & M. de Beaumont a interdit le Chanoine M. Lucas pour l'avoir confessé.

M. de Beaumont, comme on voit, enchérit encore de beaucoup sur M. de Vintimille, qui disoit quelquefois, entre la poire & le fromage en parlant de M. Guichon, qu'il ne voudroit pas vivre comme lui, mais qu'il ne seroit pas fâché de mourir l'ame un peu *enguichonnée*.

M. de Vintimille étoit Archevêque de Paris *par la grace* du Cardinal de Fleury, & M. de Beaumont l'est *par la grace* du P. Boyer. Le P. Boyer est pire que n'étoit le Cardinal de Fleury, & M. de Beaumont est pire que n'étoit M. de Vintimille. Ceux qui succéderont à ces deux hommes, seront encore pires qu'eux, si on le peut être.

Ætas parentum, pejor avis, tulit
Nos nequiores; mox daturos
Progeniem vitiosiorem.
Hor.

Ce M. d'Urvoy au reste étoit Jésuite il y a sept ou huit ans. En quittant la Société, il avoit pris parti dans la Troupe du fameux Bridaine; étoit devenu Chanoine de St. Pierre de Vienne, où son mérite a su si subitement & si puissamment captiver les sens & le jugement de M. de Beaumont, qu'à peine celui-ci a-t-il été sur le Chandelier de Paris, que ne voulant pas qu'une si brillante lumière demeurât cachée sous le boisseau, l'a fait venir pour lui donner un Canonicat de la Cathédrale, puis la dignité de Grand-Chantre, &, ce qui n'est pas le moins considérable, celle de son Grand-Vicaire, & d'Assesseur à sa Table & à tous ses Conseils.

(*m*) M. le Fèvre d'Eaubonne est Chanoine de Notre-Dame depuis 32. ans. C'est un homme de mérite. Si M. de Beaumont avoit fait choix d'un pareil Sujet, je lui suis garant que tout le Parlement & tout Paris lui en auroient su bon gré; mais ce choix auroit déplû au P. Boyer, parce que M. l'Abbé d'Eaubonne peut lui être suspect. Le P. Boyer est préférable à tout le Royaume.

(*n*) M. le Chantre est par sa place, le Supérieur des petites Ecoles de Paris. C'est lui qui choisit & met en place les Maîtres & les Maîtresses. C'est lui qui les destituë, quand ils s'acquittent mal de leur emploi, ou quand ils s'en acquittent trop bien; c'est selon.

(*o*) M. Arnauld a été pendant sa vie l'objet des fureurs jésuitiques en trois occasions principales.

La prémière fut celle de la fréquente Communion.

La seconde celle de la Censure de Sorbonne.

La troisiéme celle de la Morale, ou la condamnation des maximes des Casuistes relâchés.

Le P. Sesmaisons, Jésuite, aïant vu par le moyen d'une de ses Pénitentes, une Instruction que M. l'Abbé de St. Cyran avoit dressée pour la direction de Madame la Princesse de Guimené, qui se conduisoit par ses avis, y trouva des maximes contraires à celle de sa Société, & entreprit de la réfuter.

Cette réfutation, qui étoit un Ecrit à-peu-près tel que celui du P. Pichon, & qu'il semble que le P. Pichon ait copié, étant tombé entre les mains de M. Arnauld, il y trouva à son tour des maximes si contraires à la Religion, qu'il se crut obligé d'y répondre, c'est-à-dire, de réfuter cette réfutation.

Il le fit par le Livre *de la fréquente Communion*, qui parut au mois d'Août 1643. avec l'approbation de seize Archevêques, ou Evêques, & de vingtquatre Docteurs, sans compter la Province entière re d'Auch, qui l'approuva dans son Assemblée de 1645. composée de son Archevêque, de dix Evêques, ses Suffragans, & de quantité d'autres Ecclésiastiques du second ordre. M. Henry de Salette, Evêque de Lescar, dit dans son Approbation, *qu'il paroit que le même Esprit, qui anime l'Eglise, a conduit la plume de l'Auteur.* M. Denis de la Barde, Evêque de St. Brieux, dit dans la sienne, *que l'Eglise se renouvelle heureusement, en reprenant son Esprit ancien; que sa discipline solide se rétablit, les nouvelles & fausses maximes* (des Jésuites) *étant fortement combattuës par les véritables principes du Christianisme....* Il finit, en déclarant, *qu'il croiroit faire trop peu, si son Approbation par écrit n'étoit confirmée par l'usage & la pratique dans son Diocèse.* Le débit de ce Livre fut si rapide, qu'on en fit une seconde édition dans la même année.

Nosseigneurs les Prélats d'aujourd'hui n'avoient que trois choses à faire, qui étoient bien courtes & bien simples, 1. d'anathématiser le Livre du P. Pichon, 2. de joindre leurs Approbations à celles de 16. Archevêques ou Evêques, en faveur du Livre de la fréquente Communion de M. Arnauld, 3. de renvoyer, pour l'instruction, les Ecclésiastiques & les peuples de leurs Diocèses, à la lecture de cet excellent Livre. Ils se seroient épargné la peine de tant écrire; ils auroient accompli toute justice; ils se seroient attiré les bénédictions des peuples; ils auroient confondu Pichon & toute la Société, & ils se seroient couverts de gloire.

Mais non; il a fallu user de ménagement. Ils ont craint d'offenser une Société insolente & impie qui ne tend qu'à anéantir l'Episcopat; ils ont craint d'encourir la disgrace du Moine Boyer.

O curvæ in terras animæ & cœlestium inanes!

Per. S. 2.

Qu'ils

Qu'ils ſe ſouviennent de ces paroles du St. homme Job : *Qui timent pruinam, irruet ſuper eos nix.* Ch. VI. v. 16

Les Jéſuites à la vuë de ce Livre, & des Approbations dont il étoit appuyé, devinrent comme des forcenés. Ils firent retentir leurs clameurs contre le Livre & contre l'Auteur, à Rome & dans toute l'Egliſe. Ils formèrent mille cabales, pour le décrier, & pour en obtenir la condamnation. Ils inondèrent la France de Libelles & d'Ecrits furieux. L'année ſuivante, c'eſt-à-dire, depuis que les Jéſuites eurent excité cette horrible tempête, les Archevêques & Evêques Approbateurs, écrivirent au Pape Urbain VIII. contre la violence & les entrepriſes des Jéſuites. Leur Lettre eſt à la fin du Livre de la fréquente Communion, avec deux autres que les mêmes Prélats (excepté ceux qui étoient morts alors) écrivirent à Innocent X. ſon Succeſſeur, ſur le même ſujet.

Ces deux Papes, les Cardinaux & les Conſulteurs de la Congrégation de l'Inquiſition, à qui les Jéſuites avoient déféré ce Livre, le renvoyèrent abſout, malgré toutes les inſtances, les ſollicitations & les artifices de ces Pères. Tout ce qu'ils purent obtenir, fut la cenſure d'une Propoſition incidente de la Préface, qui n'a aucun rapport à la matière qui eſt traitée dans le Livre. Cette Propoſition eſt; *Que St. Pierre & St. Paul ſont les deux Chefs de l'Égliſe, qui n'en ſont qu'un.* Elle n'eſt pas même de M. Arnauld, mais de M. de Barcos qui l'avoit inſérée dans la Préface, & encore ne la condamne-t-on, qu'en la fixant à un ſens tout différent de celui dans lequel elle avoit été entenduë par l'Auteur.

Les Jéſuites, au-lieu de ſe conformer au jugement de Rome, s'emportèrent avec plus de fureur & contre le Livre & contre l'Auteur. Le Père Nouët, Jéſuite, déclama d'une manière inſolente dans les Sermons qu'il prêcha dans leur Egliſe de de St. Louïs à Paris, contre la Doctrine de ce Livre, jusqu'à dire qu'elle étoit pire que celle de Luther & de Calvin. Il traita si indignement les Prélats Approbateurs, qu'il fut obligé de leur demander pardon à genoux, accompagné de quatre autres Jésuites. Il reçut un refus honteux à Tours, quand il y alla l'année suivante, pour y prêcher le Carême ; & à St. Severin à Paris, lorsqu'il y voulut prêcher l'Avent. Ils ne demandoient pas moins que le sang & la vie de ceux qu'ils appelloient Cyranistes & Arnaudistes. *L'Eglise est attaquée par le cœur*, disoit le P. Seguin dans un Libelle intitulé; *Sommaire de la Théologie de l'Abbé de St. Cyran, & du Sr. Arnauld: il faut joindre l'Epée Royale à celle de l'Eglise, pour exterminer ce malheur de nos jours.* Le P. Seguin, à cause de ses Libelles contre M. Arnauld, a été mis par les Jésuites dans le Catalogue des grands Ecrivains de la Société, avec cet éloge: *Adversùs pestilentem Antonii Arnoldi de frequenti Communione Librum subtiliter solidèque scripsit.*

La seconde affaire que les Jésuites suscitèrent contre M. Arnauld, fut au sujet d'une seconde Lettre qu'il écrivit & qu'il fit imprimer, pour justifier M. le Duc de Liancourt sur les liaisons qu'il avoit avec Messieurs de Port-Royal.

Un Prêtre de St. Sulpice, sa Paroisse, à qui ce Seigneur s'étoit addressé en 1655. pour la confession, lui avoit dit qu'il ne pouvoit lui donner l'absolution, à moins qu'il ne rompît tout commerce [illegible] ces Messieurs, qu'il ne retirât sa petite fille de Port-Royal où il la faisoit élever, & qu'il ne congédiât de chez lui l'Abbé de Bourzeïs qu'il traitoit de Janséniste & d'Hérétique, prétendant que la présence de cet Ecclésiastique étoit pour lui une occasion prochaine de péchés.

Les Partisans des Jésuites, entre autres le fameux Docteur Cornet, qui méditoient depuis longtems l'exclusion de M. Arnauld, tirèrent de cette sefeconde Lettre, cette Propofition qu'ils expoferent à la cenfure. *Les Pères nous montrent un Jufte dans la perfonne de St. Pierre, à qui la grace, fans laquelle on ne peut rien, a manqué dans une occafion où l'on ne peut pas dire qu'il n'ait pas péché.*

Il fe tint un grand nombre d'Affemblées en Sorbonne pour examiner cette Propofition, & pour découvrir l'imperceptible différence qui fe trouve entre la Doctrine qu'elle renferme, & celle des faints Pères.

Dans ces Affemblées dominoient les plus cruëls Ennemis de M. Arnauld, qui étoient foutenus du crédit du P. Annat, Confeffeur du Roi, & de celui de toute la Société. M. Seguier, Chancélier de France, dévoüé aux Jéfuites, comme l'eft aujourd'hui Mr. Daguefleau, affifta tous les jours pendant un mois entier, à ces Affemblées, pour intimider ceux qui auroient voulu fe déclarer pour M. Arnauld, c'eft-à-dire, pour la vérité. Les Docteurs de la Communauté de St. Sulpice, contre qui la Lettre de M. Arnauld étoit écrite, eurent la dureté & l'effronterie de demeurer fes Juges, nonobftant fa récufation. Au-lieu de deux Docteurs de chacun des quatre Ordres Mandians, qui ont coutume d'affifter aux Affemblées de la Faculté, felon fon ufage & fes loix ordinaires, confirmées par les Arrêts du Parlement, on en fit venir de toutes les Provinces du Royaume au nombre au moins de quarante. Comme on étoit incommodé des raifons qu'alléguoient les amis de M. Arnauld & de la vérité, on fixa à une demie-heure, le tems que les Docteurs devoient parler.

Malgré toutes ces précautions, il y eut 71. voix pour M. Arnauld ; ce qui fuffifoit pour qu'on ne pût dreffer une cenfure contre lui; car, felon les règles, une cenfure ne peut-être faite que fur l'avis prefque unanime de la Faculté, ou du moins,

moins, sur l'avis des deux tiers; & malgré toutes les infidélités qu'on avoit faites en recueillant les voix, on n'avoit pu faire monter celles qui étoient pour la censure, qu'à un peu plus de la moitié.

Les 71. Docteurs qui avoient été opposés à la censure, aimèrent mieux se laisser exclurre de Sorbonne avec M. Arnauld, que de souscrire à un jugement si criant & si injuste. M. de Launoi qui étoit, sur les matières de la grace, dans des sentimens très-différens de ceux de St. Augustin, & qui avoit même écrit contre M. Arnauld, fut un de ceux qui refusèrent de souscrire à cette censure, & fit un écrit, où il en découvre toutes les nullités. M. Arnauld protesta contre ces assemblées, par un acte signifié le 27. Janvier 1656. aux Doyen, Syndic & Greffier de la Faculté. On n'y eut aucun égard. Messieurs les Examinateurs, de qui on attendoit qu'ils fissent voir la différence qui est entre les deux propositions de St. Augustin & de St. Chrysostôme, & celle de M. Arnauld, n'en firent rien (*a*), & prononcèrent cette sentence le 31. Janvier 1656. *Cette Proposition* (de M. Arnauld) *est téméraire, impie, blasphématoire, frappée d'anathême & hérétique.*

On

(*a*) Ils n'avoient garde, puisqu'il n'y en a aucune. Le Lecteur va en juger. Voici celle de St. Augustin. *Qu'est-ce que l'homme sans la grace de Dieu, si non ce que fut St. Pierre lorsqu'il renonça Jésus-Christ? Et c'est pour cette raison que le Sauveur abandonna S. Pierre pour un peu de tems, afin que tous les hommes pussent reconnoitre par son exemple, qu'ils ne peuvent rien sans la grace de Dieu.* Serm. de temp. 124.

Voici celle de St. Chrysostôme. *La chûte de St. Pierre ne lui arriva pas pour avoir été froid envers Jésus-Christ, mais parce que la grace lui manqua.*

 El-

On fit courir quelque tems après les vers suivans sur cette censure.

Des Docteurs asservis osent le censurer,
Le Public révolté s'obstine à l'admirer:
Les Jésuites jaloux le traitent d'hérétique;
Le Pape mieux instruit l'estime Catholique.
Qui fuit la jalousie, & l'asservissement,
Du Pape & du Public suivra le jugement.

M. Arnauld fut exclus de la Sorbonne, & privé des droits du Doctorat, avec les 71. qui avoient refusé de souscrire. Et pour sceller & perpétuër l'injustice faite à M. Arnauld, on fit un Règlement qui obligeoit tous les Docteurs de signer cette censure, sous peine d'exclusion; & l'on imposa ce même joug aux Bacheliers qui se feroient recevoir à l'avenir. Ce Règlement fut exécuté avec tant de rigueur, qu'on priva des suffrages ordinaires après la mort, les Docteurs qui avoient refusé de signer, sans en excepter les Evêques de Bazas & de Châlons sur Marne, recommandables par leur vie exemplaire, ni même le Cardinal de Retz.

M. Arnauld a souvent raconté à ses amis, qu'à l'heure même que la censure se prononçoit en Sorbonne (selon l'avis qu'il en avoit eu) il se promenoit seul, & en priant Dieu, dans une galerie qui étoit au haut de la maison, dans la Cour de Port-Royal, aussi tranquille que si l'affaire ne l'eut point regardé. Il arriva que tout d'un coup ces paroles de

Elle ne lui ariva pas tant par sa négligence, que parce que Dieu l'avoit abandonné, pour lui apprendre à ne se pas élever au-dessus de l'infirmité humaine, & pour faire reconnoître aux autres Apôtres par son exemple, que sans Dieu l'on ne peut rien. Hom. 72. in Joan. & 31. in Ep. ad Heb.

de St. Augustin sur le Pseaume CXVIII. lui furent mises dans l'esprit: *Quia nihil persecuti sunt in me, nisi veritatem, ideò adjuva me, ut certem pro veritate usque ad mortem.* Puisqu'ils n'ont persécuté en moi que la vérité, sécourez moi donc, Seigneur, afin que je combatte pour la vérité jusqu'à la mort.

La troisième raison pour laquelle M. Arnauld mérite les fureurs des Jésuites, fut la part qu'il eut à la condamnation de leur morale corrompuë, développée d'une manière si ingénieuse dans les Lettres Provinciales.

Pendant ces trois persécutions, qui durèrent près de vingt-cinq ans, M. Arnauld demeura toujours ou caché en divers lieux, ou retiré comme Solitaire à Port-Royal des Champs.

(*p*) C'est la célèbre Fable de Bourg-Fontaine, inventée & publiée en 1654. par un nommé Filleau, Avocat du Roi, & Docteur-Régent en Droit à Poitiers, homme livré aux Jésuites. Quelque impudente & mal ourdie que soit cette Histoire, les Jésuites la citent encore aujourd'hui toutes les fois qu'elle vient à propos, & qu'ils en ont besoin, pour plâtrer leurs calomnies. Le prémier qui en a fait usage, est le P. Meynier dans un Livre de sa façon qu'il publia à Poitiers en 1656. intitulé: *Le Port-Royal d'intelligence avec Génève contre le St. Sacrement de l'Aûtel.*

Le P. du Bourg, autre Jésuite, la rapporte aussi dans son Histoire du Jansénisme, contenant sa conception, sa naissance, son accroissement & son agonie, imprimée à Bordeaux en 1658.

Le P. Hazard, Jésuite d'Anvers, en a aussi fait usage dans son tems.

Ils viennent encore de régaler le Public de ce misérable Réchauffé, dans une Lettre écrite par le P. Duchesne, sous ce faux titre: *Lettre de M***. Docteur de Sorbonne, à Monseigneur l'Evêque de ***;* je vais en parler dans un moment.

Cette Assemblée, selon cette Fable, se tint en

 1621.

1621. M. Arnauld s'y trouva avec cinq autres, dont les principaux étoient l'Abbé de St. Cyran, & Jansénius. Quoique M. Arnauld n'eût que neuf ans, étant né le 6. Février 1612. il ne laissa pas que d'y figurer comme les autres. Le dessein des membres de cette noire Assemblée, étoit de ruïner tous les mystères de la Religion, & d'établir le Déisme. Ces six Acteurs partagèrent entre eux tous les mystères. M. Arnauld eut pour son lot, les Sacremens de Pénitence & d'Eucharistie, qu'il se chargea d'abolir; & c'est pour remplir cet engagement qu'il a composé son Livre *de la fréquente Communion.*

M. l'Abbé de St. Cyran étoit le Président de cette Assemblée, & Jansénius son ami, y assista en revenant d'Espagne. Selon les Jésuites-mêmes elle se tint en 1621. & Jansénius n'alla en Espagne qu'en 1624. c'est-à-dire, trois ans après; mais un Anachronisme de cette nature ne doit être d'aucune considération dans une Histoire rapportée & confirmée tant de fois par les Compagnons de Jésus, & dont ils ont un si grand besoin.

(q) Le P. Pichon dit que M. Arnauld *s'est fait chasser de la France* (a). Ceux qui voudront savoir à quoi s'en tenir sur ce fait cent fois rébattu, & cent fois détruit, peuvent lire les deux Lettres qu'il écrivit aussitôt après sa dernière retraite, c'est-

(a) Je ne comprens pas comment les Jésuites osent seulement parler d'exil & de bannissement, après ce qui leur est arrivé. Ils ne cessent de répéter faussement & sans preuves, que M. Arnauld a été chassé du Royaume, pour s'être mis à la tête de la Cabale des Jansénistes; & les Regîtres du Parlement font foi qu'ils en ont été chassés bien véritablement eux-mêmes, pour avoir procuré le meurtre de deux de nos Rois. Où est la prudence de ces hommes politiques?

c'est-à-dire, en 1679, l'une à M. l'Archevêque de Paris & l'autre à M. le Chancellier. Elles sont imprimées à la fin de sa Vie.

(r) En cela, dit l'Auteur de sa Vie, il a suivi l'exemple de Moïse; il se condamna à un exil volontaire pour l'amour de la justice, comme St. Ambroise le rapporte de ce saint Législateur: *Maluit pro amore justitiæ subire exilium voluntarium.*

(s) M. Arnauld disoit tous les jours la Messe dans une Chapelle particulière, contiguë à sa Chambre, en vertu d'une permission qu'il en avoit euë par un Bref du Pape Innocent XI. Il est mort à minuit & un quart le Dimanche 8. Août 1694. Il y avoit encore dit la Messe le Mardi précedent. Je ne comprens pas à qui les Jésuites veulent encore faire croire aujourd'hui dans le Livre du P. Pichon, que M. Arnauld est mort hérétique & excommunié. Un homme meurt-il excommunié, quand il meurt en communion avec le Pape-même? Il seroit bon qu'ils donnassent une définition exacte de l'excommunication. Veulent-ils dire, que c'est par la censure de Sorbonne qu'il a été excommunié? Mais une censure de Sorbonne a-t-elle la vertu d'excommunier? Si cela étoit, que de Jésuites morts excommuniés, & par des censures beaucoup plus regulières & plus justes que celle qui a été prononcée contre M. Arnauld! Veulent-ils dire, qu'ils l'ont exclu eux-mêmes de leur communion? Si ce n'est que cela, il y en a bien d'autres que lui dans le même cas, & qui n'en sont pas plus incommodés pour cela dans le Paradis où ils sont.

Si M. l'Abbé de Pomponne sait où est l'original du Bref d'Innocent XI. il seroit bien à souhaiter qu'il le déposât pour minute chez M. Girault, ou chez quelque autre Notaire, & qu'il en répandît des expéditions, *ad obstruendum* une bonne fois *os loquentium iniqua.*

Il manqueroit quelque chose à tout ce que je

viens de rapporter, si je n'y joignois deux Epitaphes qui furent faites à l'honneur de M. Arnauld, lorsqu'on eut appris la nouvelle de sa mort. L'une est de M. Despréaux, & l'autre de M. Racine.

EPITAPHE *de M. Arnauld, par M. Despréaux.*

Au pié de cet Autel de structure grossière
Git sans pompe enfermé dans une vile bière
Le plus savant Mortel qui jamais ait écrit,
Arnauld qui sur la Grace instruit par Jésus-Christ,
Combattant pour l'Eglise, a dans l'Eglise-même
Souffert plus d'un outrage, & plus d'un anathème.
Plein du feu qu'en son cœur souffla l'Esprit divin,
Il terrassa Pélage, il foudroya Calvin;
De tous les faux Docteurs confondit la morale,
Et pour fruit de son zèle on l'a vu rébuté,
En cent lieux opprimé par la noire Cabale,
Errant, pauvre, banni, proscrit, persécuté;
Et même après sa mort leur fureur mal éteinte
N'auroit jamais laissé ses cendres en repos,
Si Dieu lui-même ici de son Oüaille sainte
A ces Loups dévorans n'avoit caché les os.

Autre par M. Racine.

Chéri des uns, haï des autres,
Admiré de tout l'Univers,
Et plus digne de vivre au siècle des Apôtres,
Que dans un siècle si pervers,
Arnauld vient de finir sa carrière pénible.
Les mœurs n'eurent jamais de plus grave Censeur,
L'Erreur d'Ennemi plus terrible,
L'Eglise de plus ferme & plus grand Défenseur.

(t) Le

(t) Le Mardi 30. Janvier de cette année 1748. M. l'Abbé Arnauld de Pomponne, Abbé de St. Médard de Soissons, Doïen des Conseillers d'Etat, Commandeur & Chancelier des Ordres du Roi, arrière-Neveu de M. Antoine Arnauld, Docteur de la Maison & Société de Sorbonne, présenta au Parlement une Requête en forme de Plainte, contre les diffamations faites dans toutes les Provinces de son ressort, de la Personne & des Ouvrages de M. Arnauld, son grand Oncle, contenuë dans un Imprimé qui a pour titre : *L'Esprit de Jésus Christ & de l'Eglise sur la fréquente Communion*, *par le P. Jean Pichon*, qualifié *de la Compagnie de Jésus.*

Cette Requête étoit au nom de M. l'Abbé de Pomponne, & de Madame la Marquise de Pomponne, sa Belle-Sœur, Veuve de M. le Marquis de Pomponne, Frère aîné de M. l'Abbé, laquelle y avoit adhéré par Acte passé devant Girault & Hazon, Notaires à Paris, le jour précedent, & fut présentée par le ministère du Sieur Cinget, Procureur au Parlement. Il la remit à M. Graville, Substitut, qui en fit son rapport à M. le Procureur-Général. Ce Magistrat crut bien faire de ne donner ses conclusions sur cette Requête, qu'après l'avoir communiquée à M. le Prémier-Président & à M. le Chancelier.

Hinc . . . . prima mali labes . . . .

M. l'Abbé de Pomponne se préparoit à donner le lendemain une seconde Requête de plainte, en adhérant à la prémière, par laquelle, attendu la conviction resultante de la représentation du Livre, il auroit pris des conclusions définitives tant contre le P. Pichon, que contre les Approbateurs de son Livre; mais M. le Chancelier, qui vit que, si le Parlement demeuroit saisi de cette affaire, l'honneur des Jésuites pourroit en recevoir quelque échec, engagea M. l'Abbé de Pomponne à demander juſtice au Roi en perſonne, & à retirer en conſéquence ſa Requête des mains de M. le Procureur-Général, ſe chargeant (lui Chancelier) de rendre compte au Roi de ſes juſtes plaintes, afin que Sa Majeſté ordonnât une ſatisfaction proportionnée à l'inſulte faite à lui & à ſa famille.

Le Vendredi 2. Février, jour de la Purification, M. l'Abbé de Pomponne eut l'honneur de parler au Roi. Sa Majeſté dont on n'avoit pas encore eu le tems de ſurprendre la Religion, toute à elle-même, & ſuivant la bonté naturelle de ſon cœur, lui dit, que Louïs XIV. avoit toujours eſtimé ſa famille, qu'elle ne l'eſtimoit pas moins; qu'elle n'ignoroit pas les ſervices qu'elle avoit rendus à l'Etat, & qu'il pouvoit compter qu'elle lui rendroit une juſtice entière & proportionnée à l'outrage fait à ſa famille & à la mémoire de ſon grand Oncle.

Les Jéſuites informés de ce qui ſe paſſoit, & ſur-tout de la réponſe obligeante que le Roi avoit faite à M. l'Abbé de Pomponne, & craignant *cette juſtice proportionnée*, ſe mirent en mouvement. Il y eut des conférences, dont le reſultat fut, que les trois Supérieurs des trois Maiſons de Paris viendroient chez M. l'Abbé de Pomponne, & que là, ils déclareroient que le P. Pichon a eu tort de parler dans ſon Livre contre la foi & la catholicité de M. Arnauld, ainſi que lui-même (le P. Pichon) le leur avoit écrit (aux trois Supérieurs) qu'ils lui promettroient & à ſa famille, qu'aucuns de leurs Pères ne tomberoient plus en pareille faute; qu'ils reconnoitroient au nom de toute la Société, que M. Arnauld eſt mort dans la foi & dans le ſein de l'Egliſe, & qu'ils conſerveroient pour ſa perſonne (de M. l'Abbé de Pomponne) tout le reſpect qui lui eſt dû; qu'ils lui demanderoient en même tems la continuation de l'amitié dont il leur a don-

né

né des marques en différentes occasions.

Cette déclaration de la part des Jésuites, se devoit faire par un Acte autentique. Déjà les Notaires se disposoient à se transporter chez M. l'Abbé de Pomponne, pour recevoir cette déclaration. Les plumes, l'encre, le papier, tout étoit prêt de leur part. Ils n'attendoient que le moment qu'on les fît avertir.

Mais les Jésuites bien déterminés à ne pas exécuter un mot de ce qui étoit porté dans le resultat, dressèrent promtement, ou firent dresser, comme je l'ai dit plus haut, le modèle de la Lettre que le P. Pichon a écrite à M. de Beaumont, qui fut datée du 24. Janvier, pour faire accroire qu'elle venoit du pur mouvement de ce Jésuite, & qu'elle étoit antérieure à la Requête de M. l'Abbé de Pomponne. M. de Beaumont de son côté qui étoit du complot, ne perdit point de tems pour la faire imprimer, & pour en régaler le Public.

Quoique cette Lettre du P. Pichon à M. de Beaumont, ne désigne pas une seule erreur de son Livre, & qu'elle ne dise pas un mot de M. Arnauld, (ce qui étoit pourtant le point précis dont il s'agissoit) néanmoins, sur le rapport fait au Roi de cette affaire, par M. le Chancelier & M. le Comte de Maurepas, sur le seul vu de la Lettre de M. de Beaumont, qui ne condamne point le Livre, mais qui se contente d'annoncer la condamnation qu'en fait le P. Pichon, & d'admirer sa docilité & sa prétenduë soumission, on fit entendre à Sa Majesté que le Corps du délit, & par conséquent la diffamation faite de la personne & des ouvrages de M. Arnauld, & l'offense faite à sa mémoire & à sa famille, étoient détruites. Ainsi toute la satisfaction que M. l'Abbé de Pomponne & Madame la Marquise de Pomponne ont euë dans cette affaire, se réduit à une simple Lettre, écrite par M. le Chancelier à M. l'Abbé de Pomponne, conçuë en ces termes.

MONSIEUR,

J'AI eu l'honneur de rendre compte au Roi des plaintes que vous avez portées contre plusieurs endroits du Livre du P. Pichon ; & Sa Majesté m'ordonne de vous écrire, que vous avez eu raison de lui demander justice des excès, dans lesquels il est tombé, en parlant de M. Arnauld, votre grand Oncle ; mais que le P. Pichon aïant lui-même condamné son Livre (*a*), & le P. Provincial des Jésuites, accompagné du P. Perusseau, m'aïant déclaré que l'Auteur vous assureroit par écrit, si vous voulez, qu'il desavoüoit & rétractoit quelques faits personnels & injurieux qu'il avoit avancés au sujet de M. Arnauld, dont il avoit reconnu depuis la fausseté ; que d'ailleurs en combattant ses sentimens, son intention n'avoit jamais été d'offenser une famille qu'il respecte (*b*), & encore moins une personne de votre caractère & de votre dignité (*c*), Sa Majesté croit que vous avez lieu d'être content, & d'autant plus, que la révocation du privilége accordé pour l'impression du Livre, & l'ordre que le Roi m'a donné de retrancher du nombre des Censeurs

(*a*) Le P. Pichon dit seulement qu'il desavouë son Livre. Les horreurs qu'il vomit contre M. Arnauld, sont-elles comprises dans ce desaveu ? Qui le sait, puisqu'il ne desavouë point son Livre entier ? Il ne le desavouë point entier, puisqu'il dit lui-même que dans une seconde édition, il auroit retranché seulement les endroits condamnables qui se trouvent dans la première.

(*b*) Mensonge atroce. La famille des Arnaulds a tou-

seurs Royaux, celui qui l'a approuvé, achéveront de vous procurer la satisfaction la plus désirable pour vous, puisque c'est à Sa Majesté-même que vous en serez redevable. Vous ne doutez pas de la grande attention que j'aurai, suivant l'intention du Roi, à empêcher qu'on n'imprime plus de Livres qui contiennent de semblables excès (*d*) Vous savez à quel point je suis,

Monsieur,

Votre affectionné Serviteur (*e*)

DAGUESSEAU.

A Versailles, *le* 13. *Février* 1748

Cette Lettre, la Requête de M. l'Abbé de Pomponne, l'Arrêt du Conseil du 15. Février, qui révoque le privilége accordé pour l'impression du Livre du P. Pichon, ont été déposés chez M. Girault, Notaire.

Quelqu'un s'est avisé de faire imprimer ces piéces, avec l'Acte de depôt, & la Procuration donnée au Sieur Cinget, Procureur au Parlement, par M. l'Abbé de Pomponne & Madame la Marquise de Pomponne, sa Belle-Sœur, à l'effet de rendre plainte à la Cour contre la diffamation en question, de suivre ladite affaire dans tous ses points; mettre à exécution tous jugemens & décrets qui seroient rendus & décernés; généralement

---

toujours été, & sera toujours en horreur aux Jésuites.

(*c*) On est bien persuadé que le P. Pichon, en composant son Livre, n'a pas seulement pensé à M. l'Abbé de Pomponne. Ce n'est point là de quoi il s'agit.

(*d*) Ils en contiendront & de semblables, & encore d'un autre genre.

(*e*) Et encore beaucoup plus des Jésuites.

ment faire en la dite affaire & suites d'icelle, circonstances & dépendances, tout ce qu'il jugeroit nécessaire, & convenable, &c.

L'Editeur peu érudit, a mis à la tête de l'Imprimé ce titre faux & ridicule; *Le triomphe de M. Arnauld*, au lieu que, s'il vouloit mettre un titre, il falloit mettre celui-ci; *La défaite de M. Arnauld*, ou cet autre: *Le triomphe des Jésuites*.

Ce n'est pas que M. Arnauld ne triomphe toujours, puisque la Vérité triomphera toujours; & que les Jésuites ne soient confondus, puisque le partage de l'Erreur est la honte & la confusion; mais je parle d'un triomphe apparent & momentané tel qu'a été celui des Juifs au tems de la Passion.

Quoiqu'il en soit, les bons Pères justement choqués d'un titre si peu exact, ont obtenu un Arrêt du Conseil qui met le sceau à leur triomphe. Le Lecteur en jugera. Le voici:

„ Le Roi étant informé qu'on répandoit dans „ le public un Ecrit, intitulé; *Le triomphe de M.* „ *Arnauld*, Sa Majesté auroit reconnu par le compte „ qui lui en a été rendu, qu'on avoit eu la témérité „ de publier des faits qui s'étoient passés „ sous ses yeux, & même une Lettre écrite par son „ ordre au Sieur Abbé de Pomponne, Doïen de „ son Conseil & Chancellier de ses ordres, ce qui „ auroit engagé cet Abbé à porter ses plaintes au „ Roi, d'une impression faite à son insu, qui l'offensoit „ personnellement autant qu'elle étoit contraire „ au respect qui est dû à Sa Majesté, & „ dont il la supplioit de ne laisser subsister aucun „ vestige."

Le commencement de ce préambule va fort bien; M. l'Abbé de Pomponne a eu raison de demander la suppression de cet Imprimé, principalement à cause du titre, qui étant faux en soi, ne peut

peut que lui être injurieux; mais est-il probable qu'il ait allégué les motifs suivans?

„ Que d'ailleurs le titre-même qu'on a donné „ à cet Ecrit, suffisoit seul, pour faire voir ma„ nifestement qu'on avoit cherché à abuser d'une „ Lettre qui n'avoit pour objet que la rétracta„ tion de quelques faits injurieux à la personne du „ feu Sieur Arnauld, sans qu'il fût question de ses „ sentimens, l'Auteur qui se rétractoit, aïant seu„ lement déclaré sur ce point, qu'en les conbat„ tant, son intention n'avoit jamais été d'offenser „ la famille, ni la personne du Sieur Abbé de „ Pomponne, & que cependant on avoit voulu „ présenter au Public cette rétractation comme u„ ne justification solemnelle des sentimens du feu „ Sieur Arnauld, malgré la censure toujours sub„ sistante (a), qu'il avoit éprouvée de la part de „ la Faculté de Théologie de Paris: ensorte qu'il „ étoit visible que ceux qui ont fait imprimer cet „ Ecrit, n'avoient eu en vuë que de troubler de „ nouveau la paix de l'Eglise (b). A quoi étant „ nécessaire de pourvoir, Sa Majesté étant en son „ Conseil, a ordonné, & ordonne, que l'Ecrit qui „ a pour titre, *Le triomphe de M. Arnauld*, impri„ mé sans privilége, ni permission, sera & demeu„ rera supprimé. Enjoint à tous ceux qui en ont „ des exemplaires, de les remettre incessamment „ au Greffe du Conseil, pour y être supprimés. „ Fait Sa Majesté très-expresses inhibitions & dé„ fenses à tous Imprimeurs, Libraires, Colpor„ teurs, ou autres, de quelque état ou condition „ qu'ils

(a) On a vu plus haut ce que c'est que cette censure.

(b) Une censure de Sorbonne, quand elle est favorable aux Jésuites, est équivalente au moins à un Décret de Concile écuménique.

„ qu'ils soient, d'en imprimer, vendre, débiter „ ou autrement distribuer, à peine de puni„ tion exemplaire. Enjoint au Sieur Berryer, „ Maître des Requêtes, Lieutenant-Général de „ Police dans la Ville & Banlieuë de Paris, de te„ nir la main à l'exécution du présent Arrêt, lequel „ sera lu, publié & affiché par tout où besoin se„ ra. Fait au Conseil d'Etat du Roi, Sa Majesté „ y étant, tenu à Versailles le vingt-sept Avril „ mil sept-cens quarante-huit.

Signé, *Phelypeaux*.

(v) Les Jésuites, plusieurs de Nosseigneurs les Evêques, & le P. Pichon lui-même, nous assurent qu'il travailloit à une seconde édition de son Livre, qui devoit *rectifier*, *& faire disparoître* tout ce qu'il y avoit de condamnable dans la prémière. Le P. Pichon prend M. l'Archevêque de Paris à témoin, que dès la fin du mois d'Août 1747. *cette seconde édition étoit prête de sa part*; qu'elle avoit été revuë *par des yeux éclairés*, *& par des mains habiles*. Pendant que les bons Pères abusoient ainsi de la crédulité de ces bons Prélats, ils en faisoient faire effectivement une seconde édition à Liége, mais sans aucunes corrections ni retranchemens. C'est même à l'occasion de cette édition de Liége, que les Jésuites répandoient avec empressement & profusion, que M. l'Evêque de Soissons a donné son Mandement qui est du 7. Janvier 1748. Qui n'admirera la bonne foi de ces dignes Compagnons de Jésus? Plût à Dieu que ce fût là leur prémier trait de fourberie! Nos Evêques seroient moins inexcusables.

(x) Voici le magnifique éloge qu'ils font du Livre du P. Pichon dans leur Journal de Trévoux du mois d'Octobre 1745. Art. 87.

„ Ce n'est point ici un recueil de sentimens de „ piété, pour nourrir la devotion du simple peu-

„ ple

„ ple à l'égard de la fréquente Communion. Ce „ n'est point précisement une Dissertation contre „ ceux qui la combattent. C'est un Livre d'instru- „ ction sur cette importante matière. Il n'est per- „ sonne qui ne puisse y prendre part. Les Esprits „ éclairés y trouveront des principes approfondis, „ des raisonnemens bien maniés, des autorités „ nombreuses & choisies. Les personnes simples „ y seront instruites par des exemples & des dé- „ tails à leur portée. Tous seront édifiés du zèle „ ardent qui anime l'Auteur, & qui éclatte en „ mille manières différentes dans tout son Livre... „ Nous ne pouvons suivre ce détail (sur les preu- „ ves de la fréquente communion) qui est frap- „ pant. Une lecture comme celle-ci doit conso- „ ler extrèmement les ames fidèles, qui s'empres- „ sent de participer au Sacrement de Jésus-Christ. „ Elle doit déconcerter ceux qui obscurcissent sur „ ce point important, la vraie Doctrine de Jésus- „ Christ & de l'Eglise..... Il y a une sain- „ teté *commandée* & une sainteté *conseillée*. La sain- „ teté commandée est l'exemption de tout péché „ mortel .... Cette sainteté étant seule comman- „ dée, étant suffisante, tout le reste est conseillé. „ Voilà le point fixe où tout Catholique doit s'ar- „ rêter .... Tout cela (les principes & la „ méthode du P. Pichon) décèle un esprit bien „ exercé dans le saint ministère; un Maître qui „ instruit plus encore de vive voix, que par des „ Livres. Cet ouvrage en effet est le resultat „ d'une longue & bonne pratique (a), soutenuë „ d'une théorie étenduë, & d'une science de la „ Religion bien solide."

Voi-

(a) Quel besoin de nous rappeller ici que le P. Pichon a damné bien des ames dans le cours de ses différentes Missions?

Voilà ce que l'on peut appeller un éloge *bien manié*, & qui *décèle* les Auteurs & du Livre & du Journal. Ils en parlent encore dans celui du mois de Mars 1748. sans lui donner de nouveaux éloges, mais sans rien rabattre des prémiers. L'article n'est pas long. Le voici tout entier :

„ Nous avons parlé dans ces Mémoires du
„ Livre intitulé, *L'Esprit*, *&c.* par le P. Pichon,
„ Jésuite. Parmi des éloges que nous donnions
„ à cet ouvrage, nous disions *qu'en quelques en-*
„ *droits il falloit saisir à propos la pensée de l'Auteur*;
„ & nous tâchions, en produisant des exemples,
„ de la développer d'une manière favorable; mais
„ dans quelques-uns des endroits que nous ci-
„ tions, & dans plusieurs autres dont nous ne par-
„ lions pas, ce Livre a été jugé repréhensible.
„ L'Auteur vient d'en donner une rétractation que
„ nous insérerions ici volontiers, si elle n'étoit
„ déjà devenuë publique."

(y) C'est la Lettre dont j'ai parlé plus haut, intitulée; *Lettre de M.* ***, *Docteur de Sorbonne, à Monseigneur l'Evêque de* ***, *à Paris le* 21. *Juin* 1747.

Quelques personnes trompées par ce titre, s'étoient imaginé que cette Lettre étoit de M. de Marsilly, Docteur de Sorbonne, Ex-Censeur Royal, Approbateur & Panégyriste du Livre; mais il est constant que ce prétendu Docteur est le P. Duchesne-même, Provincial, qui sur l'approbation de trois Théologiens de la Société, en a permis l'impression; de ce même P. Duchesne dont parle M. le Chancellier dans sa Lettre, qui, avec le P. Pérusseau, lui avoit *déclaré que l'Auteur assureroit par écrit* à M. l'Abbé de Pomponne, *s'il le vouloit, qu'il desavoüoit & rétractoit ce qu'il avoit dit d'injurieux contre M. Arnauld.* Ce qu'il y a d'admirable, c'est que les Jésuites ont affecté de distribuer buër cette Lettre à leurs écoliers & à leurs amis le jour-même que M. de Beaumont a fait part de la sienne au Public. Il semble qu'ils la gardoient exprès pour une pareille circonstance, s'il est vrai qu'elle soit effectivement de la date qu'on a mise à la tête, ce que j'ai peine à me persuader. Et ce qu'il y a encore de plus admirable, c'est que M. de Beaumont à qui on vint donner avis de ce procédé des Jésuites, fit semblant de le prendre pour une insulte qui lui étoit faite de leur part, & d'entrer en courroux contre eux, quoique cela se fût fait de concert avec lui? Quels hommes, bon Dieu, que tous ces gens-là? *Ubi est Deus eorum?*

Comme cette Lettre n'est pas commune, du moins au moment que j'écris ceci, je voulois l'insérer ici, mais, outre qu'elle est fort longue, on en peut voir un extrait assez détaillé dans la feuille des Nouvelles Ecclésiastiques du 9. Avril 1748.

Je ne puis cependant omettre un endroit de cette Lettre conçu en ces termes: *Le mérite particulier de ce Livre, c'est d'être la réfutation abrégée d'une foule de Livres Jansénistes remplis des plus palpables erreurs sur les Sacremens de Pénitence & d'Eucharistie. Ils mériteroient bien la censure des prémiers Pasteurs, & toute leur attention.*

Si cela est, les Mandemens des Evêques, qui condamnent la Doctrine de ce Livre, sont nécessairement des Ecrits Jansénistes, aussi bien que les Evêques-mêmes. Voilà les Archevêques de Tours, de Sens, de Lyon-même, l'Evêque de Soissons, de Carcassonne, de Lodève, &c. devenus & déclarés Jansénistes *ipso facto*, & *mériteroient la censure des prémiers Pasteurs*, & *toute leur attention*. Cela n'est pas douteux, & je ne serois point surpris de les voir censurés par Messieurs d'Aix, de Marseille, de Basle & beaucoup d'autres. De quoi leur a donc servi d'accepter & de faire accepter avec tant de zèle, autrement dit de cruauté, la Bul-

Bulle *Unigenitus* dans leurs Diocèses, si cela ne les purge pas du Jansénisme? Oui, Nosseigneurs, je vous le déclare, & dans peu vous verrez si j'ai été bon Prophète. Il n'y a point de milieu, il faut opter, ou d'être Pichonistes, ou d'être Jansénistes. La dénomination *de Catholiques timides* ne peut pas se soutenir encore longtems. Oui dans peu vous serez Jansénistes, & par conséquent ennemis du Roi, comme le sont tous ceux qui sont Jansénistes dés leur naissance.

Voici une autre Lettre de Jésuite. Je ne sai si elle n'est point aussi du P. Duchesne, mais qu'elle soit du P. Duchesne, ou d'un autre, fût-elle aussi longue que la sienne, je ne saurois me dispenser d'en rapporter ici tout au long la partie intéressante. Elle est du 17. Avril 1748. & écrite à une personne de distinction de Paris. L'Auteur, après avoir assuré que nous allions avoir la paix, continuë ainsi.

„ Je n'augure pas si bien de la paix de l'Eglise. „ Ceux qui devroient y travailler & la procurer, „ sont les Généraux qui se contentent de briller à „ la tête d'une armée; de s'y bien divertir, & de „ se mettre fort peu en peine du reste. On dé„ fend trop mollement l'Eglise, tandis que ceux „ qui l'attaquent, témoins de cette mollesse, n'en „ deviennent que plus hardis à lui porter les plus „ rudes coups. Je voudrois de tout mon cœur „ que vous eussiez le Livre du P. Pichon. Il vous „ arriveroit ce que je viens d'éprouver moi-mê„ me. Je ne l'avois pas lu. Je viens de le lire à „ tête reposée. Je n'y ai rien trouvé que de bon, „ que de vrai, que de consolant & d'édifiant. „ L'Evêque de Laön (a) qui en avoit conçu une „ idée affreuse sur les *criailleries* du Parti, & des „ Ca-

(a) Cet endroit porteroit à croire que celui qui a

„ *Catholiques timides*, vient aussi de le lire, & le „ fruit de cette lecture a été, qu'au-lieu de dire „ rarement la Messe, comme il faisoit depuis „ longtems, il la dit maintenant presque tous les „ jours. C'est une Caballe qui s'est élevée contre „ le Livre, & où de sécrets ressorts ont engagé „ les Prélats *Catholiques*.

„ Nos Pères de Paris ont été intimidés eux-„ mêmes par ces Prélats, & par cette foule d'E-„ crits. Ils ont en conséquence engagé le P. Pi-„ chon à desavoüer & à condamner son Livre „ d'une manière vague, sans désigner au fonds ce „ qu'il y condamne. Ils ne sont pas à s'en re-„ pentir.

„ On travaille à Paris à attaquer l'Instruction „ Pastorale de M. d'Auxerre qui est pleine d'er-„ reurs. Celle de M. de Tours le sera aussi. „ Elle est insoutenable. L'avis qui est à la tê-„ te, paroit furieux. Il n'y manque que des F. „ & des B. pour en faire l'ouvrage d'un J. F. „ L'Archevêque de Paris lui-même n'y est pas „ épargné. Enfin tout Paris est revolté. A la pro-„ chaine Assemblée du Clergé, il y aura bien du „ tapage à ce sujet, &c.

Il n'a pas tenu en effet aux Jésuites qu'ils n'en aient bien fait. Ils ont fait imprimer une Dénonciation des Mandemens de Mrs. de Tours & de Soissons. Ils n'ont pas jugé à propos d'y joindre celui de M. d'Auxerre, parce qu'ils regardent ce Prélat comme un homme sans conséquence dans l'Eglise, ou plutôt comme un homme rétranché de l'Eglise. Cette pièce a été imprimée chez Bordelet, mais il n'en a paru aucun exemplaire dans le Public, le P. Boyer, ou les Jésuites eux-mêmes qui

a écrit cette élégante Lettre, est un Jésuite du Collége de Laön.

qui ont vu que le vent ne leur étoit pas favorable, les aïant fait tous retirer au sortir de la presse. On en a cependant sauvé deux, sur l'un desquels on l'a copiée telle que je la donne ici.

DE'NONCIATION *à Nosseigneurs les Cardinaux, Archevêques & Evêques du Royaume, de quelques Propositions, extraites des ouvrages de Monseigneur Louïs-Jacques de Rastignac, Archevêque de Tours, & de Monseigneur François de Fitz-James, Evêque de Soissons.*

MESSEIGNEURS,

L'AMOUR de la Religion, & le zèle pour la piété, m'obligent à vous dénoncer plusieurs Propositions, que j'ai luës avec surprise & avec douleur dans les Ecrits de Monseigneur l'Archevêque de Tours (*a*), & de Monseigneur l'Evêque de Soissons. Si les nouveautés, en matière de foi, avancées par de simples Particuliers, sont toujours dangereuses, à combien plus forte raison, les erreurs formelles publiées hautement par des Evêques, doivent-elles allarmer, puisque la dignité sainte dont ils sont revêtus, ne peut manquer de donner du poids à leurs Enseignemens, & du cours à leur Doctrine?

La première des Propositions sur lesquelles je vous supplie, Messeigneurs, de prononcer, se trouve dans le Discours de Monseigneur l'Archevêque de Tours, à l'Assemblée de 1745. Ce Prélat, parlant du Livre d'un Auteur nommé *Travers*, dit que *l'Assemblée n'a pas eu assez de tems pour en extraire un certain nombre de Propositions aux-*

(*a*) Il est à remarquer que M. de Tours est Président de cette Assemblée.

auxquelles les autres se rapportent ..... & pour appliquer à chacune en particulier les différentes qualifications dont elles sont susceptibles ; & il ajoute : *Travail cependant nécessaire, travail indispensable, pour parvenir à en faire une censure qui soit dans la forme la plus régulière, qui soit enfin digne d'un Corps aussi respectable.*

Ce langage, Messeigneurs, n'est pas obscur : il faut, selon Monseigneur l'Archevêque de Tours, qu'une censure, pour être dans la forme la plus régulière, pour être digne du Clergé, soit détaillée, & qu'elle applique aux Propositions que l'on condamne, les qualifications qu'elles méritent ; d'où il s'ensuit que toute censure qui n'est pas détaillée, qui n'est que respective, & *in globo*, est dès-lors une censure imparfaite, une censure dont la forme est moins régulière, une censure qui n'est pas digne d'une Assemblée du Clergé de ce Royaume.

Or, parler ainsi, n'est-ce pas dégrader la Bulle de Leon X. contre Luther, celles de Pie V. de Grégoire XIII. & d'Urbain VIII. contre Baïus, qui toutes sont dans cette même forme qui déplaît à Monseigneur l'Archevêque de Tours ? N'est-ce pas favoriser ouvertement, & entretenir la révolte des nouveaux Sectaires contre la Bulle *Unigenitus* ? Car, comment leur persuadera-t-on de se soumettre à un décret, dont on convient que la forme est moins régulière, à une censure qu'on déclare n'être pas digne du Clergé de France ? N'est-ce pas enfin insulter le Concile œcuménique de Constance (*a*), qui n'a pas employé une autre forme de censure pour condamner Viclef & Jean Hus ?

Quoi ! une forme de censure qui est digne d'un Con-

(*a*) Il faut remarquer ici que les Jésuites ne reconnoissent point le Concile de Constance.

Concile général, ne sera pas digne d'une Assemblée générale du Clergé de France? Je sai combien il est respectable, ce Clergé; mais quel que soit son autorité, fût-il assemblé en Concile national, il seroit encore bien éloigné de s'égaler à un Concile universel. Comment donc une expression si peu mésurée, si peu convenable, a-t-elle pu échapper à Monseigneur l'Archevêque de Tours?

Je pourrois rapporter ici ce qu'ont écrit en faveur de ces censures *in globo*, les Cardinaux, Archevêques & Evêques assemblés en 1728. & ce qu'a dit M. Gilbert de Voisins lui-même, dans le plaidoyer qu'il prononça le 29. Janvier 1731. où il s'explique sur ce sujet d'une manière bien plus juste & bien plus exacte que M. l'Archevêque de Tours; mais le seul exposé que je viens de faire, vous suffit, Messeigneurs, pour sentir toute l'indécence des expressions de ce Prélat, & pour juger que l'autorité qu'elles donnent aux Constitutions du St. Siége contre le Luthéranisme, le Baïanisme, & le Quesnelisme, exige dans le tems où nous sommes, qu'elle ne reste point sans flétrissure.

La deuxième Proposition est tirée de l'Instruction Pastorale du même Prélat, du 18. Février 1748. sur la Communion, page 51. *Nul*, dit M. l'Archevêque de Tours, *pour la justification dans le Sacrement de Pénitence, ne doit se croire en sureté, si, outre les actes de foi, d'espérance & de charité* (a), *il ne commence à aimer Dieu, comme source de toute justice.* Et cette décision, il l'attribuë à l'Assemblée de 1700.

C'est donc à dire, Messeigneurs, prémièrement, qu'un acte *de charité* est absolument nécessaire pour la justification dans le Sacrement de Pénitence; secon-

(a) Ces mots, *& de charité*, ne sont point dans l'Instruction Pastorale de M. de Tours.

condement que cet acte ne suffit pas, & qu'il faut y ajouter *un commencement d'amour de Dieu, comme source de cette justice.* Proposition inconcevable, qui mettant au-dessous du commencement même de l'amour de Dieu le moins parfait, détruit l'essence & contredit les prémières notions de cette sublime vertu.

La troisième Proposition se lit dans le même ouvrage, page 52. & a, j'ose le dire, quelque chose de plus incompréhensible. Voici comme elle est conçuë.

„ Détruisons solidement la fausseté de ce principe. Qu'est-ce qu'on appelle ici une sainteté „ de bienséance? C'est l'exemption de l'affection „ au péché veniel, c'est la tiédeur volontaire, c'est „ la devotion actuelle, c'est l'esprit de religion, & „ d'une religion vive, d'une religion animée de la „ charité. Or n'est-il pas faux que cette disposi„ tion suffise pour la communion très-fréquente? „ N'est-il pas faux que celui qui se borne là, ne „ doit pas s'en contenter? N'est-il pas faux qu'il „ doit être assuré que Jésus-Christ ne lui en de„ mande pas davantage?"

Telles sont, sans y rien changer, les propres paroles de M. l'Archevêque de Tours.

Je ne prétens pas, Messeigneurs, débrouiller ce cahos. Il y a là un renversement d'idées que je ne conçois pas; une confusion de termes, une obscurité impénétrable. Tout ce que j'y apperçois, c'est en prémier lieu la tiédeur volontaire, qui entre, dit-on, dans la composition de la *sainteté* de bienséance, & qui pour cela se trouve enclavée entre *l'exemption de l'affection au péché veniel* & *la devotion actuelle.*

Ce que je comprens en second lieu, c'est que, si l'on en croit M. l'Archevêque de Tours, *l'exemption de l'affection au péché veniel, la devotion actuelle, l'esprit de religion, & d'une religion vive, d'une religion animée de la charité,* ne suffisent pas pour la com-

communion fréquente. Sentimens faux & d'un rigorisme outré. Car enfin, si tout cela ne suffit pas, que faut-il donc encore ? M. l'Archevêque de Tours exige-t-il un amour pur & sans mélange? Mais ignore-t-il que cette Doctrine a été condamnée par Alexandre VIII. dans la Proposition suivante: *Il faut éloigner de la sainte Table ceux qui n'ont pas encore un amour de Dieu très-pur & sans aucun mélange.*

Il est vrai, Messeigneurs, que ce Prélat reveillé sans doute par le cri général & par le soulèvement éclattant de tous les gens sensés, contre de si étranges propositions, s'est déterminé enfin à mettre un carton (*a*), & à faire disparoître ces mon-

---

(*a*) Dequoi n'est point capable la fureur de calomnier! Qui a dit aux misérables Auteurs de cette Dénonciation, que M. de Tours *a été reveillé par le cri général & par le soulèvement éclattant de tous les gens sensés?* Si je leur réponds que les erreurs, ou plutôt les absurdités, qui se trouvent dans les deux Propositions (telles qu'ils les rapportent) sont de fautes grossières d'impression qui ne furent jamais dans le manuscrit; que ces fautes ont été aussitôt rectifiées par un carton, & qu'il n'a été délivré aucun exemplaire sans ce carton, comment me prouveront-ils le contraire? Il ne suffiroit pas de m'en montrer un ou deux. Il se pourroit faire qu'il en eût transpiré quelques-uns, par l'empressement de faire part au Public de cet excellent ouvrage; mais s'il s'en est répandu un aussi grand nombre dans tout le Royaume qu'ils le disent, il faut qu'ils en produisent un grand nombre. Mais je sens que ce défi ne les déconcerteroit pas encore. S'il ne s'agissoit que de le remplir, pour étayer leur Dénonciation, ils ne plaindroient pas les fraix d'une nouvelle édition bien ressemblante, où ces deux Propositions se trouveroient mot pour mot.

monstrueux sentimens; mais un remède, aussi foible que celui-là, suffit-il pour un si grand mal? Combien d'Exemplaires ont été répandus dans tout le Royaume, & présenteront à jamais aux yeux des Fidèles une Doctrine erronée, qui tend à leur persuader que l'acte de *charité* est absolument nécessaire dans le Sacrement de Pénitence pour la justification.

Que *la charité* est quelque chose de moins parfait que l'amour initial de Dieu, comme source de toute justice.

Que pour communier souvent, *il faut* quelque chose de plus *que l'exemtion de l'affection au péché véniel, la devotion actuelle, l'esprit de religion, & d'une religion vive, d'une religion animée de la charité.* A des sentimens si faux & si dangereux se contentera-t-on de substituër simplement une feuille où ils ne se trouvent plus? Est-ce réparer le mal? Est-ce desavouër l'erreur? Est-ce la rétracter & la condamner? Si les Exemplaires où elle se rencontre, ne sont ni révoqués ni flétris, n'y a-t-il pas danger que les Ennemis de l'Eglise ne s'en prévalent un jour pour accréditer leur fausse Doctrine; pour la répandre & pour écarter par ce moyen les Fidèles de la participation de nos saints mystères?

Danger d'autant plus pressant, Messeigneurs, que déjà l'Auteur des Nouvelles Ecclésiastiques tire un singulier avantage de l'harmonie qui règne entre M. l'Archevêque de Tours & M. l'Evêque d'Auxerre; & que dans la feuille du 6. Février (où il est question de la défense du Livre de la fréquente Communion de M. Arnauld) il dit d'un ton triomphant, que *les Archevêques de Tours & de Sens, & l'Evêque d'Auxerre, ne font que se réünir dans la défense de la Doctrine de l'Eglise.* (*a*).

La

(*a*) Les Jésuites ont dénoncé deux Propositions chimériques de M. de Tours; mais ils n'auroient en

La quatrième Proposition, Messeigneurs, sur laquelle les Fidèles attendent votre jugement, est tirée de l'Ordonnance & Instruction Pastorale de M. l'Evêque de Soissons, du 7. Janvier 1748. pag. 20. *L'exemtion du péché mortel*, dit ce Prélat, *n'est pas la seule disposition nécessaire pour communier.*

Cette Proposition n'est point une phrase hazardée c'est une assertion réfléchie & mise à la marge, comme étant le sujet d'un paragraphe entier.

Mais n'est-elle pas une erreur? Il s'agit en effet

---

eu garde d'en dénoncer une bien réelle qui se lit dans l'Instruction Pastorale de M. le Cardinal de Rohan du 10. Juin 1748. pag. 85. Elle est conçuë en ces termes: „ Ces maximes de conduite ne
„ regardent que les Laïcs: il en est d'autres pour
„ le Prêtre. *Il est*, selon St. Thomas, *une person-*
„ *ne publique, & ne doit pas célébrer seulement pour*
„ *son profit particulier, mais pour celui des autres.*
„ D'où Salazar conclut qu'il y a toujours nécessi-
„ té, ou très-grande utilité pour l'Eglise qu'il cé-
„ lèbre, & par conséquent il peut dire la Messe tous
„ les jours, quand même il n'auroit pas les disposi-
„ tions que demande dans les Laïcs une si fréquen-
„ te participation, pourvu cependant qu'il apporte
„ dans la célébration de la sainte Messe, la disposi-
„ tion suffisante pour exclurre le péché véniel & l'ir-
„ révérence. Je ne sai quel autre Chrétien qu'un
„ Cardinal, un Evêque ou un Jésuite, peut tirer
„ une pareille conséquence des paroles de St. Tho-
„ mas; & exiger de moindres dispositions dans un
„ Prêtre, pour dire la Messe tous les jours, que dans
„ un Laïc, pour communier tous les jours. Est-ce
„ pour contredire Dieu qui dit: *Sancti erunt Deo suo*
„ *& non polluent nomen ejus: incensum enim Domini,*
„ *& panes Dei sui offerunt, ideò sancti erunt.* Lev. XXI.
„ ℣. 6. A moins que les Victimes des Juifs ne deman-
„ dassent plus de sainteté que celle des Chrétiens."

(a) Mi-

fet dans cet endroit de ce qui est *absolument* néces-saire, non pour communier souvent, mais pour communier : non pour faire une communion fervente, mais pour ne pas faire une communion sacrilége. Or il est de foi qu'il n'y a que l'état de péché mortel qui puisse rendre une communion indigne, sacrilége, & telle qu'en la faisant, on mange sa propre condamnation.

Quel est donc le principe sur lequel M. l'Evêque de Soissons appuie son paradoxe ? *C'est*, dit-il, pag. 21, *parce que l'exemtion de péché mortel est quelque chose de purement négatif.* Principe condamnable, puisqu'il suppose ou que l'exemtion de péché mortel n'est pas essentiellement liée avec l'état de grace, & qu'il peut y avoir un état mitoyen dans lequel on ne seroit ni en état de grace, ni en état de péché mortel, ce qui est une hérésie ; ou que l'état de grace *est quelque chose de purement négatif*, ce qui est une autre hérésie.

La cinquième Proposition est du même Prélat. Elle se trouve à la page 25. & elle est conçuë en ces termes : *la sainteté est toujours de précepte, en quelque dégré qu'on la suppose.*

Mais 1. si cela est, si la plus éminente sainteté est *toujours* de précepte, & pour tous les hommes (a), on sera donc obligé de faire habituellement toutes & chacunes de ses actions par l'impression actuelle de la plus pure charité, qui est le dégré le plus sublime de sainteté qu'on puisse suppo-ser.

(a) Misérable équivoque Jésuitique ! La possession actuelle de la plus éminente sainteté n'est pas de précepte ; mais il est de précepte de tendre continuellement à la plus éminente sainteté, & de travailler à l'acquérir. *Sancti estote, quia ego sanctus sum.* Lev. XI. vs. 44. *Estote ergo vos perfecti, sicut & Pater vester cœlestis perfectus est*, Matth. V. 48. *Ipsi in omni conversatione sancti sitis.* 1. Petr. I. 15.

fer, Or cette Doctrine est proscrite comme erronée.

2. Si la plus grande sainteté est commandée, les conseils ne sont donc plus de simples conseils mais des préceptes, puisque ce sont des moyens & des dégrés de perfection & de sainteté.

3. Si la plus haute sainteté est de précepte, personne ne pourra donc communier dans cette vie, puisque dans cette vie on ne peut jamais atteindre le dernier dégré de sainteté. Il faudra donc envoyer la communion au Ciel.

4. M. de Soissons dit que *ce précepte s'addresse à tous.* Voilà donc en rigueur un précepte vraiment impossible aux Justes-mêmes qui font effort pour l'accomplir; ce qui est la prémière Proposition de Jansénius.

5. Si la plus parfaite sainteté est de précepte rigoureux, comme le Juste n'a point cette sublime sainteté, & ne peut même l'avoir dans chacune de ses actions, il s'ensuit donc que le Juste pèche dans chacune de ses bonnes actions. Doctrine véritablement Luthérienne.

J'espère, Messeigneurs, que vous ne laisserez point aux Propositions que je viens de vous dénoncer, le tems de pervertir les Fidèles, & que vous précautionnerez vos Peuples contre de pareilles nouveautés. Vous êtes les Juges naturels de ceux qui les ont avancées. C'est à votre Tribunal que j'ai dû les porter en prémière instance; & ce n'est qu'au cas que, par des considérations particulières, vous ne jugiez pas à propos de connoitre de cette affaire, ou d'en décider,

---

15. *Qui justus est justificetur adhuc; & sanctus sanctificetur adhuc.* Apoc. XXII. 11. *Minimè pro certo est bonus, qui melior esse non vult; & ubi incipis nolle fieri melior, ibi etiam desinis esse bonus.* Bern. Ep. 91. *Si attentas stare, ruas necesse est.* Bern. ibid.

der, que la dénonciation que je vous fais aujourd'hui avec le respect le plus profond, & la plus parfaite confiance, sera addressée à tous les Evêques du monde chrétien; & qu'une cause si importante sera portée à Rome, pour y être jugée par le St. Siége.

J'ai l'honneur d'être avec une extrême vénération,

Messeigneurs,

Votre, &c.

Quel autre qu'un Jésuite peut parler avec autant de fierté & d'insolence? & quel particulier peut menacer de porter sa dénonciation à tous les Evêques du monde chrétien? Il n'y a que les Jésuites, qui sont répandus par tout le monde, en état d'exécuter cette menace; comme je ne doute point qu'ils ne l'exécutent en effet. Ils viennent de faire disparoître leurs Pères Gourdon & Dumossel. On ne sai si c'est par ordre de la Cour, ou de leur propre mouvement, pour prévenir les suites.

(z) Nos bonnes gens de Sarcelles, à qui Claude Fétu fait souvent de bonnes lectures, & principalement du Nouveau Testament, se souviennent ici fort à propos de cet endroit de l'Apocalypse, où celui qui étoit sur le Trône dit à St. Jean, que les Timides auront le même sort que les Homicides, les Empoisonneurs, les Exécrables, &c. *Timidis autem & incredulis & execratis, & homicidis, & fornicatoribus & veneficis, & idololatris & mendacibus, pars illorum erit in stagno ardenti igne & sulphure, quod est mors secunda.* Apoc. XXI. vs. 8.

Je laisse ce passage à méditer à ceux que les Jésuites appellent *Catholiques timides*; à ceux dont on dit: *C'est un fort honnête homme, qui pense bien, mais dans le tems où nous sommes, la prudence ne permet pas qu'on se déclare de peur de se faire des affaires.* Je le laisse encore à ceux qui sont en place; qui sont chargés par état de l'instruction

 &

& de l'édification publique, tels que sont plusieurs Evêques de France qui pensent bien, mais qui renferment leurs pensées en eux-mêmes, & qui n'ont pas le courage d'appeller; tels que sont les Supérieurs de plusieurs Maisons Religieuses, qui cèdent au tems, pour conserver, disent-ils, leurs Ordres, leurs Congrégations, &c. comme si Dieu avoit besoin d'eux & de pareils moyens, s'il a résolu de les conserver. *Væ autem prægnantibus & nutrientibus in illis diebus.* Matth. XXIV. 19. *Ex Principibus multi crediderunt in eum, sed propter Pharisæos non confitebantur.* Joan. XII. 42. Ces vuës tout humaines leur font-elles oublier, que ne pas défendre la Vérité, c'est l'opprimer?

(a) Tels que M. de Brancas, Archevêque d'Aix, qui ne trouve dans le Livre du P. Pichon que *quelques Propositions hazardées* : M. de Belsunce, Evêque de Marseille, qui l'offre à la piété du Clergé Séculier & Régulier & aux Fidèles de son Diocèse, *comme un préservatif contre les pernicieuses maximes des Novateurs . . . . qui les exhorte à faire une étude particulière d'un Livre si utile, & à suivre les salutaires & saintes maximes dont il est rempli.* M. de Charency, qui dans sa Lettre du 4. Décembre 1747. à M. Languet, c'est-à-dire, environ deux mois & demi avant que de mourir, déclare qu'il se croit obligé de lui dire: *qu'une correction du Livre du P. Pichon ne pourroit faire aucun bien; qu'elle ne contenteroit jamais les Jansénistes, à moins qu'on ne donnât dans l'excès; que cette correction pourroit faire beaucoup de mal, & mettre la division dans l'Episcopat; qu'elle pourroit achever d'éteindre le peu de zèle qui reste pour la fréquente communion dans l'Eglise de France; que ce n'est pas aujourd'hui l'usage d'excéder sur la fréquente communion; que les Jansénistes ont trop réussi à imprimer la frayeur de la communion, &c.*

M. de Rinck de Baldenstein, Evêque de Basle, Prince du St. Empire, qui dit, ou plutôt, à qui les

les Jésuites font dire, que le Livre du P. Pichon est très-digne de l'approbation de tous les vrais Chrétiens, car, dit-il, „ il met sous les yeux d'u-„ ne façon abrégée & pleine d'aménités, l'histoi-„ re dogmatique de l'usage de la sacrée commu-„ nion, & fait éprouver à ses Lecteurs d'une ma-„ nière bien consolante, la douceur de l'onction „ & de la piété qui y régne." C'est pourquoi, „ continuë-t-il, „ non seulement nous voulons „ qu'un Livre d'une utilité si marquée, soit répan-„ du dans notre Diocèse, mais encore nous en „ commandons instamment la lecture aux Pasteurs „ des ames & à leurs Vicaires; & nous leur re-„ commandons encore instamment d'inspirer sans „ cesse aux Fidèles la Doctrine qu'il contient, „ comme étant vraiment la Doctrine de Notre „ Seigneur Jésus-Christ. En foi dequoi nous a-„ vons signé de notre main cette présente Appro-„ bation. Donné dans le Château de Porentru, „ le 6. Mai 1746.

Outre cette Approbation, on trouve encore chez le Bréton, ruë St. Victor, une Lettre du même Prélat, addressée au P. Pichon, par laquelle il lui fait des reproches tendres & amoureux de la foiblesse qu'il a euë de rétracter son Livre. Cette Lettre qui ne contient que 4. pages *in quarto*, c'est-à-dire, une demie feuille de papier, se vend 12 sous. On ne peut trop payer les belles choses. Elle est datée de Porentru, du 25. Avril 1748. Elle finit par cette tendre exhortation.

„ Adieu, mon révérend Père, continuez, com-„ me vous avez fait jusqu'aujourd'hui, à soutenir „ avec courage les rudes épreuves que la Provi-„ dence vous a ménagées pour sa gloire, & com-„ ptez que vous n'avez personne qui vous soit „ plus véritablement & plus particulièrement affe-„ ctionné que moi.

Tels que Messieurs Languet & Tencin; car il ne faut point être la dupe des *Remarques* de l'un,

& de la Lettre à ses Curés de l'autre. S'il se trouvoit quelqu'un qui ne connût pas le Cardinal de Tencin, qu'il interroge les pierres, & elles lui diront ce que c'est que le Président des Bureaux de la ruë Quincampoix, & du Concile d'Embrun. A l'égard de M. Languet, Auteur réputé de la merveilleuse Vie de Marie à la Coque, quand il ne seroit pas connu de quelques-uns de ceux qui liront ces Notes, les deux Lettres suivantes suffiront pour leur faire juger, s'il condamne, ou s'il approuve *le Pichonisme*. Elles sont les expressions naïves d'un cœur qui n'est point encore étourdi par les *criailleries du Parti & des Catholiques timides*, au-lieu que ses Remarques ne sont faites que pour servir de montre. Ses Remarques furent données en Juin 1747. & ses deux Lettres sont, la prémière du 22. Décembre 1746. & la seconde du 24. Mai 1747. & par conséquent antérieures à ses Remarques.

Prémière Lettre de M. l'Archevêque de Sens au P. Pichon. A Sens, 22. Décembre 1746.

J'AI à vous remercier, mon révérend Père, du présent que vous m'avez fait de votre Livre sur la fréquentation des Sacremens. J'en ai lu une bonne partie. Je l'ai trouvé plein de piété, & utile pour inspirer les vrais sentimens que les Fidèles devroient avoir par rapport à la sainte communion, & pour détruire les faux prétextes que plusieurs emploient pour se justifier dans leur éloignement. Je prie Dieu qu'il bénisse vous & vos salutaires Instructions à ce sujet. Je suis, mon révérend Père, absolument,

Votre très, &c.

J. J. Archev. de Sens.

Se-

Seconde Lettre de M. l'Archevêque de Sens au P. Pichon. A Château-Landon, dans le cours de mes visites. 24. Mai 1747.

On se rend garant, mon révérend Père, de tout ce qui est dans un Livre, quand on l'approuve, & c'est ce qui m'a engagé à vous écrire de manière que vous ne fissiez pas imprimer ma Lettre (la prémière) à la tête de votre Livre. Ce n'est pas que je ne l'estime beaucoup, mais je crains de me donner pour Approbateur, & je refuse communement mon suffrage à ceux qui le désirent, & à qui d'ailleurs il est très-peu nécessaire. Je n'en estime pas moins votre zèle & votre Ecrit. C'est dans ces sentimens que j'ai l'honneur d'être entièrement à vous.

J. J. Archev. de Sens.

On ne doit pas retrancher du nombre des Approbateurs, M. l'Evêque d'Amiens. Il a addressé, comme M. de Beaumont, la Rétractation du P. Pichon, *aux Curés, Vicaires, & autres Confesseurs* de son Diocèse, par une Lettre du 9. Avril 1748. Il semble d'abord que son dessein soit de condamner le Livre du P. Pichon, mais la vérité est qu'il enseigne *le Pichonisme*, du moins autant que le P. Pichon-même. On en peut juger par la lecture de cette Lettre qui est publique & très-commune.

(*b*) Comme il a ramené par sa grace toute-puissante sur les cœurs, M. de Grammont, Archevêque de Bésançon. Il avoit d'abord donné son Approbation au Livre du P. Pichon en ces termes.

„ Nous avons lu avec édification un Livre qui a „ pour titre ; *l'Esprit de Jésus-Christ & de l'Eglise* „ *sur la fréquente Communion.* Ce Livre est plein „ d'instructions solides, & de maximes de piété,

„ & nous ne doutons point qu'il ne soit très-utile, pour faire naître dans le cœur des Fidèles „ un saint empressement de s'approcher souvent „ du Sacrement adorable de nos Autels. C'est „ pourquoi nous recommandons aux Curés & Vicaires de notre Diocèse d'en inspirer la lecture „ aux Fidèles dont ils sont chargés, pour faire „ revivre l'esprit primitif de l'Eglise envers ce Sacrement, qui en a fait dans tous les tems & l'ornement & la sainteté. Donné à Besançon dans „ notre Palais Archiépiscopal, le dix-septième „ jour du mois de Décembre 1745.

Tel est le langage d'un homme qui est enseveli dans les ténèbres & dans l'ombre de la mort, *qui in tenebris, & in umbrâ mortis sedet.* Ecoutons celui d'un homme éclairé.

„ Antoine-Pierre de Grammont, par la grace „ de Dieu & du St. Siége Apostolique, Archevêque de Besançon, Prince du St. Empire, &c.

„ A tous les Curés, Vicaires, Confesseurs & „ Prédicateurs Séculiers & Réguliers de notre „ Diocèse, salut & bénédiction.

„ Un Livre qui a pour titre: *L'Esprit de Jésus-Christ & de l'Eglise sur la fréquente Communion,* „ & pour Auteur le P. Pichon, de la Compagnie „ de Jésus, est le sujet de l'Avertissement que „ Nous vous donnons, mes très-chers Frères. „ Nous sommes obligés d'en défendre la lecture „ aux Fidèles, d'en arrêter la distribution & d'en „ faire retirer les Exemplaires, autant qu'il Nous „ sera possible. Nous avons besoin de votre secours, parce que vous êtes nos Coopérateurs, „ & que les fonctions des différens Ministères que „ vous exercez sous notre autorité, vous donnent tous les jours les occasions de seconder „ notre vigilance, pour arrêter le cours d'un Livre qui Nous cause des inquiétudes & des allar-

„ mes.

„ mes. L'Auteur s'est écarté des maximes de St.
„ Charles & de St. François de Sales, sur la Pé-
„ nitence & sur la fréquente Communion. Vous
„ savez, mes chers Frères, que la Doctrine de
„ ces deux grands Saints a été adoptée par nos
„ Prédécesseurs, dont la mémoire est en vénéra-
„ tion parmi vous. Vous savez qu'elle est ensei-
„ gnée dans notre Rituel, si connu, si distingué
„ parmi les ouvrages de cette espèce, & dans nos
„ statuts Synodaux, qui prescrivent les sentimens
„ que vous devez avoir, & les maximes qui doi-
„ vent servir de règle à votre conduite, pour di-
„ riger les Fidèles dans les saintes rigueurs de la
„ Pénitence, & les instruire des dispositions qui
„ décident de l'usage rare ou fréquent qu'ils doi-
„ vent faire de la sainte Communion. Continuez
„ donc, mes chers Frères, de prendre dans ces
„ sources pures, les dogmes & les conseils que
„ vous devez à vos Auditeurs & à vos Pénitens.
„ Toute autre Doctrine doit être étrangère &
„ suspecte pour vous. Elle vous exposeroit à de-
„ venir semblables à un Père cruël, qui donne-
„ roit *une pierre à l'Enfant qui lui demande du pain,*
„ *& lui présenteroit un serpent pour un poisson, &*
„ *un scorpion pour un œuf.* Matth. VII. vs. 9.

„ Si notre Approbation que l'on a insérée à la
„ suite du Livre du P. Pichon, après l'impression
„ qui en fut faite en 1745. contredit les sentimens
„ que Nous vous manifestons aujourd'hui, Nous
„ voulons en effacer jusqu'aux vestiges, en la ré-
„ voquant expressément, comme nous faisons.
„ Nous ignorons les timides ménagemens qui é-
„ pargnent l'amour propre. Nous cédons à la force
„ & aux charmes de la Vérité qui nous en-
„ traîne. Elle est victorieuse: Nous triomphons
„ avec elle, & Nous marchons avec confiance à
„ la suite de celui qui est *la Voie, la Vérité &*
„ *la Vie.*

„ Donné à Besançon dans notre Palais Archié-

„ piſcopal, ce 22. Avril 1748. *Antoine-Pierre,*
„ *Archevêque de Béſançon.*"

Voilà ce qu'on appelle parler à pleine bouche: *Exortum eſt in tenebris lumen rectis.* Pſ. CXI. vſ. 4.

J'ai aſſez bonne opinion de tous les Confeſſeurs du Diocèſe de Béſançon, pour être perſuadé qu'ils entreront de tout leur cœur dans les vuës de leur digne Archevêque, & qu'ils ſe régleront exactement ſur leur excellent Rituel pour l'adminiſtration des Sacremens de Pénitence & d'Euchariſtie; mais je ſuis caution à M. de Grammont que les Confeſſeurs Jéſuites n'en feront rien; qu'ils ne liront point le Rituel de ſon Diocèſe, & qu'ils ne ſe conformeront jamais qu'à celui de leur Société, qui eſt ſuivi dans tout le monde.

Meſſieurs de Tours, de Soiſſons, de Carcaſſonne, de Lodève, ſe flattent-ils que les Jéſuites de leurs Diocèſes ſe régleront ſur les excellentes inſtructions qu'ils ont données dans leurs Mandemens? Si les ames des peuples confiés à leur vigilance paternelle, leur ſont chères, ils n'ont qu'un parti à prendre, c'eſt de les interdire tous, ſans quoi, le *Pichoniſme* prendra une nouvelle vigueur dans leurs Diocèſes. Tous les Jéſuites, qui ſans en excepter un ſeul, ſont piqués au jeu, s'en feront un point d'honneur.

Avant que de finir ces Notes, j'ai cru devoir faire part au Public d'une Requête en vers, du Bourreau de la ville d'Orléans, à M. l'Intendant de cette Généralité, contre les Jéſuites de la même ville, qui ont, dit-il, uſurpé ſes droits, en déchirant ſolemnellement pluſieurs Livres de Port-Royal dans la Chapelle de la Ste. Vierge, le 8. Septembre de l'année 1710. Ce fait, ainſi que bien d'autres, eſt, je crois, ignoré aujourd'hui de bien des gens, parce que malheureuſement il n'y a pas toujours eu des Nouvelles Eccléſiaſtiques. Comme cette Requête a été compoſée dans ce

tems-

tems-là-même, & que le fait y est bien circonstancié, j'ai pensé qu'il convenoit de la rapporter toute entière. Elle servira à faire voir que la rage des Jésuites contre le Livre de *la fréquente Communion*, n'est point une rage intermittante, mais une rage continuë, avec des redoublemens furieux, & qu'elle ne finira qu'avec la Société ; d'où l'on pourra facilement juger s'il est probable qu'ils abandonnent jamais le Livre du P. Pichon, & si ce n'est pas une chose depuis longtems décidée chez eux, que le corps & le sang de Jésus-Christ soient profanés & foulés aux piés par autant d'ames immondes qu'ils en pourront séduire. Au reste rien en cela ne doit paroitre étonnant. N'est-il pas dit que l'Ante-Christ *doit s'opposer à Dieu, s'élever au-dessus de tout ce qui est appellé Dieu, & qui est adoré?* Lisez le II. Chap. de la 2me. Epitre aux Thess.

REQUÊTE *du Bourreau de la ville d'Orléans, à Monseigneur l'Intendant de la Généralité du dit Orléans, contre les Jésuites de la même ville, qui ont usurpé sur ses droits, en déchirant solemnellement plusieurs Livres de Port-Royal dans la Chapelle de leur Maison, le 8. Septembre 1710.*

SUPPLIE & remontre humblement
L'Exécuteur de la Justice,
Dit le Bourreau vulgairement,
Disant qu'à son grand préjudice,
L'on empiette sur son office,
Et qu'on l'exerce impunément;
Et voici, Monseigneur, comment.
Certain Prédicateur Jésuite
S'arrogeant des droits absolus

Sur Livres que jamais il n'a peut-être lus,
Et dont pourtant il veut décider du mérite,
A prononcé d'Arnauld, de Mons,
De Quesnel, de Bocace, & de plusieurs encore
Desquels le Suppliant ignore
Le sujet, le titre & les noms,
Que ces Ecrits remplis d'ordure & d'hérésie,
Et d'un poison séditieux,
Comme Livres pernicieux,
Doivent être flétris, & notés d'infamie.
Le Suppliant qui fuit tous les mauvais débats,
Ne dit rien de l'impertinence
Et du Juge & de la Sentence.
Il laisse à Messieurs les Prélats
Le soin de faire voir ce qu'il faut qu'on en pense;
Cela ne le regarde pas.
Mais voici le fait qui le touche.
Notre fougueux Prédicateur
Des Arrêts sortis de sa bouche
A de plus attenté d'être l'Exécuteur,
Et choisi tout exprès la Fête solemnelle
Où Dieu nous a donné la Mère du Sauveur,
Prétendant, a-t-il dit, lui déférer l'honneur
D'une Exécution si belle,
Qui s'est faite dans sa Chapelle.
Notre homme donc suivi d'un cortége nombreux
D'Ecoliers bien instruits pour ces cérémonies,
Leur fit chanter Répons, Versets & Litanies;
Puis auprès d'un table assis au milieu d'eux,
S'étant fait apporter tous ces Livres infames,
Vrais ouvrages de Lucifer,
Dignes, s'il en est cru, non des communes flammes,
Mais de tous les feux de l'Enfer;
Enfans, leur a-t-il dit, d'une voix respectable,
Considérez sur cette table
La fréquente Communion,
De l'hérétique Arnauld ouvrage détestable:
Voyez-y de Quesnel le Livre abominable,

Vrai

Vrai flambeau de révolte, & de sédition;
Et cette autre Traduction
Du Nouveau Testament qui des Suppôts du Diable
A tiré son extraction;
Mons, l'exécrable Mons! Les Contes de Bocace,
Vrai Cloaque d'impureté,
Méritent encore plus de grace,
Que cet amas d'impiété,
Par le Jansénisme enfanté.
Mais de tous ces Ecrits ne faisons qu'une classe,
Déchirons les ensemble, ils l'ont tous mérité.
Ainsi dit, ainsi fait; il signale son zèle
Contre tous ces Ecrits par lui seul condamnés,
Et leurs feuillets épars par la Troupe fidèle
A sa juste fureur sont tous abandonnés.
Or c'est un droit plus que notoire,
Et connu de vous, Monseigneur,
Que lorsqu'un téméraire Auteur
D'un Libelle diffamatoire
Ose publier la noirceur,
Ou lorsqu'en ses Ecrits il attaque la gloire
De l'Eglise, du Roi, des Saints, du Créateur,
Et que d'un esprit imposteur
Il trouble de l'Etat la paisible harmonie,
Fomente la discorde & la division,
Les Juges à qui l'on confie
La charge de couvrir tels Ecrits d'infamie,
Nous remettent le soin de l'exécution.
Les bons Pères en ont plus d'une expérience;
Car ce fut par nos mains que ces Livres affreux
Qui les firent jadis chasser de notre France,
Subirent la rigueur des feux.
Rendez donc, Monseigneur, une juste Ordonnance
Qui nous maintienne dans nos droits,
Et fasse à tout Jésuite une expresse défense
De les enfreindre une autre fois.
Ou bien enjoignez à ces Pères

Dé

De prendre des Lettres Royaux
Qui les déclarent nos Confrères ;
Leur donnent comme à nous le titre de Bourreaux
En ce cas ils pourront, sans qu'on les contredise,
Se nommer à bon droit les Bourreaux de l'Eglise.

(*c*) C'est un Livre qui vient de paroître, & qui porte pour titre: *De supremâ Romani Pontificis autoritate hodierna Ecclesiæ Gallicanæ Doctrina.* Il est imprimé à Avignon avec permission de l'Inquisiteur, dédié au Pape, & approuvé avec de grands éloges par quatre Théologiens de Rome. C'est la pierre de touche qui fera connoître les vrais François, & les bons Serviteurs du Roi.

ADDITIONS AUX NOTES.

Je croyois, pour laisser, comme on dit, le Lecteur sur la bonne bouche, terminer ces notes par la Requête du Bourreau d'Orléans, mais puisqu'il y a si longtems que je suis prêt, que mon Imprimeur ne l'est pas encore, & que j'ai du tems de reste, je ne puis m'empêcher, en attendant son loisir, de coudre encore ici quelques lambeaux, qui ne déplairont point à ceux qui aiment à entendre parler des Jésuites, & qui cherchent à les connoître de plus en plus. Je les tire de quelques Lettres du Cardinal le Camus, Evêque de Grenoble, dont j'ai actuellement les originaux sous les yeux, & qui sont toutes écrites au P. Quesnel.

Le principal Personnage qui paroît sur la scène, est un nommé le P. de St. Just, de la Compagnie de Jésus, qui brilla sur la fin du dernier siècle, & qui

qui ne fut en rien inférieur au P. Pichon. Il ne composa point de Livre comme lui, mais il mit excellemment en pratique toute sa Doctrine, c'est-à-dire, celle de la Société, en ce qui regarde la Prédication, la Confession & la Communion.

Ce Prélat qui ne goûtoit point cette méthode pour la direction des ames de son Diocèse, s'avisa de l'interdire; mais il trouva à qui parler. Le P. de St. Just ne fut pas assez simple pour signer tout d'un coup une Lettre de rétractation, comme le P. Pichon. Il appella courageusement comme d'abus de cet interdit flétrissant au Grand-Conseil, & fit donner assignation à son propre Evêque, à y comparoitre dans deux mois. Il fit plus: Il présenta Requête au Parlement de Grenoble, aux fins d'obtenir main-levée de ce même interdit.

Le P. de la Chaise de son côté, justement courroucé qu'un petit Evêque confiné aux extremités du Royaume, osât, sans respect pour un Confesseur du Roi, interdire un Membre de sa Société, ne dissimula point la blessure de son cœur. „ Je „ voudrois, disoit-il, que M. de Grenoble vint „ à Paris (il paroit par-là que M. le Cardinal le Camus étoit de ces Prélats gothiques, & scrupuleux sur l'article de la résidence) „ il verroit com- „ me les choses s'y passent. Je ne doute point „ qu'il ne changeât bientôt de sentimens & de con- „ duite, en voyant le grand crédit que j'ai à la Cour, „ & sans M. le Chancelier, il ne seroit pas à é- „ prouver combien il est dangereux de me déplai- „ re."

M. de Grenoble qui ne jugea pas qu'il fût de la dignité de son caractère de suivre le P. de St. Just devant les Tribunaux Séculiers où il vouloit le traduire, & dans une affaire purement ecclésiastique, porta ses plaintes au Pape, qui venoit d'en recevoir de pareilles, de la part de M. l'Archevêque de Malines, pour un semblable Appel fait au Gouver-

neur

neur des Païs-Bas, sur la même matière & pour les mêmes raisons; & de la part des Vicaires Apostoliques des Indes contre les Jésuites qui refusoient de les reconnoitre.

Toutes ces différentes plaintes venuës en même tems contre les Jésuites de France, de Flandre & des Indes, portèrent Sa Sainteté à écrire deux Brefs à M. de Grenoble, par lesquels elle approuvoit sa doctrine & sa conduite, & condamnoit celle du P. de St. Just. Elle ordonna de plus au Cardinal Cibo de témoigner son mécontentement au P. Général des Jésuites, & de lui dire qu'elle exigeoit de lui qu'il châtiât ce Membre de sa Société.

Le P. de la Chaise voyant que M. de Grenoble n'étoit point autrement empressé de venir à Paris, pour être témoin de son lustre & de son crédit à la Cour, & la tournure que prenoit cette affaire à Rome, jugea à propos de câler un peu. Il se tourna du côté de M. l'Archevêque de Reims. Celui-ci envoya à M. de Grenoble un projet d'accommodement, signé de lui (Archevêque de Reims) & du P. de la Chaise, & autorisé du P. Camaret, Provincial des Jésuites de Lyon, suivant lequel le P. de St. Just devoit aller trouver M. de Grenoble, & lui remettre un Acte passé devant Notaires & autorisé du Recteur, portant qu'il lui demandoit pardon des Actes & Appels comme d'abus qu'il lui avoit fait signifier; déclarant qu'il s'en déportoit comme contraires à l'esprit & aux règles de l'Eglise.

Cette satisfaction eût à-peu-près le même succès, que celle qui, dans l'affaire du P. Pichon, avoit été promise à M. l'Abbé de Pomponne. Le P. de St. Just fit jésuitiquement signifier par un Sergent au Concierge des prisons de M. de Grenoble, un Acte par lequel, attendu que M. de Reims l'appelloit dans son Diocèse, pour y prêcher & confesser sans examen, il déclaroit se départir de ses Actes & Appels comme d'abus. Et comme si cette satisfaction eût été plus que suffisante, ni lui, ni

au-

aucun de ses Confrères ne jugèrent à propos de voir sur cela M. de Grenoble.

M. de Reims, à qui M. de Grenoble avoit envoyé cet Acte, piqué qu'on lui eût manqué de parole, ou plutôt, qu'on l'eût ainsi joüé, en porta ses plaintes au P. Général, qui ordonna que le P. de St. Just fût mis en pénitence hors du Diocèse (de Reims où il s'étoit déjà rendu,) mais le P. Provincial, bon interprête des intentions de son Souverain, envoya le P. de St. Just se promener à la campagne, jusqu'à ce qu'il fût rétabli.

Voilà tout ce que j'ai pu recueillir de cette affaire dans les Lettres qui m'ont été communiquées. M. de Grenoble en fit dresser une relation ample & détaillée, qu'il fit imprimer avec les Brefs du Pape, tous les Actes du P. de St. Just, & le Décret du Parlement de Grenoble. & en envoya cent Exemplaires aux Evêques de France.

Cette Relation est sans doute une pièce curieuse & intéressante. J'aurois souhaité en avoir un Exemplaire, pour l'ajouter ici, mais elle est si rare, qu'il ne m'a pas été possible de la trouver.

M. de Grenoble sa plaint encore dans ces Lettres, de deux autres Jésuites, l'un nommé le P. Begat qui prêchoit & confessoit à Grenoble, & l'autre le P. de Challes, Recteur du Collége de Chambery qui est du même Diocèse. Comme il ne fait pas seulement mention de ces deux Jésuites, & qu'il peint encore assez bien toute la Société, je ne puis mieux faire que de rapporter ici toute entière la Lettre où il en parle. La voici:

„ Je conviens avec vous, mon R. Père, qu'il
„ valoit mieux que le P. Begat ne montât pas en
„ chaire, pour y faire le desaveu qu'il avoit signé.
„ M. de la Vergne s'y opiniatra tellement, que je
„ me rendis à son avis. Son Provincial l'a ôté
„ d'ici, & je trouve, comme vous, qu'il ne faut
„ pas beaucoup ménager les Particuliers. Pour
„ ce

„ ce qui eſt du déſaveu en lui-même, il me pa-
„ roit qu'on ne concourt point au menſonge (a),
„ en leur communiquant les plaintes qu'on fait
„ contre eux, & demandant qu'ils y répondent.
„ S. Auguſtin ſemble autoriſer cette conduite, en
„ parlant de ce que Céleſtius fit à Rome, pour ſe
„ juſtifier auprès du Pape. On ſoutient par-là la
„ Doctrine, & on épargne la perſonne, ſur-tout
„ quand c'eſt un Prédicateur de Parlement, qu'on
„ ne peut interdire ſans faire une information; &
„ pour tous les biens du monde, vous ne trouve-
„ riez pas un homme qui voulût dépoſer contre
„ un Jéſuite. Le crédit du P. de la Chaiſe, les
„ conſciences qu'ils gouvernent par les confeſ-
„ ſions, l'éducation des enfans par les colléges,
„ & le ſoin qu'ils ont de cultiver le monde par
„ leurs fréquentes viſites, l'oppoſition que les
„ Parlemens ont aux Evêques, la liaiſon de tous
„ les Religieux, les mettent en état que, quelque
„ raiſon que nous ayions de les corriger, nous a-
„ vons tout le monde contre nous. L'on con-
„ damne hautement notre conduite; on nous dé-
„ crie comme hérétiques, & nous nous rendons
„ inutiles dans nos Diocèſes. C'eſt ce qui nous
„ oblige à prendre des tempérammens, pour ne
„ pas laiſſer les excès impunis, & pour ne ſe pas
„ attirer tout le monde ſur les bras. Il faudroit
„ avoir été dans l'exercice de nos fonctions, pour
„ voir les embarras où l'on ſe trouve, ſoit que
„ l'on prenne celui de la douceur, ou de la ſévé-
„ rité. Ce n'eſt pas que je ne reconnoiſſe bien
„ que la douceur les rend plus fiers qu'ils n'étoient.
„ A Chambery il ſera difficile de toucher au P.
„ de

(a) Le Cardinal le Camus regardoit donc les deſaveux jéſuitiques comme autant de menſonges. M. de Beaumont s'y connoit beaucoup mieux & en fait bien un autre cas.

„ de Challes, Recteur du Collége, & Auteur de „ tous ces examens. Il est Frère de M. de Tarentaise „ qui réside à Chambery, & qui gouverne tout l'E- „ tat. On ne peut noter son Frère, sans se l'atti- „ rer sur les bras, & toutes les personnes de qua- „ lité qui sont ses parens. C'est un païs sans me- „ sures, & où on n'agit que par emportemens & „ par caprices, sur-tout contre un Evêque étran- „ ger, & qu'ils croient n'approuver pas leur mo- „ rale.

„ Vous savez le piége qu'on continuë de me „ tendre au sujet du *Miroir de la piété.* Le Parle- „ ment me fait presser continuellement de l'exami- „ ner, & on s'attend que le refusant, on m'en „ rendra un méchant office auprès du Roi & de „ M. le Chancelier, & qu'on me rendra suspect „ dans mon Diocèse. Celui que j'ai commis pour „ l'examiner, trouve qu'on ne peut le censurer (*a*), „ & m'a donné ses raisons par écrit. Je vois bien „ que voilà le commencement d'une guerre qu'on „ me fera pendant toute ma vie. Je m'y prépare, & „ j'espère par le secours de vos prières, que ces „ contradictions & ces calomnies ne me feront per- „ dre ni la charité, ni la patience que je leur dois, „ & avec laquelle on en vient plus aisément à „ bout que par la force ouverte, &c."

Voilà un des lambeaux que je n'ai pu m'empê- cher

(*a*) Le P. Colonia, Jésuite, dans sa Bibliothè- que Janséniste, dit que *le Miroir de la piété chrétien- ne*, est un des Livres que le Parti prône le plus, & qui ont été le plus frappés des anathêmes de l'Egli- se, & qu'il a été brulé en France par la main du Bourreau; Entre ceux qui l'ont censuré, il cite le Cardinal le Camus. Il dit que ce Livre est un pré- cis de celui de Jansénius, mis en lambeaux & ré- duit en Réflexions & Entretiens, &c.

cher de coudre à la fin de ces notes. Il ne contribuëra pas peu à faire connoitre les Pichons & les Dupleſſis de l'autre ſiècle; car il ne faut pas ſe mettre dans l'eſprit que le P. Dupleſſis, ce grand Miſſionnaire, ce grand Planteur de Croix, n'eſt pas un Pichon dans toutes les formes. Une perſonne ſimple, mais de bonne foi, me contoit il y a quelques années, qu'elle avoit aſſiſté à une de ſes Miſſions, & que déſirant avoir ſa part des riches indulgences qui y ſont attachées, & dont elle avoit, me dit-elle, un grand beſoin, elle commença une confeſſion générale avec le P. Dupleſſis, la veille que ſe devoit faire la communion générale de tous ceux qui avoient aſſiſté à cette Miſſion, & que n'aïant pu dans cette prémière ſéance lui faire le récit de tous ſes péchés, la partie fut remiſe au lendemain matin pour lui conter le reſte. Le lendemain elle alla le trouver lorſqu'il étoit occupé à donner ſes ordres pour l'arrangement de la proceſſion & de la communion. Elle lui dit qu'elle venoit pour achever ſa confeſſion, afin de pouvoir communier comme & avec tous les autres. Il lui dit qu'il n'avoit pas le tems de l'entendre, & qu'elle allât achever de ſe confeſſer au Père un tel. Je ne ſai ſi ce n'étoit point le célèbre P. Perrin; je ne l'aſſurerai pas, de peur de me tromper. Mais, mon Père, lui dit-elle, je n'aurai pas le tems de recommencer ma confeſſion avec lui: vous voyez que le tems preſſe. Cela n'eſt pas néceſſaire, lui répondit-il, vous n'avez qu'à lui dire ſeulement le reſte de vos péchés & venir ici prendre votre place; achever de vous confeſſer à lui, ou à moi, c'eſt la même choſe.

Je n'ai plus qu'un lambeau à coudre ici. Il n'eſt pas tiré des Lettres du Cardinal le Camus, mais je demande grace pour lui en faveur de M. de Beaumont, notre St. Archevêque, ce digne Succeſſeur de St. Marcel, dont nous venons de ſolemniſer la fête. Cet ouvrage a commencé par lui, il eſt bien juſte

juste qu'il finisse par lui. *A te principium, tibi desinet.* Virg. Ecl. 8.

En lisant l'office de St. Marcel le jour de sa fête, je faisois le parallèle de ces deux illustres Pasteurs de l'Eglise de Paris. Au Graduel il est dit de St. Marcel : *Hic est qui multum orat pro populo & pro civitate ista.* Voilà mot à mot, disois-je en moi-même, ce que fait M. de Beaumont. Il ne cesse de prier Dieu pour son troupeau, & en particulier pour cette grande ville, & de lui demander qu'il répande de plus en plus sur elle les divines lumières de Molina.

Au Bref de Sixte, les Enfans de Chœur chantent en l'honneur de St. Marcel, ce que David chantoit autrefois en l'honneur de Phinée, Ps. CV. vs. 30. *Stetit, & placavit, & cessavit quassatio, & reputatum est ei in justitiam.* Voilà, disois-je encore, le véritable portrait de M. de Beaumont. S'il se présente devant le Roi, c'est pour augmenter ses préventions, & l'irriter encore davantage contre les prétendus Jansénistes qu'il croit être ses plus mortels ennemis ; il n'agit que par l'impulsion du P. Boyer ; toute sa crainte est de déplaire aux Jésuites. De la façon dont il s'y prend, il y a lieu de croire que dans peu il rétablira la paix dans le Diocèse de Paris. Il n'y aura plus de Jansénistes en place, & partant plus de persécutions, plus de guerre, & nous dirons alors ; *Alleluia cessavit quassatio.* Le fait suivant est un de ceux qui doivent nous le faire espérer.

Le 6. du mois d'Août de cette année 1748. jour de la Transfiguration de Notre Seigneur, les Jacobins de la ruë St. Honoré firent soutenir dans leur Couvent, une Thèse de Théologie qui a fait beaucoup de bruit. Ils en avoient distribué quatre ou cinq cens Exemplaires dans tous les Séminaires, Communautés, Couvens, sans en excepter même les Jésuites, & à tous les Prélats qui étoient alors à Paris. L'Abbé de Ste. Géneviève qui en avoit

eu,

eu, comme les autres, & qui y trouva une Doctrine bien différente de celle qu'il fait, & qu'il s'efforce de faire régner dans sa Congrégation, alla la dénoncer à M. de Beaumont. Il avoit eu soin aussi sans doute de prévenir Monseigneur le Duc d'Orléans à qui la Thèse étoit dédiée. Ce Prince avoit envoyé dés le matin un Valet de chambre tapissier, pour orner la Salle où se devoit soutenir la Thèse, & sur les onze heures il envoya un Valet de pié à ce Valet de chambre tapissier, pour lui ordonner de remporter tous les meubles, qui étoient des fauteuils & des tapis de velours avec des galons & des crépines d'or. L'ordre ne fut cependant pas exécuté, parce que le Valet de pié vint trop tard, & que tout étoit fait quand il arriva.

A une heure, ou environ, après-midi il arriva au Couvent un Laquais, (d'autres disent un Valet de chambre, n'importe) de M. de Beaumont, pour signifier de la part de sa Grandeur au Père Prieur & au Professeur, qu'ils eussent à se rendre sur le champ au Palais Archiépiscopal, & que Monseigneur avoit à leur parler.

Le Professeur ne voulut point y aller, & apporta pour raison qu'il étoit trop tard, & que l'heure approchoit d'ouvrir la Thèse. Le second Professeur y alla à sa place avec le Prieur. Ils partirent *sur le champ*, & néanmoins le Prélat étoit à table quand ils arrivèrent. Il en sortit à trois heures sonnées, & leur donna audience.

Il dit à ces deux Religieux qu'il les avoit mandés au sujet de leur Thèse, & spécialement à cause d'un endroit où ils font dire à St. Augustin, que quiconque n'admet point la grace dont l'efficacité se tire du souverain domaine de Dieu sur le cœur de l'homme, *ne peut ni être Chrétien, ni en porter le nom.* Voici l'endroit de la Thèse tout entier. *Gratiæ efficacitatem repetimus nos a supremo Dei dominio, qui cordium inclinandorum quò voluerit, ad quod voluerit, & ubi voluerit omnipotentissimam ha-*

habet potestatem. Sic eam defendit Sanctus Augustinus contrà Pelagium & Semipelagianos. Sine eâ nec credidit hominem posse esse, aut dici Christianum.

M. l'Archevêque, sur la parole de l'Abbé de Ste. Géneviève, ou de quelque autre Savant de cette trempe, dit à ces deux Thomistes, que St. Augustin n'avoit jamais dit cela. Ils offrirent de lui montrer le passage mot pour mot dans ce Père. Il ne jugea pas à propos d'accepter l'offre. Il crut sans voir, mais il leur dit que cela étoit trop fort pour le tems où nous sommes.

Il voulut défendre au P. Prieur de laisser soutenir cette Thèse, mais sur la remontrance qui lui fut faite qu'il n'étoit plus tems, & qu'elle étoit commencée, il permit ce qu'il ne pouvoit empêcher.

Le P. Boyer, Théatin, Frère du Grand Boyer, ci-devant Evêque de Mirepoix, assista à cette première dispute qui roula toute sur la Grace, & dit en sortant au P. Jouïn, Provincial, qui le reconduisoit, que le jeune Religieux qui l'avoit défenduë, méritoit qu'en descendant de la chaire, on lui donnât le bonnet de Docteur. En effet il fit l'admiration de tous les Assistans. C'est à ceux qui connoissent ce Théatin, à juger si ce compliment dans sa bouche, étoit une loüange sincère, ou un compliment de Cour.

La Thèse fut continuée le surlendemain, huit du même mois. Ce fut un autre Religieux qui répondit ce jour-là. La dispute ne fut & ne devoit être que sur les attributs. Un Recolet s'y signala, ou, si l'on veut, s'y échauffa par-dessus tous les autres. Il prit tout de bon, & non pas *exercitationis causâ*, le parti de l'Equilibre jésuitique; & pour le prouver, il puisa ses autorités dans les Ecrits de M. le Cardinal de Bissy, de M. Languet, de M. de St. Albin, & autres semblables Pères de l'Eglise. M. de Beaumont qui ne veut *Roter* aucune occasion de servir les Jésuites, s'y étoit pris de meilleure heure ce jour-là. Il avoit mandé le Professeur dès le grand matin, & il ne lui permit la continuation de cette Thèse, qu'après lui avoir fait signer la rétractation de ce qu'il y trouvoit de trop fort *pour le tems où nous sommes*, comme la Proposition que je viens de rapporter, & ce qui y est dit en faveur de Gothescalc.

Le lendemain ce Professeur, nommé le P. Berenger, accompagné des deux jeunes Religieux qui avoient soutenu la Thèse, alla voir Monseigneur le Duc d'Orléans, & lui montra dans St. Augustin les passages de ce Père rapportés dans la Thèse, & que M. de Beaumont avoit fait rétracter; & dans Molina la même Doctrine que St. Augustin avoit combattuë dans les Pélagiens & dans les Sémipélagiens.

S. A. S. témoigna être fort satisfaite de cette conversation, remercia beaucoup le Professeur de lui avoir montré ces passages de St. Augustin, & ceux de Molina, & lui dit qu'elle étudieroit ces matières qui ne lui parurent point, comme à M. de Beaumont, trop fortes *pour le tems où nous sommes*.

HARANGUE DES HABITANS DE LA PAROISSE DE SARCELLES,

À

MONSEIGNEUR

CHARLES, dit de St. ALBIN,

Archevêque Duc de Cambrai, Pair de France, Prince du St. Empire, Comte de Cambrésis, &c. au sujet de son Mandement donné à Paris le 25. Juillet 1741.

Spurii quoque (non sunt ad Ordines admittendi) *& ii omnes qui ex legitimis nuptiis non sunt procreati.* Cath. Concil. Trid.

AVERTISSEMENT
DE L'EDITEUR.

QUOIQUE *cette Harangue, qui vient de tomber entre nos mains, soit déjà ancienne, & qu'elle n'ait fait aucun bruit dans son tems, nous avons cru ne devoir pas en priver le Public. On y reconnoitra aisément le stile naïf, & inimitable qui se trouve dans les autres.*

Elle a été faite à l'occasion d'un Mandement de M. l'Archevêque de Cambrai, en date du 25. Juillet 1741. portant condamnation d'un Ecrit, qui a pour titre: Recueil des Consultations de Messieurs les Avocats du Parlement de Paris, au sujet de la procédure extraordinaire de l'Official de Cambrai, contre le Sieur Bardon, Chanoine de Leuze, sur son refus de souscrire aux Bulles contre Baïus & Jansénius, & à la Bulle Unigenitus.

Ce Mandement a été suivi & appuyé d'un Décret de l'Inquisition de Rome, en date du 12. *Décembre de la même année, qui de même que ce Mandement, condamne* le Recueil

 des

des Consultations. *& défend à toute personne, de quelque état & condition qu'elle soit, d'avoir la hardiesse de le retenir par devers soi, ou de le lire*, apud se retinere, aut legere audeat, *sous peine d'excommunication encouruë par le seul fait.*

M. Bardon, Soudiacre du Diocèse de Poitiers, avoit été pourvu au mois de Juillet 1733. *d'un Canonicat dans l'Eglise Collègiale de St. Pierre de Leuze en Hainaut, Diocèse de Cambrai, Souveraineté de l'Empereur, sur la pleine collation de M. le Duc d'Aremberg. Une occupation importante l'empêcha pourlors d'aller remplir les fonctions de ce Bénéfice, dont il fut dispensé par M. de Cambrai même qui, comme on sait, n'est pas facile sur la matière de la résidence, & dont il donne lui-même l'exemple d'une manière si édifiante.*

Les raisons de dispense étant cessées, au mois de Juillet 1738. *il se rendit aussitôt à son Bénéfice.*

Sur la fin de Janvier 1739. *le Doïen du Chapitre, qui (on ne sait pour quelle raison) avoit juré la perte de M. Bardon, s'associa deux Chanoines de la même Eglise; vint avec eux lui faire une visite de politesse, après quoi on lui proposa la promenade. Au retour de la promenade on l'invita à entrer chez le Doïen. Là on parla des matières qui agitent l'Eglise. On lui demanda par manière de conversation,* en-

entre autres choses, s'il n'avoit point juré la Bulle Unigenitus? *Sur la réponse que M. Bardon fit*, qu'il ne l'avoit jamais jurée, & qu'il ne la jureroit jamais, *le Doïen quitta son air poli, & lui dit d'un ton animé, qu'il lui conseilloit de ne point se présenter le lendemain pour faire Soudiacre à la Messe. Il l'avertit en même tems, qu'il alloit le dénoncer à l'Officialité de Cambrai, & lui déclara sans aucun détour, que de la part même du Gouvernement, il n'étoit point en sureté de sa personne.*

Sur cette déclaration qui n'étoit point fardée, M. Bardon vint à Paris, pour rendre compte de sa foi à M. de Cambrai. Ce Prélat ne voulut point l'écouter, & lui dit qu'il falloit un ouï, *ou un* non *sur trois articles;* 1°. *Sur les Bulles contre* Baïus, 2°. *Sur celles contre* Jansénius, 3°. *Sur la Bulle* Unigenitus; *qu'il n'étoit point nécessaire qu'il entrât en aucune discussion avec lui; qu'il suffisoit qu'il souscrivît un Formulaire qu'il lui présenta sur ces trois points, mais aussi que c'étoit là l'unique marque par laquelle il pouvoit faire connoitre sa catholicité & son ortodoxie.*

Pendant que M. Bardon étoit à Paris, on instruisoit à l'Officialité de Cambrai, une procédure qui se termina à deux Ordonnances, qui furent renduës contre lui le 13. *Février. L'une portoit que visite seroit faite des Livres*

& Papiers du Sieur Bardon, & l'autre contenoit un Décret de prise de corps.

C'est sur ces deux Ordonnances que Mrs. les Avocats du Parlement de Paris ont donné leurs Consultations qui sont au nombre de neuf. Celle qui est à la tête du Recueil en question, & qui est la plus considérable, contient 219. *pages* in quarto, *& est souscrite par* 69. *Avocats.*

HARANGUE
DES HABITANS
DE LA PAROISSE
DE SARCELLES,
À
MONSEIGNEUR
CHARLES, dit de ST. ALBIN,

Archevêque Duc de Cambrai, Pair de France, Prince du St. Empire, Comte de Cambrésis, &c. au sujet de son Mandement donné à Paris le 25. Juillet 1741.

BONJOUR, Monsigneur saint Albin;
Qui vous ût dit hier au matin
Qu'aujord'hi vingt-neuf de Septembre (*)
Vous auriais dans votre antichambre
Les

(*) 1741.

Les Sarcellois, ces bons vivans,
Qui dudepis plus de dix ans
Ne font méquier & marchandise,
Que sarmonner les gens d'Eglise;
Leux bailler chacun leux paquet,
Et leux dire à leux nez leux fait,
L'auriais-vous cru ? Nannain morgoüenne!
Nous vlà pourtant, mais pas sans peine.
J'ons eu guiantrement à tirer,
Avant que de vous détarrer!
J'étions, (pour des gens de notre âge,)
Core assez de notre village,
Pour craire que falloit charcher
Un Evêque pras son clocher,
Un Farmier dans sa metarie,
Un Barger dans sa bargerie.
Croyant donc ça deur comme far,
Je sons partis comme un éclar.
Aguieu, nos cousins, nos cousaines,
Aguieu, nos voisins, nos vaisaines,
Aguieu donc, Monsieur le Curé,
Crac, j'allons tout drait à Cambrai.
J'arrivons; nous vlà dans la ville
Demandans votre-domicile.
L'an nous répond; tenez, le vlà.
Monsigneur, disons-je, est-il là?
Je pourrions-t-il sans encombrance
Li tirer notre révérence?
Que voulont dire ces Manans?
Vous êtes de plaisantes gens,
Répond du mitan de la place

Avec

Aveuc une laide grimace
Une magnière d'Eglisier.
Prenez-vous notre Mitrier
Pour ces biaux Mitriers de neige
Qui n'avont pas le privilége
De quitter le coin de leux feu?
Sachez que le nôtre morbleu,
Ne marche plus à la lisière,
Qu'il a la clef de son darrière;
Qu'il en prend par-tout où qu'il peut,
Et se dévartit tant qu'il veut.
Ste cour, ste maison, ces cuisaines,
Toutes ces balles chambres pleines
De miroüars campés tout par-tout
Où l'an se voit de bout en bout;
Ces escabiaux, ces balles chaises,
Où que l'an prend si bian ses aises
. . . .
. . . .
Ces drapiaux, ces tapisseries
Et ces balles peintureries
Où l'on a si bian enchassé
Tous les bons Guieux du tems passé;
Tout ça qu'est vrament son domaine,
Mais, tout biau que ça qu'est, pargoüenne
Ce n'est qu'une bague à son daigt:
C'est pas oüasiau comme il fait,
Qu'an renframe en pareille cage.
Qu'est-ce donc qui fait son ouvrage,
Je li faisons-t-il, tout pendant
Qu'il prend son dévartissement?

N'a-t-il pas son homme d'affaire,
Autrement dit son Grand-Vicaire,
Nous dit-il, qui fait comme si
Il étoit l'Evêque d'ici?
Mais quand il faut que l'an prâtrise,
Et qu'an fasse des gens d'Eglise,
Comment ce Grand-Vicaire-là
Se trimousse-t-il dans tout ça?
Car pour une talle besogne
Faut pas un Jocrisse, un Janlogne;
Faut un Mitrier achevé.
Bon! l'an a bien vite trouvé
Pour de l'argent de cette graine;
Gna qu'à tinter. Une douzaine,
Une vingtaine mêmement
Accouront au son de l'argent
Tout comme accourt une truïe
Entendant son cochon qui crie.
Que ferions les *in-pratibus*
Sans ça, qui n'ont de revenus
Souvent que leux mitre & leux crosse,
Et pourtant roullont bon carosse?
Sans ce casuel, disez moi,
Auriont-ils seulement dequoi
Morguienne entorteiller leux pouce?
Drés que le Grand-Vicaire tousse,
Quand viant le tems de confrémer,
Par exemple, ou bian de semer
Par les hamiaux de la prâtraille
(Car il en faut vaille qui vaille)
Ils ne sont jusqu'ici qu'un saut,

Et dix jours plutôt qu'il ne faut.
De ce côté-là donc samblure
Igna pas la moindre manquure;
Rian n'est ratté; tout est rempli,
C,a ne fait pas le petit pli.
Mais quand se viant que par moûlures,
Mandemens & par écritures
Faut les Jansénians batailler,
A qui c'est-il à travailler?
Ne faut-il pas qu'il se démène?
Qu'il écrive? Non, faut qu'il seine
Tant seulement: or pour seiner,
C'est l'affaire d'un déjeuner.
Quand l'an apporte une Ordonnance,
Ou bian queuque autre antitulance,
Il quient un varre d'une main,
Et de l'autre écrit; saint Albin;
Et pis vlà qu'est fait; ça se moûle,
Et pis par le monde ça roulle,
C'a fait du brit: mais, pauvres gens,
Faut pas pour ça qu'il soit cians:
C'est au bal hôtel de Pomponne (*a*)
Que ça se brasse & maquignonne.
C'est là que ses Ecrituriers
Li font seiner tous leux papiers.
C'est donc ilà qui faut qu'an aille
Pour le voüar, ou bian à Varsaille;
Car pour ici, c'est tems pardu.

Sitôt que ça j'ons entendu,
Hé bian! morguienné comment faire?
Partons, j'ons-t-il dit au Biaufrère.

 Tant

Tant que j'irons (qu'en penſez-vous?)
Les chemins ſeront pas ſans nous.
Diſant ça, je fons volte-face,
Je travarſons ſte grande place
Par où (ſi bian vous en ſouviant)
L'an paſſe, quand cheux vous l'an viant,
Avant que de ſortir la porte,
Je commandons qu'an nous apporte
Chacun chopeine & du pâté;
Je trinquons à votre ſanté
Quatre ou cinq coups, ſans nous aſſire,
Et pis en apras, ſans mot dire,
En chemin je nous reboutons,
Pis enfin vlà que j'arrivons.

J'ONS ayeu guiantrement de peine;
J'en ſommes cor tout hors d'haleine!
Ouï, Monſigneur, faut pas mentir.
Mais faut jamais ſe repentir,
Quand l'an a fait queuque démarche,
Parnan qu'an trouve ce qu'an charche.
Ç,a vous fait juger, Monſigneur,
Que j'avons rudement à cœur
De rencontrer votre préſence,
Et vous faire la révérence.
Vous allez dire; hé bian! me vlà:
Entrez tretous, & faiſez-la.
Ouï, mais ſi c'eſt, comme dit l'autre,
Votre compte, c'eſt pas le nôtre.
Notre révérence eſt pas tout;
Igna cor queuque choſe au bout,
Qu'eſt le principal de l'affaire.

C'eſt

C'est un Sarmon que lè Biaufrère
S'est ingégnié de nous toüaser,
Es que j'allons vous dégoüaser.
Comme j'ons plus d'expérience,
De capablété, de science,
Que je n'avions par le passé,
Palsanguié je n'ons pas laissé,
D'y fourrer itou queuques rèmes
Qui venont parguié de nous-mêmes,
De notre estoc. Ign'en a pas,
Vous pensez bian, un fort grand tas:
C'est de parsil une pincée
Dans une grande friçassée.
Partant tout l'honneur en est dû
Au Biaufrère Claude Fétu;
C'est li qui la besogne a faite,
C'est li qui mène la broüette,
Tout comme l'honneur & le prix,
Monsigneur, de tous vos écrits
Regarde, non votre Biaufrère
(Vous n'en avez point) mais un (*) Père
Qui fait, ah dame! l'entendu,
Et qu'est votre Claude Fétu.
C'est bian votre Grandeur qui parle
Illà, mais comment? comme un marle,
Qui n'entend rian de ce qu'il dit;
Ou comme un malade en son lit
Qui dit tout ce que le délire
Et la fièvre li faisont dire.

Ou

(*) Le P. du Pré, Jésuite.

Ou bian (vlà qui n'est pas fardé)
Tout de même qu'un Possédé,
Dont l'an voit aller la machoire,
Qui dit tantôt ouï, tantôt voire;
Mais c'est pas li jarnicoton
Qui dit tout ça, c'est le Démon
Qui le gourmande & le domaine,
Et qui fait joüer sa machaine.
Gare, Monsigneur saint Albin,
Qu'un biau jour le monde malin
Sus tout ça tantia ne s'aiguise,
Pis apras ne voye & ne dise
(Comme je fons tous les prémiers)
Que le gros de nos Mitriers
Sont (gna magnière de le prendre)
Sont tretous (à le bian entendre),
De Possédés un régiment!
Si l'an dit ça, dame! comment
Apros tout aller au contraire?
Car c'est paagulé chose aussi claire,
Qu'il est clar que je sons ici.
Tenez, en deux mots le voici.
Qu'est-ce que Possédé l'an nomme?
C'est il pas, Monsigneur, un homme
En qui, par qui le Guiable fait
A son bon plaisir & souhait
Tout ce qu'il veut & dire & faire?
Hé bian! vla-t-il pas notre affaire?
Par la marguié ne vlà-t-il pas
Le rolle que font nos Prélats?
Leux bouche parle, leux main seine,

Mais

Mais qu'est-ce, à votre avis, qui mène !
En tout ça leux bouche & leux main ?
Hé parguié ! c'est l'Esprit malin
Dont eux & toutes leux séquelles
Ne sont que les Porichinelles.

Vou's voyez donc bian, Monsigneur,
Que c'est point par mauvaise himeur
Que je disons, comme je sommes,
Que dans ce biau siècle où je sommes,
Nos Mitriers les plus zélés
Pour la plupart, sont enguiablés.
Si faut que jamais ça s'ébrite,
Ah dame! vlà la mitre frite!
L'an n'en fera nan plus de cas,
Que du bonnet au Grand Thomas.

Mais laissons là ces bagatelles:
J'ons d'autres choses bian plus belles
A vous ramager, que tout ça:
Du depis trouas mouas en deçà
Palsanguié dans notre village
C'étoit un timulte, un tapage,
Que quand Guieu seroit descendu
L'an ne l'auroit pas entendu.
Chacun en disoit, Guieu sait comme!
Ne vlà-t-il pas core un bal homme,
Disoit l'un, que ce saint Albin!
Si, disoit l'autre, en mon chemin
Il se rencontroit par mégarde,
Je li monterois une garde! . . . .
Fi donc morguié, disoit stici,
Qu'il passe-mon-vouar par ici!

Je veux apras son équipage
Lâcher tous les chiens du village.
De quoi s'avise, si vous plaît,
Disoit stilà, ce grand benêt,
Qui ne sait pas sa patinôtre,
De contrefaire itou l'Apôtre?
De moûler que nos Avocats,
Sont des Caïns, des Renegats?
C'est bian li plutôt tatigoiène,
Pisque le malheureux il seine
Que l'an peut aveuc Guieu régner,
Et le fin haut du ciel gagner,
Sans pour ça qu'en ce monde il faille
Aimer celui-là qui le baille.
Si bian donc parguié, Monsigneur,
Que chacun étoit en rimeur;
Alloit, venoit par le village
Comme moigneaux hors de leux cage.
Ouais! disons-je tout à par nous,
Igna du câtu là-dessous!
Faut aller voüar notre Biaufrère
Qu'il nous débrouille cette affaire.
Parguié disez-nous donc un brin
Qu'est-ce que c'est que tout ce train,
Li, disons-je, notre Biaufrère.
Tenez, nous répond le Compère
(Car, Monsigneur, c'est un Chréquian
Morguié qui n'ignore de rian.
Drés que de parler an fait maine,
Crac, ce qu'an veut dire il devaine)
Tenez, dit-il, vlà le chiffon

Qui

Qui cause tant de carillon,
Pour savoüar ce que ça veut dire,
Li faisons-je, faut savoüar luire :
Voyant ça, je voyons sans voüar ;
J'y voyons du blanc & du noüar :
Mais vous qui luisez mieux qu'un Prêtre,
Luisez-nous donc tout ça ; pet-être
Que queuque chose j'y mordrons ;
Voyons voüar. Il luit, j'écoutons.
Oui palsanguienne j'y mordîmes,
Et bian clairement je voyimes
Qu'an vous trompe comme un Nigaud,
Ou que vous êtes bian trigaud.
Je passons la trigauderie,
Car ça sent la friponnerie,
Et quand (ce qui rare n'est pas)
Un Mitrier est dans le cas,
L'an dit que sus ça faut se taire,
Par respect pour son caractère.
Or prouvons donc, mais comme il faut,
Que vous n'êtes qu'un vras Nigaud.
NIGAUD, Monsigneur, à Sarcelle,
Comme aux environs, l'an appelle
Un queucun comme par effet
Qui ne prend rian sous son bonnet ;
Qui par bêtise ou par paresse
Ignore ce qui l'intéresse ;
Qui condamne, ordonne, défend
Suivant comme est torné le vent,
Qui fait ni plus ni moins de compte
De son honneur, que de sa honte ;

Aupras de qui le vrai, le faux,
(Parnan qu'il daine) sont égaux;
Qui se fâche quand an le louë,
Et rit quand an li fait la mouë;
Qui, quand an li bande les yeux,
Se boute en tête qu'il voit mieux;
Qui, quand an le sangle, an le bride,
Croit cor que c'est li qu'est le guide;
Qui dans son çarviau biscornu
Croit vaincre, quand il est vaincu;
C'est un homme (si c'est un homme)
Qui ne sent rian quand an l'assomme,
Et croit avoüar assasseiné,
Quand il n'a pas égrateigné.
Enfin, Monsigneur, pour tout dire,
Un Nigaut c'est un pauvre Sire.
Or j'ons promins un brin plus haut
De montrer en vous un Nigaut
Tout au fin moins, si plus ne passe,
C'est-à-dire, en vous faisant grace.
Voyons à présent, Monsigneur,
Si j'en vianrons à notre honneur.

Ce qui parmi notre village
Causoit tant de brit, de tapage,
Etoit donc un çartain chiffon
Qu'an a moûlé sous votre nom,
Ainsi qu'aveuc votre agréiance:
Qui chante en son antitulance:
Mandement qu'a fait & donné
A son Troupiau mal gouvarné
Le Gars à Madame Flairance (b).

Qui

Qui par la faveur & pissance
Du Pape & de notre bon Roi
(Contre lesqueuls gn'a point de loi,)
Se treuve dans la confrairie
Aujord'hi de la mitrerie,
Contre çartains brimborions
Appellés Consultations,
Par où qu'an voit la fourberie,
Mauvaiseté, conquaisserie
Faite à l'endroit d'un bon garçon,
Qui s'appelle Monsieur Bardon :
Molié vis-à-vis d'un collage
Qui des écogliers de tout âge
Que l'un y boute en pension,
Fut tourjours la pardition ;
A l'enseigne de saint Ignace,
Père de ste maudite race,
Qui, si Guieu n'y boutoit la main,
Abimeroit le genre humain.

Vla' donc approchant la sustance
De cette balle antitulance.
Ce ne sont pas les mêmes mots,
Mais c'est bian le même propos
Et ça revlant tourjours au même,
Falloit y bouter de la rême,
Gn'en avoit point ; j'en ons bouté,
Et ça n'a rian du tout gâté.
Mais c'est là que la couvarture,
Ou, si vous voulez, la pelure,
L'enveloppe du Mandement.
Voyons le li-même à présent.

D'a-

D'abord ce que l'an ne peut luire
Sans tenir ſes côtés de rire,
C'eſt que vous, oui vous, Monſigneur,
D'un ton, mais d'un ton de Docteur,
Oſez accuſer d'ignorance
Les prémiers Avocats de France.
Franchement igna là ſujet
De rire ſon ſaoul en effet.
Parguié pour avoüar l'aſſeurance
De taxer queucun d'ignorance,
Faut s'y connoître, & plus avoüar
Palſanguié que li de ſavoüar:
Faut donc que dans votre çarvelle
Gnait plus de ſcience qu'en çelle
D'une centaine d'Avocats?
Monſigneur, vous n'y rêvez pas!
Faut que vous ayais la barluë!
D'où vous ſeroit-alle venuë?
Au grand jamais vous n'avez lu,
Et jamais luire n'avez pu.
Un homme (tant que le jour dure)
Qui ne ſonge qu'à ſa figure,
Qu'à débarbouiller ſon muſiau,
Qu'à ſe mirer, ſe faire biau;
Qui tout pendant la matainée
Au lit la tête enribanée
Comme Donzelle d'Opera,
Ou talle autre qu'il vous plaira;
Couſſins devant, couſſins darrière,
Comme un Cheval ſus la liquière,
A plus la maine en cet état,

D'u-

D'une Catin, que d'un Prélat;
Un Chaſſeux en titre d'office
Qui ne connoit d'autre exarcice
Que de ſuivre des Leuvriers,
Qui ne fait que parler limiers,
Que baſſets, chevaux, équipage;
Que ſait mieux ce baragouinage,
Crier tayaud, ſonner du cor,
Qu'entonner un *confitebor*;
Qui, ſi li faut queuque amuſette,
Apras la chaſſe, ou ſa toilette,
Bian englieu d'aller étuguier
Son catéchème ou ſon ſauquier,
Court vite cheux ſa Maman Coche
Aveuc des bonbons plein ſa poche
Pour faire des contes d'enfans,
Rire, gnaiſer, tuer le tems.
Or donc, comment Monſigneur Charle,
(Car il faut parler quand l'an parle)
Comment un pareil Fainiant
Seroit-il devenu Savant?
Je nous ſont tourjours laiſſé dire
Que l'an n'apprenoit pas à luire
A force de ſe dorlotter.
En ça je pouvons bian citer
Claude Fétu notre Biaufrère.
Il connoit votre *Famulaire*,
Votre Madame *Unigenitus*,
Comme s'il les avoit pondus;
Il ſait ſus ſon daigt l'Évangile:
Faut mon voiar comme il vous défile

Adam,

Adam, Abal, Enô, Noé,
Aron, Moyse, Josué,
Abraham ce grand Patriarche,
La Mar rouge, les tables, l'Arche;
Judich, les Phirlistins, Samson,
Saül, David & Salomon,
Daniel & la balle Susane,
Stilà qui battit tant son Ane,
Et pis Nabruchadanasor,
Et pis le Voleux du trésor;
Et pis l'homme aux épaules larges
Qu'an rossit tant à coups de varges.
Ste Mère qui sus ses vieux ans
Voyït mourir tous ses enfans:
Enfin toute la kirielle
Que l'ancianne Loi l'an appelle.
Mais ce qu'est cor blan instructif
(Aussi blan que recréatif)
C'est quand il viant par gausserie
A dauber sus la fripperie
Des Mitriers de ce tems-ci
D'un Marmorin, d'un Charnenci,
D'un Guitaclin, d'un Marinville,
D'un Marcillon, d'un Ventremille,
D'un Languet, ce grand Charlatan,
D'un Balsunce, d'un Manibran,
D'un Tencin (vras Démon sus tarre)
D'un Croquessol & d'un la Fare,
D'un la Motte, d'un Lassutiau,
D'un Sallon & d'un Prémiau,
Enfin de toute la séquelle

Que

Que l'un portant l'autre il appelle
Des hébétés, des ignorans,
Dés gens ſans cœur, des fainians,
Qui ſont paitris de hableries,
De menſonges, de fourberies;
Gens qui n'ont ſoin que leux piau,
Qui ſe ſouciont de leux Troupiau
Comme de leux vieilles mataines;
Des pilleux, des gens de rapaines;
Des gens ſans foi, de francs voleux
Qu' n'ont jamais aſſez pour eux;
Qui morguié jouriont à croix-pile
La foi, le bon Guieu, l'Evangile,
Pour peu que leux ambition
Y trouvit ſatisfaction.

Vla' ce que fait notre Bianfrère,
Mais ſanguié c'eſt pas à rian faire
A ſe calainer jour & nuit,
Qu'il en ſait ſi long. Dame il luit,
Il charche, il creuſe ſa çarvelle,
Ce qu'il ne ſait pas, il l'épelle.
Auſſi c'eſt un homme & pis *hoc*,
Qui n'a de manant, que le froc,
Comme vous autres gens de mitre,
N'avez d'Evêques, que le titre.
Auſſi Dame! ſans vanité,
Ç,a mérite d'être écouté!
Mais nnul tous tant que vous êtes,
Vous n'écrivez que des ſornettes;
Pour luire une ou deux vérités,
Faut gobber trente fauſſetés.

Et d'où ça viant-il ? d'ignorance.
Et pis d'où core ? d'ampudence.
Vous parlez *ab hoc & ab hac*,
Pour vuider un fort vilain fac.
C,a nous a core bian fait rire
Voyant comme l'an vous fait dire
Que ces Monfieux les Avocats
Sont de vilains Maranathas
Qui voulont rebailler la vie
A la plus malaine hérafie
Qui jamais ait cor vu le jour;
A qui vingt Papes tour à tour
Ont baillé cent coups de maffuë.
Vous avez l'ame toute émuë
En parlant de fte bête-là.
Mais depis cent ans en deçà
L'an demande à la Mitrerie
Ce que c'eft que cette hérafie;
Si c'eft un animal nouviau;
S'il vit fus la tarre, ou dans gliau;
S'il a bec, gueule, griffe ou patte;
S'il grince, mord, abboye ou flatte;
S'il vit de faraine ou de fon,
Enfin s'il eft char, ou poiffon.
A ça la réponfe qu'an donne,
An vous chaffe, an vous emprifonne;
En place de bonnes raifons,
An vous baille cent maudiffons.
Or comment, fans crever de rire,
Entendre un Mitrier vous dire,
Mais tout de bon & de fang fraid,

Qu'en

Qu'en Enfar an ira tout drait,
Si l'an ne hait, & donne au Gûiable
Une hérasie abominable
Qu'an ne peut, ou n'ose expliquer ?
Ne faut pas biaucoup s'étriquer,
Ni se bailler bian la torture,
Pour voüar où que git l'encloüeure.
Pour vous, si vous n'y mordez rian,
C'est que gna çartain nœud Gardian,
Gna çartains tours de passe-passe
Que l'an n'apprend pas à la chasse.
Mais nous qui ne chassons qu'au plat,
Qui dans notre petit état
Cassons pourtant par fois la glace
Pour voüar un brin ce qui se pass:
Au fond de gliau, dame! faut voüar
Comme en tout ça je voyons clar!
Notre prémière apparcevance,
C'est de voüar une manigance
Qu'un Satan seul peut inventer.
L'an veut nous faire détester
Un mot qui rian ne signifie,
Disant que c'est une hérasie.
Quand il sera bian détesté,
Que tout sera bian chmenté
(Du moins selon leux fantasie)
Alors cette balle hérasie
Sera, morguié savez-vous quoi?
Rian moins qu'un article de foi
Que votre malheureuse Clique
Saura prouver être hérétique,

Et sanguienne le prouvera
A qui pas plus que vous luira.
Savez-vous bian ce que vous êtes,
Vous autres Monsieux? Des pincettes
Dans les mains de çartains Démons,
Pour tirer du feu les marons.
Si vous saviais comme les Pleutres,
Les fins motoüas sous leux grands feutres
Morguié se gobargeont tretous
De vos Compagnons & de vous,
Possible vous en auriais honte;
Mais bon! vous traitez ça de conte;
Vous avez tant d'ambition,
Et de vous talle opainion,
Que vous ne crayez pas possible
Que cheux vous gnait rian de risible.
Et vlà, Monsigneur Charles, vlà
Comme aujord'hi le monde va.
A force d'avoüar de la gloire,
A force de s'en faire accroire,
Un sot demeure ce qu'il est,
Tourjours, un Butord, un Benest.
Tous tant, Nosseigneurs, que vous êtes,
Dans tous vos Ecrits vous ne faites,
Que nous rebattre, nous prôner,
Que c'est à vous seuls d'enseigner,
Prêcher, catéchemer, instruire.
C'est pas à nous que faut le dire;
De ça, comme bian le pensez,
Cheux nous j'avons été barcés.
Mais si (je l'avoüons sans peine)

A vous apparquient la Doctraine
Pour ça, Monsigneur, entre nous,
Franchement la possédez-vous?
C'est-il donc assez vartiguienne
Qu'une chose nous apparquienne?
Si maugré ça je ne l'ons pas,
Parguié j'en serons-t-ils plus gras?
C'est à vous, disez-vous, d'instruire.
Mais instruire n'est pas écrire
Pour écrire; n'est pas crier,
Clabauder, gâter du papier.
Qui dit instruire, dit instruire,
Apprendre, enseigner; c'est-à-dire,
Faire parguienne que l'an soit
Savant, d'ignorant qu'an étoit.
C'est faire que l'an pisse dire;
Je vois clar, je vois me conduire:
C'est dire enfin de bonne foi
De tout la raison, le *pourquoi*.
(Car un homme n'est pas une oye,
Faut qu'il comprenne, faut qu'il voye)
C'est ce que font les Avocats,
Et ce que vous ne faisez pas.
Quand darnièrement le Biaufrère
Parguié nous luisit leux affaire,
C'est comme s'il nous ût fait voüar
La vérité dans un miroüar.
Ou dans queuque balle fontaine.
C'est donc eux qu'avons la Doctraine,
Pisqu'ils endoctrainons? En glieu
Qu'en vous, Vicaires du bon Guieu,

A qui l'an ne peut pas morguienne
Disputer qu'alle n'apparquienne,
L'an ne trouve que sombrété,
Déguisement, & doubleté.
Vous prétendez que l'an vous croye,
Et vous ne voulez pas qu'an voye,
Morguié, Monsigneur saint Albin,
Est-ce aller là son droit chemin?
Prenons, si l'an veut, pour copie
Ste balle Margo-la-touple,
Votre Madame *Unigentrus*,
Et l'an jugera du surplus:
Par elle an voüarra sanguié comme
Vous savez retapper votre homme,
Quand an lâche des argumens
Qui combattont vos sentimens.

Les Avocats dans leux moulure
Pour détruire la procédure
Faite contre Monsieur Bardon,
Disont que ste balle Guenon,
Qu'a la maine d'une sorcière,
N'est qu'une franche aventurière,
Et non, voyez-vous, Monsigneur,
Une Créiature d'honneur.
Ils font voüar ça par l'accueillance
Qu'an li faisit d'abord en France.

Pour que l'an pût la regarder,
L'an commencit par la farder,
La laver aveuc fleurs d'oranges,
Li bouter ribans & fontanges;
La lessiver, la décrasser,

Pour

Pour du moins qu'alle pôt passer.
Comme alle parloit un ramage
Moiquié patoüas, moiquié sauvage,
Quarante Evêques dégourdis,
Peu curieux du Paradis,
Leux sarvices li promettirent,
Et de débrouiller se vantirent
Son jargon & son baragouin:
Mais bon! ils en étions blan loin!
O tout pendant qu'ils l'épluchirent
Vrament à marveille ils trouvirent
Tout ce que dire alle devoit,
Mais non pas ce qu'alle disoit:
Car depis qu'alle est devenuë
Plus allarte & plus résoluë,
La double Carogne a blan su
Dire qu'an avoit entendu
Tout bèrlinanvars sa pensée.
Comme alle est toute hérissée
De mille mensonges grossiers,
Six ans apras cent Mitriers,
Qui tout expras se ramassirent,
A qui mieux mieux se garmentirent
De la plâtrer cor de nouviau,
Et de li bailler un mantiau
Qui li baillît queuque apparence
D'une hardelle d'amportance.
Tout pendant que ces bonnes gens
Apras alle pardions leux tems
Vrament, ô vrament la Vilaine
Etoit blan aise & la peine

 Qu'un

Qu'an prenoit de la rafuter,
Pour afin de se présenter
Dans les honnêtes Compagnies,
Sans montrer ses saloperies.
Mais combian morguié ce mantiau
A-t-il de tems couvart sa piau ?
Outre que sitôt qu'an l'a vuë,
Tout un chacun l'a reconnuë,
C'est que la marque qui savoit
Que tout l'Enfar la soutenoit,
N'ût plus aucune retenuë,
Et se laissit voiiar toute nuë;
Si bian qu'à présent alle sart
Tout le monde à plus dècouvart;
Ne croyant plus, la Migeaurée
Avoüar besoin d'être plâtrée :
Tant alle se fie au pouvoüar
De ceux qui la faisont valoüar.
Sus ça ceux qu'avont la Doctraine
Avont dit; oüais! cette Romaine
Fait guiantrement la quant-à-moi!
Ho, ho, ça viant bailler la loi
Ventreguienne à toute la France!
O gna pas la moindre doutance!
Gna là de la marde au bâton!
Ce qu'an entend dans son jargon,
Ce sont sotises, vilanies,
Et mêmement des hérasies.
Alle dit que son baragoüin
Est bian clar & n'a pas besoin
Qu'an l'explique, ni qu'an le glose.

Faut

Faut donc n'y charcher autre chose,
Que ce qui s'entend clairement;
Or ce qui clairement s'entend
Sont des détours, des amposturea,
Des ampiétés toutes pures.
Alle vous dit même assez haut
Que, quand il plait au Pape, il faut
Regnier bravement son Maître,
Son propre Roi, l'envoyer paitre,
Et, s'il vouloit trop raisonner,
Crac, sans façons l'assassainer.
Rian que sus ste seule étiquette
L'an vous mainquient, l'an vous répette
(C'est-à-dire, les Avocats
Apras mille autres) que faut pas
Connoitre Guieu la moindre miette,
Pour barguaigner s'il faut qu'an mette
(Je ne disons pas en prison)
Mais au fin fond du *Galbanon*
Une si dannable Guiablesse,
Englieu de li faire caresse,
Et de li bailler le couvart.
Or à ça qu'est-ce que repart
Votre Grandeur, Monsigneur Charle?
(Faut excuser, si l'an vous parle
Comme ça; car, comme l'an sait,
Saint Albin n'est qu'un sobriquet
Que pour la fremme l'an vous donne,
Parce que faut qu'une parsonne
Porte un nom ou propre ou prété,
Et par faute de parenté

 Vous

Vous n'en avez point) que réplique
A ça Votre Grandeur? Barnique!
Rian du tout. L'an ne diroit pas
Qu'alle comprenît le françao.
Alle s'escrême, alle chamaille,
Alle y va d'estoc & de taille;
Alle frappe effectivement,
Mais que frappe-t-alle? Du vent.
Alle dit que cette Vaurianne
Est une fort bonne Chréquianne;
Qu'alle est la fille du bon Guieu;
Qu'alle est bian venuë en tout glieu,
Cheux les Mitriers, cheux les Princes,
Dans les villes, dans les provinces,
Que partant faut li faire accueil,
Et la regarder de bon œil.
Par la marguié c'est pas la peine
D'ouvrir bouticle de Doctraine,
Pour aux gens de qui je parlons
Flanquer de si pauvres raisons.
L'an vous dit que cette Damnée
Est proprement la fille aînée
Morguienne du grand Lucifar;
Qu'alle sort du fond de l'Enfar
Où qu'an l'a nourrie & barcée,
Et qu'alle y sera renfoncée,
Aussitôt que sera venu
Le tarme par Guieu résolu.
L'an prouve ça d'une magnière,
Qu'une Taupe en sa taupignière
Y voüarroit clar. Vous réponnez,

Et

Et vous nous flanquez par le nez
Que tout par-tout an l'a reçuë,
Qu'alle est tout par-tout bian venuë.....
Si c'est-là morguienne enseigner,
Rendre savant, endoctrainer,
L'an n'a plus besoin de parsonne,
Igna qu'à framer la Sorbonne.
Parguié gna qu'à venir cheux nous:
Ventreguienne aussi bian que vous
J'apprendrons comme faut répondre,
Pour jamais se laisser confondre
Par les plus vaillantes raisons.
Igna qu'à, comme je dirons
A les ceux qui viandront s'instruire
A notre école, igna qu'à dire
Tout drait; *vous êtes des marauds;*
Ca n'est pas vrai morguié! c'est faux!
Vous êtes de plaisans Belitres?
Par queul droit morguié, par queuls titres
Disez-vous ça? Montrez nous voüar
Qui vous a baillé le pouvoüar
De parler, de mouler, d'écrire,
Pour afin de nous contredire?
Sachez que j'ons tourjours raison,
Raison j'avons. O! voyez-mon
Si ça n'est pas aussi valable,
Aussi fort, aussi raisonnable,
Que tout ce biau galimaquias,
Dont vous payez les Avocats.

F I N.

(*a*) A Paris, place des Victoires. Il a acheté autrefois cet Hôtel, & y a fait mettre ses armes; mais il y a lieu de croire qu'il sera bientôt vendu par décret, pour payer ses dettes.

(*b*) M. de St. Albin est fils de la Fleurance, fille de l'Opera & de M. le Duc d'Orléans.

DIALOGUE

ENTRE DEUX BOURGEOIS DE PARIS,

AU SUJET DE L'ENTERREMENT DE

M. COFFIN.

DIALOGUE
ENTRE DEUX BOURGEOIS DE PARIS,
AU SUJET DE L'ENTERREMENT DE
M. COFFIN,

Ancien Recteur de l'Université de Paris, & Principal du Collége de Beauvais, décedé la nuit du 20. au 21. Juin 1749.

Voyez les Nouv. Eccl. du 10. Juillet 1749.

Sur l'air de Joconde.

1. *Bourg.* Qu'y fait là le Moine Bouettin, (a)
Ce scélérat à gage?
Viendroit-il, achevé Coquin,
Achever son ouvrage?

2. *Bourg.* Non, non! aux cendres de Coffin
Il vient, humble coupable,
La corde au cou, la torche en main,
Faire amende honorable.

Que

1. *Bourg.* Que dira le vieux Théatin, (*b*)
Ce second pet du Diable, (*c*)
Se voyant avec son Bouëttin
De tout Paris la fable?
2. *Bourg.* Vous demandez ce qu'il dira?
Eh! que pourroit-il dire?
Entre ses dents il jurera,
Ne pouvant faire pire.
1. *Bourg.* Refuser le saint Sacrement,
Donner la sépulture;
Tout cela n'est point conséquent,
Se contredit & jure.
2. *Bourg.* Ce ne sont là que des *bibus*
Dont peu l'on s'embarrasse;
Pour la sainte *Unigenitus* (*d*)
Est-il rien qu'on ne fasse?
1. *Bourg.* Mais pourquoi donc refuser l'un,
Et puis accorder l'autre?
Cela choque le sens commun,
Ma raison & la vôtre.
2. *Bourg.* Point du tout; & mon argument
De deux moyens j'étale:
C'est qu'on donne l'un sans argent,
L'autre bien cher se paie.
1. *Bourg.* Mais reconnoissoit-il enfin
L'Eglise Catholique?
Ou suivoit-il de Jean Calvin
La Doctrine hérétique?
2. *Bourg.* Prenez le Bréviaire à la main;
Lisez, & chaque page (*e*)
De la foi de Charles Coffin
Vous rendra témoignage.

1. *Bourg*. Cela n'eſt-il pas ſuffiſant?
Que faut-il plus, de grace?
Ce beau Bréviaire eſt un garant
Qui tout ſoupçon efface. (*f*)
2. *Bourg*, Oui jadis; mais depuis trois ans
Ce Bréviaire lui-même
Parmi tous nos nouveaux Savans
Eſt frappé d'anathême (*g*)
1. *Bourg*. Que dites-vous là? Cependant
Tout Curé, tout Vicaire,
Juſqu'à Beaumont, journellement
Recitent ce Bréviaire
2. *Bourg*. Oui, non; j'y prens peu d'intéreſt,
Peu je m'en inquiette,
Mais s'ils le récitent, ce n'eſt,
Que comme chiens qu'on fouëtte (*h*)
1. *Bourg*. Ce Livre ne contient-il pas
Du Seigneur les loüanges?
Le réciter, c'eſt ici-bas
S'unir avec les Anges.
2. *Bourg*. Il étoit tel*, vous dites bien,
Tant que vécut ſon Père, (*i*)
Mais ce Livre n'eſt plus chrétien
Sous Monſieur du Repaire.
2. *Bourg*. Faut-il de ces Cerveaux perclus
Adorer les caprices?
Changer les vices en vertus,
Et les vertus en vices?
2. *Bourg*. Il faut avec le vieux Boyer,
Avec ſon vil Eſclave,
Mettre le vin dans le grenier, (*k*)
Et le blé dans la cave.

No-

1. *Bourg.* Notre siècle est assurément
Le siècle aux phénomènes;
Le trouble, le renversement
Sont nos loix, sont nos chaînes
2. *Bourg.* Oui, le bon droit est pour les forts,
Le foible est le coupable;
Les enfans sont jettés dehors,
Et les chiens sont à table.
1. *Bourg.* On refuse les Sacremens
Aux gens de sainte vie;
On les prodigue à tous venans,
Au parjure, à l'impie.
2. *Bourg.* C'est que dans ces tems de fracas,
D'intrigues, de manéges,
Les crimes ne suffisent pas,
On veut des sacriléges.
1. *Bourg.* Quel est donc le but, & le plan
De ces Prêtres infames,
De sacrifier à Satan
Tous ces milliers d'ames?
2. *Bourg.* Le vrai Christ eut pour Précurseurs
Les Prophètes, Moïse;
L'Ante-Christ a tous ces Voleurs
Qui ravagent l'Eglise.
1. *Bourg.* Sur ce pié-là tous nos Pichons,
Et tous nos Pichonistes,
De l'Ante-Christ & des Démons
Sont les Evangelistes?
2. *Bourg.* Ils le sont du Diable, ou de Dieu;
De Dieu! quelle apparence!
Or comme il n'est point de milieu,
Tirez la conséquence.

Si-

1. *Bourg.* Sire Satan, ce vieux Routier
Qui porte loin ses vuës,
Sur-tout a pris Beaumont, Boyer,
Pour former ses recruës.
2. *Bourg.* Et bien d'autres. Pourquoi cela?
(Le Drôle en sait long) c'est que
Pour bien servir ce Maître-là,
Rien n'est tel qu'un Evêque. (*l*)
1. *Bourg.* Et bien d'autres, me dites-vous!
Nommez moi donc ces autres,
Pour savoir distinguer les Loups
D'avec les vrais Apôtres.
2. *Bourg.* De vous en fournir un état
Il n'est pas difficile;
Ouvrez moi votre Colombat,
Et tirez à croix-pile.
1. *Bourg.* Quelle nombreuse Légion!
Grand Dieu! quelle Légende!
N'est-il point quelque exception
Dans cette affreuse Bande?
2. *Bourg.* Un petit nombre est excepté, (*m*)
Et mérite de l'être;
Mais tout le reste en vérité,
Est Gibier de Bicêtre.
1. *Bourg.* De ce Gibier sont les prémiers
Les Languets, les la Tastes:
Jamais Satan n'eut d'Officiers
Plus fameux dans ses fastes.
2. *Bourg.* Louis la Taste! ah! ce seul nom
M'épouvante, m'assomme!
Hypocrite, fourbe, fripon,
En trois mots voilà l'homme.

Pour

1. *Bourg.* Pour monter à l'Episcopat (*n*),
Il consacra ses veilles (*o*)
A donner à l'Ange apostat
De son Dieu les merveilles (*p*).
2. *Bourg.* Oui, ce fut son prémier sentier,
Ses prémières rubriques.
Lisez, pour le connoître entier,
Les apologétiques. (*q*)
1. *Bourg.* Le saint Père ne peut-il pas
Mettre à nos maux remède,
Puisque tout pouvoir ici-bas
Il concentre & possède?
2. *Bourg.* Oui, son pouvoir est sans égal
Pour mettre le desordre,
Et, quand il a bien fait du mal,
Pour n'en jamais démordre (*r*).
1. *Bourg.* Le Sénat, protecteur des Loix,
Et de tous vrais Ministres,
Ne peut-il donner sur les doigts
A ces illustres Cuistres?
2. *Bourg.* De Pontoise le Parlement
L'auroit fait, je vous jure:
Celui qui figure à présent
N'en est un qu'en peinture.
1. *Bourg.* Ne doutons point que notre Roi,
Fils-ainé de l'Eglise,
Ranimant son zèle & sa foi,
Leurs vains complots ne brise.
2. *Bourg.* Contre eux sans doute il useroit
De son pouvoir suprême,
Si l'Ennemi ne lui cachoit
La Vérité qu'il aime.

Espe-

1\. *Bourg.* Espérons donc tout de l'Epoux
Qui sur l'Epouse veille;
S'il souffre des flots le courroux,
Jamais il ne sommeille (s)

2\. *Bourg.* L'Epouse soutient des combats,
Combattons avec elle;
Fuyons les Boucs, suivons les pas
De la Brebis fidèle.

F I N.

Sur le même sujet.

Grand Dieu, par ta toute-puissance
Tu forças le Moine Bouëttin,
Malgré toute sa répugnance
D'inhumer l'illustre Coffin.
Chacun crut dans cette soirée
Voir en ce lugubre moment,
Aman conduire Mardochée,
En attendant son jugement.

Sur le même sujet.

Præconi fidei Monachus sacra denegat, intùs
At panis verus se Deus ipse dedit.
Quem velit indecorem rabies sine honore jacere,
Huic tumulum pietas fecit & alma Themis.

Tra-

Traduction.

Un Moine plus que fanatique
S'obstine à refuser le pain eucharistique
Au héraut même de la foi;
Mais Jésus-Christ Auteur & Maître de la Loi,
En sécret, sans Ministre, à lui se communique.

Son corps vil objet de rebuts
Sans prières, sans sépulture,
Et comme immonde pourriture,
Eut été par le Moine indignement reclus,
Mais la sage Thémis, azile des vertus,
Prescrit, pour prévenir l'outrage,
Des honneurs que, malgré sa rage,
Le Moine lui-même a rendus.

F I N.

(*a*) Religieux Génovéfain, Curé de St. Etienne du Mont, en étole & un cierge à la main, à la tête du convoi.

(*b*) Le Moine Boyer, ancien Evêque de Mirepoix.

(*c*) J'ai lu un Auteur qui appelle la Société des Jésuites, *ultimus Satanæ crepitus.* Je ne crains pas d'être dédit, en avançant que le Cardinal de Fleury a été le prémier pet du Diable, & le P. Boyer est le second. *Utinam sit ultimus ;* car tout le monde convient qu'il est beaucoup plus puant que le prémier.

(*d*) Voyez la feuille des Nouv. Eccl. du 17. Juil-

Juillet 1749. art. d'Angers, où on voit que la Bulle *Unigenitus*, & la ville même de la Flèche, sont appellées *saintes*.

(*e*) C'est-à-dire, toutes les nouvelles himnes du Bréviaire de Paris dont il est l'Auteur, & que feu M. de Vintimille l'avoit chargé de composer. Il est vrai qu'il y en a quelques-unes qui sentent un peu l'Appellant, témoin celle de la quatrième Férie à Matines, où on lit cette Strophe :

Turbata quid mens fluctuet?
Curâ paternâ nos regis :
Æterna si cordi salus,
Æterna nos salus manet.

C'est précisement la douzième Proposition condamnée par *la sainte Unigenitus.*

Quand Dieu veut sauver l'ame, en tout tems, en tout lieu
L'indubitable effet suit le vouloir d'un Dieu.

C'est aussi celle de S. Prosper.

Nam si nemo usquàm est quem non velit esse redemptum,
Haud dubiè impletur quidquid vult summa Potestas.

Prosp. Carm. de Ing. part. 2. cap. 13.

(*f*) Au contraire. On vient de voir qu'il contient des Propositions du P. Quesnel & de S. Prosper; donc il est Janséniste.

(*g*) On assure que bien des Prêtres se sont fait un scrupule de réciter le Bréviaire de Paris, & qu'ils ont adopté le Bréviaire Romain. Cela s'appelle avoir une conscience bien timorée.

(*h*) Je suis bien persuadé que les Curés de St. Nicolas des Champs, de St. Laurent, de St. Etienne du Mont, & bien d'autres sont de ce nombre, M. de Beaumont à leur tête.

(*i*) M. de Vintimille, par l'ordre duquel ce Bréviaire a été composé, & mis au jour. Je ne puis m'empêcher de dire ici qu'il étoit si content des

des nouvelles himnes, qu'il fit préſent à M. Coffin d'une riche tabatière d'or que j'ai vuë, & dans laquelle j'ai eu l'honneur de prendre du tabac plus d'une fois.

M. de Rochechoüart-Montigny, Evêque d'Evreux, a adopté le Bréviaire de Paris pour ſon Diocèſe, mais non ſans y faire faire pluſieurs changemens. En voici une entre autres, qui m'a frappé. La troiſième Strophe de l'himne du jour de St. Marc à Laudes, qui eſt de M. de Santeuil, eſt conçuë en ces termes :

Inſculpta Saxo lex vetus
Præcepta, non vires dabat:
Inſcripta cordi lex nova
Quidquid jubet dat exequi.

Ce dernier vers a choqué les oreilles Moliniennes des Docteurs d'Evreux. Ils lui ont ſubſtitüé celui-ci : *Dat poſſe quidquid præcipit.* Cela s'appelle corriger St. Paul, & lui donner un démenti dans toutes les formes.

(*k*) C'eſt ce que firent litteralement les Jéſuites de Prague, lorsque les François ſe rendirent maîtres de cette place en 17... (car les Jéſuites ſont Jéſuites par-tout). Mais nos Officiers n'en furent point les dupes. Ils jugèrent bien que le mauvais vin qu'on leur ſervoit, (& qui venoit de la cave) étoit celui des Domeſtiques. Ils cherchèrent partout, & trouvèrent dans le grenier le bon vin que les bons Pères y avoient caché, & réſervé pour leurs bouches.

(*l*) En effet un Evêque eſt le Maître ſouverain de tout le ſpirituel de ſon Diocèſe. Il n'ordonne que les mauvais Sujets & rejette les bons? S'il reſte, ou s'il ſe forme quelques bons Confeſſeurs, il les interdit. Il ferme la bouche aux Prédicateurs Evangeliques. Il favoriſe la vie mondaine, pour ne pas dire ſcandaleuſe, des mauvais Prêtres qu'il

cin-

emploie dans le saint ministère, tels que sont aujourd'hui presque tous ceux de Paris, &c.

(*m*) M. d'Auxerre est incontestablement le prémier de ce petit nombre. Je voudrois bien mettre immédiatement après lui M. de Tours. Il a combattu la Doctrine impie des Jésuites par son Mandement & par ses deux Instructions Pastorales contre le Livre du P. Pichon. Il a fait une Instruction Pastorale sur la Justice chrétienne, par rapport aux Sacremens de Pénitence & d'Eucharistie, qui a reçu un applaudissement universel. L'Eglise y reconnoit sa Doctrine dans toute sa pureté. Mais que sert-il qu'il répande cette Instruction dans son Diocèse, tandis qu'il souffre les Jésuites y répandre une Doctrine tout opposée? Il n'a que deux choses à faire qui sont fort aisées & bien simples, 1°. interdire tous les Jésuites, 2°. appeller de la Bulle *Unigenitus* au futur Concile. L'Auteur d'une Instruction si lumineuse est trop éclairé, pour n'en pas voir l'indispensable nécessité; mais que sert la lumière où le courage manque? Il est homme de qualité. Il auroit sans doute été intrépide à la tête d'une armée, & il tremble à la tête d'un Diocèse. Là il auroit exposé mille fois son sang & sa vie; ici il ne court pas risque de la plus petite égratignure. D'où vient cette différence? Les Soldats de Jésus-Christ ne seront-ils que des poules, tandis que ceux des Princes de la terre sont des Lions? Le Roi me pardonnera ce parallèle. J'aime sa gloire autant que le plus fidèle de ses Sujets, mais je suis persuadé aussi qu'il est mille fois plus jaloux de celle de son Dieu, que de la sienne propre.

(*n*) Le Père de Dom la Taste avoit été *Donné* de saint Benoît au Prieuré de la D rade à Toulouse, c'est-à-dire, Frère laïc, ou Domestique. Il s'ennuya de cet état, en sortit, & épousa une fille qui avoit été Sœur de la Charité, de celles qu'on appelle *Sœurs du pot*. Elle s'étoit aussi ennuyée de son état, & y avoit renoncé. De ce mariage sont venus deux

 fils,

fils, tous deux Moines Bénédictins de la Congrégation de St. Maur, dont l'un est celui dont il s'agit ici. Tout le monde sait par quelles voies il a su se tirer de la crasse du froc, & devenir Evêque. Sa Mère vivoit encore veuve, & demeuroit à Toulouse en 1738.

(*o*) Il a composé plusieurs Lettres, qu'il a appellées *Théologiques*, pour combattre les miracles.

(*p*) Le Cardinal de Fleury aïant envoyé à Dom la Taste, alors Prieur des Blancs-Manteaux, le prémier Tome de M. de Montgeron, pour le réfuter, une personne de sa connoissance qui le venoit voir, vit ce Livre sur sa table, en fut surprise, & lui demanda ce qu'il en vouloit faire. Le réfuter, lui dit D. la Taste. Le réfuter! lui répondit cette personne; cela n'est pas possible: les preuves de tous les miracles rapportés dans ce Livre sont autant de démonstrations. N'importe, dit le Moine; j'en viendrai facilement à bout. Comment ferez-vous, dit cette personne? Je donnerai, répondit D. la Taste, tous ces miracles au Diable. C'est en effet le parti le plus commode, & le seul praticable. Aussi est-ce celui qu'a pris & suivi M. Languet.

(*q*) Les cinq Lettres apologétiques pour les Carmelites du Fauxbourg St. Jacques. On peut y joindre une belle Lettre de 8. pages *in quarto*, à lui écrite le 2. Décembre 1733. Elle commence par ces mots: *Jusques à quand, M. P. abuserez-vous de la patience publique? &c.*

(*r*) Le Formulaire, la Bulle *Vincam Domini*, donnée le 20. Octobre 1705. contre Port-Royal; celles contre Baïus, & en dernier lieu la scandaleuse *Unigenitus*, en font une preuve bien autentique & bien digne de nos larmes.

(*s*) *Ecce non dormitabit neque dormiet, qui custodit Israël.* Oui certes, celui qui garde Israël veille toujours, & il n'est jamais surpris du sommeil. Ps. CXX. vs. 4.

RE-

RE'PONSE *du Roi à Messieurs les Députés du Parlement, au sujet du refus des Sacremens fait à M. Coffin.*

L'OBJET de la déliberation de mon Parlement dont vous m'avez rendu compte, est si important, & il intéresse tellement le bien commun de tout mon Royaume, que l'on doit se reposer sur moi du soin d'y pourvoir. C'est pourquoi je prendrai les mesures les plus convenables à mon respect pour la Religion, & à l'attention que je donne à maintenir la tranquillité publique. Je vous charge donc & vous ordonne de dire de ma part à mon Parlement, qu'il suspende toutes poursuites sur la matière dont il s'agit, & qu'il attende que je lui fasse savoir mes intentions sur ce sujet, pour s'y conformer avec le respect & la soumission qui me sont dus.

Du Mardi 29. Juillet 1749.

LA Cour a ordonné qu'il sera fait regître de la Réponse du Roi; & pour se conformer à sa volonté, a arrêté de surseoir à toutes poursuites sur les faits, dont il a été rendu compte aux Chambres assemblées le 22. du présent mois.

A très-haute, très-puissante & maintenant très-vertueuse

DAME

URBINE ROBIN,

Veuve en dernières nôces de très-haut & très-puissant

SEIGNEUR

HERBERT DE MOYSAN,

Nouvelle Supérieure de la Salpétrière, Bicêtre, la Pitié, Scipion & autres lieux. (a)

EPITRE.

ENFIN vous triomphez, adorable Moysan!
Vos appas reposés au-moins depuis un an;
Votre vertu naissante, ou sur le point de naître,
Ont su toucher le cœur du Valet & du Maître.

Tel

Tel qu'on voit au printems un antique fumier,
Que fit longtems croupir un soigneux Jardinier,
Etre l'ame & le suc des fleurs les plus brillantes,
Oeillets, Belles de nuit, Jonquilles, Amarantes,
Telle, aimable Moysan, Tendron Episcopal,
Vous allez parfumer dans peu tout l'Hôpital.
Heureuses mille fois Catins & M . . . . .
Que vous venez couvrir de l'ombre de vos ailes!
Plus de cris, plus de pleurs : allez, leur direz-vous,
Chères Sœurs, ces hauts murs, ces portes, ces verroux,
Qui furent si longtems l'effroi de nos semblables,
Cessent dés aujourd'hui d'être si formidables.
Ici tout reconnoit mon empire & mes loix,
De vos chaînes bientôt j'adoucirai le poids,
Mon cœur, vous le savez, toujours bon, toujours tendre,
A bien d'autres devoirs sut de tout tems se rendre.
Comptez donc, chères Sœurs, que ce rang glorieux
Où daigna m'élever un Prélat gracieux,
Tout éclattant qu'il est, pour moi seroit sans charmes,
S'il ne m'étoit donné pour essuyer vos larmes.

Tel sera le discours tendrement prononcé,
Dont vous régalisez vos Sœurs du tems passé.
Cependant le Prélat (qui sur nos ames veille)
Vous voyant entasser merveille sur merveille,
Le servir à son gré, triomphant, satisfait,
Chaque jour bénira le beau choix qu'il a fait;
Se félicitera de sa persévérance
A n'écouter pour vous pudeur ni bienséance.

La probité, l'honneur & la religion
Sur nos anciens Prélats faisoient impression,
Mais depuis bien du tems, grace à certaine Bulle,
Ils vivent sans pécher, ou pèchent sans scrupule.
Mais que dis-je pécher? Eh! pèche-t-on encor,
Lorsque l'on fait sa loi de cette Bulle d'or? (*b*)
Oui d'or, belle Moysan? ne soyez point surprise,
Que de ce nouveau nom ma Muse la bâtise.
Vous-même, cher objet, éprouvez aujourd'hui
Tout ce qu'on peut braver, quand on a son appui.
Vous l'avez cet appui, Moysan incomparable;
Aussi, vous le voyez, tout vous est favorable.
Princesses (*c*), Gens mitrés, & prémiers Présidens (*d*)
Tout vous offre à l'envi ses vœux & son encens.
En vain une nombreuse & futile Cabale
Contre vous déchaîne, & ses vapeurs exhale:
Elle ne peut troubler votre tranquille paix,
Doux & bienheureux fruit de vos galans forfaits.
Il n'est plus maintenant que la Gent Quénelliste
(Proscrite sans retour, comme la Janséniste)
Qui puisse censurer les motifs glorieux
Qui vous ont fait choisir pour régner en ces lieux.
Mais quels biens ou quels maux peut vous faire une Engeance
Qui pour tout mur d'appui n'a que la Providence?
Honnie, humiliée, errante en cent climats,
Elle cherche un repos qu'elle ne trouve pas.
Est-il homme sensé, sachant un peu son monde,
Qui ne la montre au doigt, qui par-tout ne la fronde?

Nos

Nos Prélats, ces Esprits courtisans & subtils,
(Je m'en rapporte à vous) quelle estime en font-
ils,
Le Chinois, l'Anglican, le Turc, le Spinosiste,
Par-tout sont accueillis; mais pour le Janséniste,
C'est un Monstre banni de la Société,
Qu'on ne peut voir sans honte, & sans être noté.
Voyez le grand Boyer, & l'humble du Repaire,
(Prélats dont l'avenir aura peine à se taire)
L'un fait pour commander, l'autre pour obéir,
Les vit-on sur ce point jamais se démentir?
Ils n'en peuvent souffrir l'odeur ni la présence.
Tout ce qu'ils ont d'esprit, de vertu, de prudence,
Consiste a tourmenter jusqu'après le trépas
Quiconque ose en ceci broncher, faire un faux
pas.
Aussi qui les a vus jadis si plats, si minces,
Les voit aller de pair avec les plus grands Prin-
ces;
Marcher sur le velours, chargés de révenu,
Innondés de faveurs, comblés de superflu.
Suivez ce beau modèle, incomparable Urbine,
De nos deux grands Prélats, aimable Chérubine.
La sainte Unigenit comprend toute la Loi;
Un mot, une syllabe est article de foi.
Qu'elle soit jour & nuit votre seul Catéchisme;
C'est un remède sûr contre le Jansénisme.
Votre prémier mêtier point ne vous apprendra,
Mais par doctes leçons vous y fortifiera.
Par elle vous croitrez de jour en jour en grace,
Moines, Docteurs, Abbés, Prélats, Enfans d'I-
gnace,

Tous, (j'en excepte peu) vous mettront dans les cieux,
Oüi, tous vous couvriront, comme on dit, de leurs yeux.

En suivant mot à mot, sans faire la sucrée,
De cette Unigenit la Doctrine sacrée,
Ne vous figurez pas qu'il faille aucunement
Qu'il se fasse chez vous le moindre changement,
Hormis (& voilà tout) l'habit & la coifure,
Toujours même trantran, toujours la même allure.
En effet en ces lieux, avant vous détestés,
Pour qui sait s'en servir, que de commodités!
Vous en savez le plan, & la topographie;
Aïant autant de goût, de talens, de génie,
D'expérience en sus, que femme en puisse avoir,
Vous voyez si je parle en l'air, & sans savoir.
Ne craignez point qu'alors notre devote Paire
D'Archevêques, dont l'un pour l'autre est solidaire,
Ose souffler le mot, vous controller en rien;
Lorsqu'ils vous ont choisie, ils vous connoissoient bien.

FIN

(*a*) Voyez les Nouvelles Ecclésiastiques du 4. Septembre de cette année 1749.

(*b*) L'ancienne Bulle d'or est la Loi de l'Empire: *Sanctio Imperii.* Elle fut faite par l'Empereur Charles IV. en l'année 1356. & publiée par l'autorité & le consentement des Etats de l'Empire. En-

Entre autres loix elle contient celles qui règlent les cérémonies de l'élection & du couronnement de l'Empereur, les droits des Electeurs, &c.

Elle est appellée la Bulle d'or, à cause du Sceau d'or qui y est attaché. Elle est conservée avec grand soin à Francfort sur le Mein, où elle est en original écrite sur du parchemin, avec un Sceau d'or sur lequel est représenté d'un côté Charles IV. assis sur un trône, aïant un Sceptre en sa main droite, & en sa gauche un globe surmonté d'une croix. De l'autre côté du Sceau est un château avec deux tours, accompagnée de ces mots: *Aurea Roma.* Autour de la circonférence on lit ce vers latin: *Roma Caput Mundi, regit orbis fræna rotundi.* Que de traits de ressemblance entre cette ancienne Bulle d'or & la nouvelle!

(*c*). Madame la Princesse d'Armagnac.

(*d*) Messieurs de Maupeou, Prémier-Président de la Cour de Parlement, & Nicolaï, Prémier-Président de la Chambre des Comptes.

A Nosseigneurs l'ancien Evêque de Mirepoix, & l'Archevêque de Paris.

Quoi, Nosseigneurs! vous chassez Sœur Julie,
Et vous mettez la Moysan en son lieu!
Prétendez-vous, dites moi, je vous prie,
Faire un B . . , . . de la Maison de Dieu?

Ad Archiepiscopum Parisiensem.

Te cogente, suas linquit pia Julia sedes,
Teque, vicem illius Lena jubente, subit!
Quæ tua mens? quid Pastor agis? num sacra piare
Vis loca? num hic Veneri templa dicare paras?

Ad Constitutionem Unigenitus.

Quæ sis, quò spectes tua dudùm facta loquuntur;
Te norunt pueri, fœmineique greges.
Tu (quanquàm exilem) tamen ardes ponere larvam,
Et tollis turpes turpis ad astra Lupas.
Perge age; Lenones, Lenæ tua castra sequantur,
Et Dominam te mox id genus omne colat.

PHILOTANUS.

POËME.

16

AVERTISSEMENT.

NOUS *donnons ici une nouvelle Edition de Philotanus, beaucoup plus exacte & plus correcte que toutes celles qui ont paru jusqu'à présent. Le Public en jugera. Nous avons cru ne pouvoir mieux faire, que de l'imprimer avec les* Sarcelles. *Ces Pièces, quoiqu'écrites dans un goût & dans un stile différens, tendent cependant au même but, qui est de donner de la Constitution* Unigenitus, *l'idée qu'on en doit avoir. La première* Sarcelle *fait voir le desordre qu'elle introduit dans les Paroisses, gouvernées par des Prêtres qui lui sont dévoüés. La seconde développe l'esprit & le caractère des Jésuites; &* Philotanus *montre que la Constitution est leur ouvrage.*

Pour juger sainement & facilement de la Constitution, il ne faut que bien connoitre les Jésuites; savoir qu'ils en sont les

les Pères & les Patrons: après quoi il est aisé de conclurre que ce Décret, qu'on veut nous donner pour une décision de l'Eglise en matière de foi, n'est en effet qu'une production de l'Esprit de ténèbres.

PHI-

PHILOTANUS.

POËME.

CES jours passés regagnant mon manoir,
Je vis de loin quelque chose de noir
Le long d'un Bois. J'avance, je m'approche,
Et j'apperçois une double main croche,
Queuë en trompette, ergots, cornes aussi.
Ah! vertubleu! qu'est-ce donc que ceci?
C'étoit un Diable; & ce qui doit paroître
Plus rare encore, un Diable au pié d'un hêtre,
Qui fatigué dormoit de tout son cœur.
Sortons d'ici, me dis-je, avec honneur,
Et l'enchaînons, si cela se peut faire.
Heureusement j'avois un Scapulaire,
Et le Cordon de Monsieur saint François.
Je fais sur lui de grands signes de Croix:
Puis à genoux doucement je lui passe
Mon ligament; de crainte qu'il ne casse,
Le mets en double, & glisse un nœud coulant
A chaque pié. Ensuite reveillant
Le malin corps, malgré son sortilége,
Il sentit bien qu'il étoit pris au piége.

Qui

Qui fut bien sot, ce fut notre Démon,
Pardon, Monsieur, s'écria-t-il, pardon.
Point de quartier; avant que je te quite,
Faut, s'il te plait, que je fouille & visite
En tes papiers; & ce n'est pas le tout,
Je veux savoir de l'un à l'autre bout
D'Unigenit le monstrueux mystère (*a*)
Tous les Démons ont part à cette affaire.
Las! J'en suis un, mais ne sai ce que c'est;
De près ni loin je n'y prens intérêt.
Nous l'allons voir. Une large Fontaine
Bordoit le Bois, qu'eau bénite soudaine
Je bâtizai, moyennant certains mots
Pris du Missel, puis par ses longs ergots
Entortillés de la sainte Ficelle,
Je l'attirai jusques aux bords d'icelle.
La vois-tu bien cette eau double menteur:
Tu vas sur l'heure en être potateur,
Si vérité claire, nette & précise
Sur chaque chef ne me fait lâcher prise.
Pour essayèr quel en sera l'effet,
Çà commençons par t'en donner un jet.
Eh! non, Monsieur, j'en connois la puissance!
Et puisqu'il faut pour avoir délivrance
Avouër tout, différez d'un instant
Cette boisson, & vous serez content.
Très-volontiers; mais dépêche donc vite:
Seul avec toi je ferois mauvais gîte.
Dis moi d'abord sans interruption
Ton nom, ton âge & ta profession.
Philotanus est mon nom. Pour mon âge,
J'avois trente ans (*b*), quelque peu davantage,

Lors-

Lorsqu'Henri Quatre avec un fer ſubtil
Fut mis à mort : combien cela fait-il ?
Je conduiſois le natif d'Angoulême (*c*).
Ce ne fut lui, le lourdaut, c'eſt moi-même
Qui fis le coup ; à la Société
Coup qui plut tant, que depuis n'ont été
Meurtres, poiſons, affaire d'importance,
Que n'ait commis à mon expérience
L'Ordre nouveau Compagnon de Jéſus...
J'entens cela, Père Philotanus,
Qu'appellerai quelquefois Philopode,
Quand ce dernier me ſera plus commode ;
(Car Philopode, ou bien Philotanus,
En bon François c'eſt jus vert, ou vert jus.)
Quant à préſent ton Interrogatoire
Ne doit rouler ſur la trop longue Hiſtoire
Des trahiſons, meurtres, forfaits divers (*d*),
Dont par toi l'Ordre a rempli l'Univers (*e*)
Un ſiècle entier ne pourroit te ſuffire,
Si tu voulois les conter & déduire.
Il ne s'agit à préſent que d'un trait,
C'eſt de Quesnel ; raconte moi le fait
De point en point : il eſt tout à ta gloire,
Parle, j'écoute ; ou voilà dequoi boire.
PASQUIER QUESNEL Prêtre Bérullien (*f*),
Eſt, me dit-il, un dangereux vaurien ;
Qui s'aviſa d'abandonner ſa plume
A compoſer un horrible Volume,
Plein de propos & de réflexions
Qui détruiſoient toutes les paſſions ;
Rendoient l'homme humble, ennemi de lui-même,
Et dépendant de cet Arrêt ſuprême

Qui

Qui des Elus fixa le juſte choix.
Ce Livre enflé des plus ſévères Loix,
Montroit combien la route eſt difficile
Qui mène au Ciel, en ſuivant l'Evangile.
Plus, ſur la grace il ſuivoit pas à pas
Les deux Docteurs Auguſtin, & Thomas;
Et foudroyant l'école rélâchée,
De nos Erreurs decouvroit la nichée.
Phariſiens, Scribes, Boureaux, Judas,
Plus enragés, plus méchans n'étoient pas,
Qu'en cet Ecrit il dit que nous le ſommes,
Lorsqu'en douceur nous ſauvons tous les hommes.
Le chien de Livre! Ah! je ne l'eus pas lu,
Que m'écriai: Pères, tout eſt perdu!
C'eſt fait de nous & notre Compagnie
Eſt pour jamais vilipendée, honnie!
Que dira-t-on meshui de Molina (*g*),
De Leſſius, Eſcobar, Diana (*h*)?
Adieu, bon ſoir, Morale Tambourine (*i*)
De Loyola la flateuſe Doctrine (*k*)
Eſt à vau-leau. Non, le furet Paſcal (*l*)
Ne nous fit onc tant de tort, tant de mal,
Ni des Arnaulds la famille acharnée (*m*)
Comme ſerpens ſur une ame damnée,
Ni Port-Royal, ni l'Univerſité,
Qu'en fait Quesnel à la Société.

Je haranguai deux heureux de la ſorte.
Nos Révérens avoient la gueule morte.
Les uns tout haut, & les autres tout bas
Ne répondoient que par de grands hélas?
Mais à l'inſtant, en Serviteur fidèle,
Je ranimai leur courage & leur zèle.

Al-

Allons, Enfans, nous verrons-nous flétrir
Sans nous venger? Il faut vaincre ou mourir;
Jusques au bout, lâche est celui qui cède.
Le mal est fait; ne songeons qu'au remède.
Donnez moi donc votre approbation;
Je prens sur moi cette commission.
Vîte en Espagne, en France, dans l'Europe,
En vrai Lutin me voilà qui galope;
Et vais semant à tort & de travers,
Que le Quesnel est un Livre pervers;
Que chaque mot contient une hérésie;
Que de Luther la Doctrine choisie
S'y voit enclose, & celle de Baïus (*n*);
Qu'autant vaudroit lire Jansénius (*o*);
Que sous un air de piété profonde,
Il desespère & damne tout le monde;
Que, selon lui, l'homme nécessité
Vit en esclave, & n'a rien mérité
En bien faisant; que notre libre arbitre,
Ce don du Ciel, n'est au plus qu'un vain titre;
Que cet impie & damnable Quesnel
Fait du péché, qu'on nomme originel,
Un Eléphant, un Hydre à sept cent têtes;
Qu'il parle mal du Dimanche & des Fêtes (*p*);
Qu'à notre mort la grace ne viendra
Quoi qu'appellée; enfin, *& cætera.*

Tant répétai, qu'à force de le dire,
Nombre de gens, qui ne savoient pas lire,
Crurent Quesnel un hérétique, un fou,
Et qui couroit déjà le loup-garou;
Un imposteur, un âne, un hypocrite.
Plus, à Paris, sous l'habit de Jésuite,

Je

Je confessois ; & le plus gros péché
Passoit debout, hormis d'être entiché
Du Quesnelisme ; auquel cas, pénitence
Pendant six mois se donnoit d'importance :
Si falloit-il remettre entre mes mains
Le dit Auteur ; puis l'on étoit des Saints :
Après cela, l'ame desabusée
Montoit au Ciel droit comme une fusée ;
Insinuant que le Père éternel
Pardonnoit tout, hormis d'aimer Quesnel.
Pour les Savans j'avois des artifices
Beaucoup meilleurs. De tous les Bénéfices
J'étois en Cour le seul Dispensateur.
Ah ! voyez donc comme aucun Sectateur
De l'Oratoire approchoit de la Liste !
S'il s'y fourroit ; Sire, il est Janséniste.
C'en étoit fait ; crac, mon Docteur rayé
D'un *je n'ai pu* s'en retournoit payé.
Aussi quelqu'un désiroit-il la Mitre,
Ou l'Evéché ? d'abord sur ce chapitre
Je le mettois, l'interrogeant à fond.
S'il chanceloit, ou qu'il fit un faux bond
En répondant à toutes mes demandes,
De son vivant n'entroit dans nos Légendes (q).
Mais sous ma main quand tomboit un Butor,
Je le grimpois au sommet du Tabor ;
Et lui montrant ma puissance & ma gloire,
Je lui disois ; Abbé, veux-tu me croire ?
Je te ferai bientôt un grand Prélat ;
Voire irois-tu jusqu'au Cardinalat,
Si j'étois sûr que ta reconnoissance
Te tint toujours dans une obéissance

Aveu-

Aveugle & prompte à mes ordres ſacrés.
Or je voudrois ſur Prêtres & Curés
L'empire avoir, & dans ton Diocèſe
Trancher, couper, régler tout à mon aiſe.
Tu ne ſerois que mon ſimple Commis,
Bien jouïſſant des revenus promis,
Roulant en Prince; au ſurplus n'aïant cure
Que des honneurs dûs à la Prélature;
Car pour les mœurs, la morale & la foi,
Dans ton troupeau j'entens donner la loi.
C,à donc, Abbé, ſerez-vous un bon Frère?
Ouï, ſur mon Dieu, mon très-révérend Père,
Répondoit-il, & vous pouvez compter
Que je ſuis prêt à tout exécuter,
Pour courre ſus & ſuivre à toute outrance
Les ennemis de votre révérence.
Oh les pendarts! qu'ils auront de revers!
Dans mon Clergé, non plus que de chiens verts,
N'en ſouffrirai, ſi tant eſt qu'il vous plaiſe
Me faire Evêque, & me mettre à mon aiſe.
Tu parles d'or; mais pour montrer comment
Tu t'y prendras pour tenir ton ſerment,
Cours à la chaſſe; avant que Pâque vienne,
De ces Quesnels apporte moi centaine
Tous confiſqués. Tel Saül autrefois
Dit à David; Michol eſt à ton choix;
Mais ne l'auras, qu'avant tu ne t'apprêtes
A m'apporter de Philiſtins cent têtes.
Tu vois le prix; conſulte ton amour.
Ainſi parlois-je aux Aboyans de Cour.

J'APPROUVAI fort ſon gentil Epiſode.
Courage, dis-je, achevons Philopode.

Il

Il pourſuit donc: C'eſt par de tels appas,
Que je gagnai les trois quarts des Prélats;
N'ignorant point que l'intérêt les guide,
D'autant plus que, pour les tenir en bride,
Leur promettois Bénéfice meilleur
A l'avenir, s'ils montroient de l'ardeur
A m'extirper juſqu'à la moindre trace,
Tant de Quesnel, que de toute ſa race,
Et s'ils m'aidoient à ſortir d'embarras.
Ils y tâchoient, & n'étoient point ingrats
Les bonnes gens: mais malgré leurs menées,
Et de Cachet les Lettres déchainées,
Exils, Priſons, barbares traitemens,
Renouvellés pendant plus de trente ans;
Malgré d'Enfer les plus noires manœuvres,
Quesnel brillant au milieu de ſes Oeuvres
Se ſoutenoit; quatorze Editions
Furent le fruit des perſécutions.
Ventre ſaint gris! le deſeſpoir, la rage
Me poſſédoient. Que faire davantage?
Je ſuis à bout. Oh! oh! de par ſaint Marc,
Je vois encore une corde à mon arc,
Dis-je à moi-même, après quoi j'abandonne
A ſon deſtin le Livre & la Perſonne.
Partons donc vîte, & paſſons promptement
De là les Monts. Peut-être que Clément
Sera bon Prince, & de ſon eſçarcelle
Pourrons tirer quelque Bulle nouvelle.

J'ARRIVE à Rome, & chez les Cardinaux,
Seme en entrant quantité de jaune aux;
Perſuadé que la plus belle entrée
Se fait toujours par la porte dorée;

Et

Et sûr d'ailleurs de n'être point exclus
En leur disant, *je suis Philotanus*
Pour vous servir. En effet, dans ma manche
J'en mis plusieurs, à charge de revanche.
Par ces Patrons au Pape présenté,
Comme l'Agent de la Société,
Au pié du Trône honorable séance
Me fut donnée ; & de mon éloquence
Développant les plus subtils ressorts,
Pour bien parler je fis tous mes efforts.
Silence fait; ainsi donc commençai-je.
ARCHI-SAINT Père, un Livre sacrilége,
Depuis longtems en France répandu,
Mériteroit d'être enfin confondu
Par une Bulle; & notre Compagnie
Est pour jamais à Rome trop unie,
Pour endurer plus longtems un Auteur
Qui de vos droits est le perturbateur.
Des Libertés, dont l'abusif usage
N'a d'autre but que le libertinage,
Vont par Quesnel ôter de votre main
Les grands pouvoirs du Pontife Romain.
En vain direz ; je vous excommunie ;
Insolemment il répondra ; je nie
Votre anathême, attendu mon devoir
Qui me fait blanc, quand vous me faites noir.
Ce fol Auteur, en termes explicites,
Du Vatican veut régler les limites;
Et volontiers cogneroit sur vos doigts,
Quand vous touchez au temporel des Rois.
Le menu Peuple, en lisant l'Ecriture,
Voudra régler sa foi sur sa lecture;

Puis il dira ; nous n'avons pas besoin
D'aller chercher l'Evangile si loin ;
Nous le savons, sans recourir au Pape.
Aller à Rome? hé fi! c'est une attrape.
Il nous suffit, pour arriver à Dieu,
De pratiquer ce que dit saint Matthieu.
A ce discours que dites-vous, saint Père?
Ne doit-il pas armer votre colère,
Et vous forcer, pour une bonne fois,
Foudres lancés, à soutenir vos droits?
Je le sens bien, répliqua Clément onze,
En larmoyant, & n'ai le cœur de bronze,
Lorsque je vois régner de tels abus.
Mais faut souffrir, Père Philotanus.
C'est hazarder que de faire une Bulle;
Et je crains bien qu'en France sans scrupule,
Mon nom flétri mes sentimens bernés,
On la renvoie avec un pié de nez ....
Ne craignez rien; j'ai parole absoluë
Du Grand Louïs; l'affaire est résoluë
Entre nous deux. Je dispose à mon gré
De son esprit, par le moyen sacré
Du Tribunal, où, quand je le confesse,
J'en obtiens tout, pour peu que je le presse.
Si vous doutez de ma sincérité,
Je me fais fort qu'à votre Sainteté
Il écrira Lettre formelle & vive,
Pour vous prier que cette Bulle arrive;
En vous jurant qu'à son prémier aspect
Elle sera reçuë avec respect ....
En ce cas-là, dit-il, c'est autre chose.
Mais, repartis-je, une petite clause

Doit,

Doit, s'il vous plait, entrer dans le marché.
Par mon moyen le Roi s'eſt relâché,
Abandonnant ſon plus beau privilége;
De ſon côté faut-il que le ſaint Siége
Soit complaiſant, & qu'il condamne auſſi
Les yeux fermés, ce qu'en ce Livre-ci
Nous jugeons être à nos deſſeins contraire,
Tout ce qui peut, en un mot, nous déplaire,
Nous contredire, ou paroître appointé
Aux ſentimens de la Société.
Sans quoi, néant, & vos Prérogatives
Vont deſormais paſſer pour abuſives.
Conſultez-vous; tenez, voilà l'Extrait,
Qu'en conſcience & pour le mieux j'ai fait.
Sur le grand nombre il ne faut vous débattre,
Car d'un ſeul mot je n'en ſaurois rabattre.
Dans le détail des Propoſitions
Peu trouverez de grandes Queſtions;
Pour la plupart ſe ſont des babioles
Qui font la noiſe entre les deux écoles,
Des jeux de mots, des puérilités,
Dont les partis au fonds ſont entêtés.
L'amour de Dieu, la grace, la morale,
Vous cauſeront peut-être du ſcandale;
Vous aurez peur de les traiter trop mal;
Mais tenez bon, pourquoi cet animal,
Avance-t-il dans ſon damnable Livre,
„ Qui n'aime Dieu, n'eſt pas digne de vivre,
„ L'homme, ſans lui, n'eſt qu'erreur & péché;
„ Quand un Pécheur à ſon crime attaché,
„ Vient à confeſſe, il ne faut point l'abſoudre?
Sur ces erreurs préparez votre foudre;

Point de foiblesse; & même, par hazard,
Quand la morale & le dogme aïant part
A cette Bulle, y seroient en souffrance,
Vous montrerez par-là plus de puissance.
Vive, saint Père, un coup d'autorité
Reçu par-tout dans la Chrétienneté!
Qu'un Pape est grand, qui peut forcer à croire
Ce que jamais, Leon, Pascal, Grégoire,
Ni ces fameux que l'on respecte tant,
N'auroient osé soutenir un instant!
Ah! qu'il est beau de montrer que les Pères
Grecs, & Latins, n'ont dit que des chimères!
De faire voir qu'ils n'ont rien avancé,
Qui par un Bref ne puisse être effacé!
La primauté peut-elle mieux s'étendre,
Qu'en condamnant un Auteur sans l'entendre (*r*)?
Qu'en déclarant qu'il est de Dieu maudit,
Sur ce qu'il n'a jamais pensé ni dit?

Je me rendrois, dit-il, à ta loquence,
Si de l'Europe, ainsi que de la France,
Tu m'assurois: mais des autres Etats,
Comme du Roi, le maître tu n'es pas.
Vous mocquez-vous, repartis-je, au Pontife;
Du Portugal jusques vers le Calife,
Point ne verrez d'indociles humains
N'accepter pas la Bulle à baise-mains.
Prémièrement dans toute l'Italie,
Il n'est Prélat qui sous vos Loix ne plie;
Sont vos Valets, vos Coureurs, & de vous
Ils recevroient l'Alcoran à genoux.
S'il s'y trouvoit des Docteurs téméraires,
Les enverriez ramer sur vos Galères.

Voyons

Voyons ailleurs; je puis des Allemands
Répondre encore, ainſi que des Flamands,
Le tout, pourvu que votre Conſiſtoire
Ne mette rien qui défende de boire.
En même pot ils boiront la ſanté
Du beau Décret de votre Sainteté;
Et puis à Rome écriront pour réponſe
Qu'ils ont ſouvent enyvré votre Nonce.
Ne touchant point à l'Inquiſition,
Les Eſpagnols avec dévotion
Prendront la Bulle; & même ſans la lire
Obligeront leurs Sujets d'y ſouſcrire.
D'ailleurs ſavez que la Société
En Eſpagne a mainte Univerſité.
Thèſe à Conimbre (s) on ſoutiendra ſur l'heure,
Où je mettrai que main Supérieure,
Non pas du Pape, ains du Dieu Sabahot
A cette Bulle écrite mot à mot.
Les Mandians, qui certes ſont tous vôtres,
Criront par-tout, que le Chef des Apôtres
Aïant parlé, c'eſt un ordre divin
Qu'adorer faut, ou bien être Calvin:
Que le péché le plus irrémiſſible,
Eſt de penſer que vous êtes faillible:
Qu'un chien plutôt pourroit Lune attrapper
Avec les dents, qu'un Pape ſe tromper;
Et qu'en un mot, il n'eſt qu'un pur Athée,
Par qui la Loi put être conteſtée,
Qui pût prêcher que Libère offuſqué (t)
Par le grand nombre, & Vigile ont manqué (v).

Tant clabaudai, tant traitai de frivole
La peur qu'avoit, qu'enfin ſur ma parole

Clément gagné me promit son Décret,
Je ne me vis jamais si guilleret
Que j'étois lors, & je sentis mon ame
Se dilater comme un Amant qui pâme.
Ah! pour le coup, exécrable Quesnel,
Nous te tenons par un Bref solemnel!
Incessamment l'on va te lire au Prône;
Tu n'en auras que tout du long de l'aune.

Plume à la main, en brave Consulteur,
Sans perdre tems je tire de l'Auteur
Cent un endroits, qu'habilement je tronque,
Si qu'en cent ans, je les donne à quiconque
Peut mieux que moi, contraindre & bistourner
Les mauvais sens que je sus leur donner.
A l'exposé Clément qui se confie,
Le met en Bulle, & puis le qualifie
De trente noms rassemblés en un tas (x),
Parmi lesquels le faux ne manquoit pas,
Le scandaleux, encor moins l'hérétique:
Bref il versa tout ce qu'en sa Boutique
Il put trouver de malédictions,
Dessus Quesnel & ses réflexions.
C'en est donc fait, & la Bulle est en forme.

Ne croyez pas qu'ensuite je m'endorme.
Non; car après avoir dit grand-merci
Au bon saint Père, à mes Patrons aussi,
Dispos & gai, l'*Unigenit* en poche,
De vers Paris à grands pas je m'approche.
De nos Coureurs je prens le Casaquin,
Barbe, piés nuds, en un mot Capucin;
Et me guindant en légère Calèche,
Je me nommai Timothé de la Flèche (y):

Au révérend vins faire pié de veau;
Puis sur le champ me remis dans sa peau:
J'envenimai jusques à ses entrailles;
Bientôt après arrivant à Versailles,
Graces au Pape, allai-je dire au Roi,
Graces à vous, sur-tout graces à moi,
Voici la Bulle, & dans votre Royaume
Bientôt Quesnel plus bas qu'un vil atôme,
Berné sera méprisé, confondu,
Mis à néant, & son Livre tondu.
Mais en ceci défiez-vous, grand Prince,
D'un Cardinal, qui d'un air doux & mince (z),
Viendra bientôt en termes patelins
Vous engeoler de ses discours malins
Contre la forme & le fond de la Bulle,
Et tournera le Pape en ridicule.
Traitez-le moi comme un petit mignon.
Plus ignorant qu'un Prêtre d'Avignon
Ce Prélat est; & dans les Séminaires
Il n'a jamais rien lu que les saints Pères.
Ce Dévot croit son esprit bien paré,
D'avoit blanchi sur le texte sacré,
Et d'avoir mis dans sa cervelle en pile
L'amas confus de maint & maint Concile.
Pest du sot! c'est bien la question,
Que la lecture, & l'érudition:
Il est pieux, me dit-on: les Apôtres
Ne vivoient pas plus saintement: à d'autres!
Il s'agit bien à présent de ses mœurs!
Clément s'en rit; moi de même. Et d'ailleurs
Le Peuple outré, qui jamais n'examine,
D'un seul coup d'œil [illegible]onise à la mine.

Il a grand ſoin de régler ſa maiſon?
Donc il eſt ſaint: la plaiſante raiſon!
J'appelle un Saint, SIRE, en titre d'office,
Un Cardinal qui fait rendre juſtice
Aux loix du Pape, & qui, ſans balancer,
Reçoit l'Arrêt qu'il vient de prononcer.
Jamais ne fut ſainteté ni ſcience,
Qui valût tant que cette obéiſſance.
D'ailleurs ce Livre, aujourd'hui ſupprimé,
A par ſon ordre été réimprimé.
La Bulle, hélas! ſeroit bien mal lotie,
S'il en étoit le Juge & la Partie.
IL eſt encore un certain vieux Sournois (*a*),
Grand chicaneur, qui mieux qu'un Hibernois
Eſcrimeroit en fine Scolaſtique;
Savant barbare, & ruſé Politique.
Lorſque de Rote il étoit Auditeur,
Avec Clément, alors ſon bienfaiteur,
Il eut ſouvent mainte querelle & priſe
Sur les faux droits que prétend votre Egliſe.
Cet Archevêque au Pape veut du mal
De n'avoir pas été fait Cardinal;
Et pour venger ſa tête & ſa Doctrine,
Avec fureur il cabale, il fulmine
Contre la Bulle; & maintenant c'eſt lui
Qui de Queſnel eſt le plus ferme appui.
De cette clique il en eſt trois ou quatre,
Qu'au premier jour faut envoyer s'ébattre
En leur Province, où chacun dans ſon coin,
Pourra, s'il veut, nous abboyer de loin.
Bientôt après je ferai l'Aſſemblée
De mes Prélats, où la B[illegible] d'emblée

Se

Sera reçuë; & puis s'écrieront tous :
Papa Clément pense & croit comme nous.
Par ce moyen cette Bulle acceptée
In æternum sera chose arrêtée,
Un dogme exprès, un article de foi.
C'EST bien pensé, me répondit le Roi;
Achève donc; sur mon pouvoir suprême
Tu peux compter, & je te mets à même.
Rester ne faut en un si beau chemin.....
Non pas ferai. Car dés le lendemain
Lettre j'écris aux Prélats de ma clique,
Où nettement mes volontés j'explique
A ce sujet; de leur soumission
Demandant Acte, & bonne Caution.
Que s'ils montroient assez d'exactitude
A m'obéir, signes de gratitude
Pleuvroient sur eux, du moins sur leurs Neveux...
On répondit au de-là de mes vœux.
DONC à Paris, en pompeux équipages
A cinq Laquais, sans compter les deux Pages,
Vinrent bientôt joindre l'Archevéché
Mes Prélats pleins d'un discours-tout mâché.
D'ambition, & d'orgueil le plus ample
Devant leurs yeux avoient un bel exemple:
Car rassemblés, tout bas pensoit chacun :
Tel que je vois, n'a pas le sens commun;
Petit Chafouin (*b*), qui toujours les dents grince;
Et cependant Bénéfice de Prince
Est pour cet homme, & l'écarlatte aussi.
Par quel moyen a-t-il donc réüssi?
C'est en montrant une fureur extrême
Contre Quesnel. J'en veux faire de même,

Et mériter d'avoir le chef couvert
D'un Chapeau rouge, à la place d'un vert.
A leurs désirs j'attachois la fusée;
Et leur tenois toujours l'ame embrasée
Par l'amour propre. Enfin ce fut alors
Que présidant aux Evêques en corps,
Après six mois passés en préambule (*c*),
Aveuglement ils reçurent la Bulle
Avec respect: quelques-uns seulement
Sans mon aveu, firent un Mandement (*d*),
Dont se mocqua le reste du Synode....

En cet endroit arrêtons Philopode:
Dans ces six mois qui se sont écoulés,
Ne vit-on point rixes, ni démêlés?
Ne parla-t-on dans toute la Séance
Que des repas de la belle Eminence (*e*)? ..
Pardonnez moi; la Proposition
Sur le délai de l'absolution
Fit un grand bruit. Je le savois bien, Traître,
Et ne conçois comment tu fus le maître
Sur ce point là, de leur fermer les yeux.
Je fis si bien, qu'enfin victorieux
Je m'en rendis. De trop grande importance
Etoit l'affaire: aussi la remontrance
De nos Docteurs ne fut d'aucun pouvoir (*f*),
Non plus que celle au sujet du devoir (*g*).
Savez-vous bien que ce délai sévère,
Si rigoureux aux Pécheurs qu'on différe,
Est un abus dont la Société
Seroit la dupe? Et son autorité,
Qui doit un jour dominer tout le monde,
Dans ses desseins deviendroit inféconde,

Si

Si tout péché dans la Confession
Ne trouvoit pas promte rémission?
Comment cela? comment? c'est le mistère;
Le fin du fin, & le nœud de l'affaire.
N'en parlons plus. Ho ho! mon bel ami,
Tu voudrois donc n'avouër qu'à demi?
Allons, de l'eau; zeste, d'une flaquée
Avec la main sur sa jouë appliquée,
Je lui fis faire un cri, mais dame un cri!
Dans le moment j'en fus presque mari:
Car l'eau bouillant sur sa face enflammée,
Nous obombra d'une épaisse fumée.
Cela fit *pst*.... Par la sanbleu j'eus peur
Qu'elle n'allât consumer l'Orateur:
Mais à l'instant je revis sa peau bise.
En voudrois-tu d'une seconde prise?
Non, s'il vous plait; la paix. Ecoutez bien,
Je vous promets que je n'omettrai rien.
L'Ordre où je suis est une Compagnie
Vers un seul but entr'elle réünie;
Et ce but est, par des moyens divers,
De conquérir à la fin l'Univers.
Ce beau projet est notre unique vice;
Nous lui faisons un entier sacrifice
De tout le reste; & cette ambition
La place tient de toute passion.
Dans nos maisons nous faisons maigre chère,
Et notre vie, au fond, est très-austère.
Point d'amitié qui se rapporte à nous;
Mais, espions l'un de l'autre jaloux,
Nous travaillons ensemble fort & ferme
Pour parvenir à la fin au grand terme;

Esclaves vils d'un Général Romain (b);
Qui tient nos cœurs & tout l'Ordre en sa main.
DANS ce dessein vous concevez, sans doute,
Que confesser est la plus sûre route
Pour obtenir un empire absolu.
Par ce moyen tout nous est dévolu,
Et nous puisons dans chaque conscience
Tout ce qui peut nous donner connoissance
De certains faits, qui nous sont les garans
De l'amitié des petits & des grands.
Car lorsqu'on sait à fond l'état de l'ame,
On est reçu chez Monsieur, chez Madame
A bras ouverts; parce qu'adroitement
On applaudit à leur déréglement.
Si, par exemple, un Epoux à confesse
Vient s'accuser d'avoir une Maîtresse;
Ou qu'une Epouse, en terme équivalent,
S'accuse aussi d'avoir quelque Galant,
Je suis au fait du train de leur ménage.
Pour accorder ce petit tripotage,
Le lendemain je vais les visiter,
Et volontiers je me fais écouter
En déclamant contre la jalousie.
En fait de mœurs je l'appelle hérésie;
L'usage, dis-je, & la saine raison
Evidemment en montrent le poison.
Lorsqu'on est né pour vivre deux ensemble,
De part & d'autre on devroit, ce me semble,
Ne croire rien que ce qui fait plaisir.
Souvent de crime un innocent désir
Est soupçonné. La paix tranquille & libre
Dans la maison doit tenir l'équilibre.

C'est

C'eſt le moyen de tout chagrin bannir,
Et le plus ſûr pour faire revenir
Celui des deux qui voudroit ſe ſouſtraire
Aux loix d'Hymen. Oh! l'agréable Père!
Penſent nos gens; que j'aime ſes diſcours!
A lui je veux me confeſſer toujours.
Ainsi du riche, à la fortune immenſe,
Je fais la Cour, j'approuve ſa dépenſe.
Au Tribunal s'il m'a dit que ſon bien
Etoit volé, chez lui je n'en crois rien.
Mais je me ſers de ſon ſécret, pour être
Son Confident & devenir ſon Maître.
Ainſi de tous ſubtils adulateurs,
Adroitement nous captivons les cœurs.
Par-là régnant dans toutes les familles,
Nous engageons Pères, Mères & Filles,
Garçons auſſi, Servantes & Valets,
A nous chérir & bénir nos filets.
Mais de Queſnel la Doctrine infernale,
A notre empire inſultante & fatale,
Par ſa rigueur nous mettoit aux abois;
Car aux Pécheurs faiſant porter le poids
De leurs péchés, avant de les abſoudre,
Tous nos deſſeins il réduiſoit en poudre.
Qu'arrivoit-il de ces auſtérités?
Nos Tribunaux avilis, déſertés,
Vuides reſtoient. Ces Pécheurs ridicules
S'envelopoient au milieu des ſcrupules;
Et reſſerrant tous leurs forfaits cachés,
Sans notre aveu s'y tenoient attachés.
Ils aimoient mieux enſevelir leurs crimes,
Que d'un délai ſe rendre les victimes.

Jeunes Garçons, tout-au-plus, quelquefois
Venoient encor nous conter leurs exploits.
Du reste, un tas de dévotes femelles
Nous ennuyoient de pures bagatelles.
Forte habitude avoient-elles au cœur ?
Rien ne pouvoit les guérir de la peur
D'une remise ; & gardant le silence,
Chacun restoit dans son indépendance.

Mais aujourd'hui notre *Unigenitus*
Par sa censure abroge cet abus.
Le Sacrement, jadis de Pénitence,
Va devenir simple réminiscence
De ses péchés ; devoir extérieur
Du Pénitent envers son Supérieur,
Cérémonie artistement trouvée
Pour tout savoir, & donnant main-levée
Du crime noir, nous faire autant d'Amis
Et de Sujets, que de Pécheurs soumis.
Le fier délai, la honteuse remise,
Seront bientôt bannis hors de l'Eglise ;
Et les Pécheurs, aux heures de loisir,
Du Tribunal se feront un plaisir.

Il étoit donc de très-grande importance,
Que l'Assemblée approuvât la sentence (*i*)
Qui déclaroit d'hérésie entiché,
Tout Confesseur ennemi du péché,
Tout Janséniste à long visage blême,
Qui les Relaps menace d'anathême,
Et veut qu'on soit hors de l'occasion,
Avant d'avoir son absolution.

Mais réprenons le fil de notre histoire
Mes chers Prélats attachés à ma gloire

Sur-

Surent si bien soutenir mon parti,
Qu'en aucun chef je n'eus le démenti.
L'on disoit bien: que le Pape s'explique;
Mais à cela j'avois bonne réplique.
Y pensez-vous? un Pape sur ce point
S'explique assez, en ne s'expliquant point.
C'est *in petto* qu'il retient sa Doctrine.
Ce qu'on ignore, il faut qu'on le devine;
Et ce qui sort de dessous son bonnet,
Sans Commentaire, est toujours clair & net.
Je crois bientôt qu'on veut sur la sellette
Saint Pierre asseoir, & là qu'il interprête
De certains sens qu'il a mis tout exprès!
Point n'entendez? eh bien! courez après.
Ainsi feignant de me mettre en colère,
Je les calmois, ou je les faisois taire.
Tant qu'à la fin, moi, Louïs & Clément,
Nous eumes tous parfait contentement.
Ravi j'étois & transporté de joie,
Jusques au bout d'avoir suivi ma proie:
Quand Magistrats s'en vinrent sans raison
Avec Clément faire comparaison.

Sie'ge à Paris un Sénat de Druïdes (*k*),
Qui pour des riens dressent des Pyramides (*l*);
Et qui, depuis un petit accident (*m*),
Contre notre Ordre ont toujours une dent.
Ces fiers Robins ont mis dans leur cervelle,
Que du Royaume ils avoient la tutelle,
Parce qu'ils sont Docteurs en Droit Canon,
Et dans la Chambre assis en rang d'oignon,
Plus refrognés que d'antiques Satrapes,
Si voudroient-ils lutter contre des Papes.

Ces vieux Renards pleins de prétentions
Crurent pouvoir, par leurs restrictions,
Mettre à l'abri de leurs longues Soutanes
Ces libertés qu'ils nomment Gallicanes;
Prétendant qu'eux, avec leurs Gens du Roi,
Pouvoient restraindre un article de foi.
Au grand regret de tout bon Catholique,
Nous vîmes donc un Jugement Laïque (*n*)
Contre la Bulle en forme prononcé.
Oh! que Louïs en parut courroucé!
Que son cœur fut sensible à cette offense!
Mais il mourut sans en tirer vengeance.
Il mourut lors, l'incomparable Roi (*o*)
Et par sa mort mit tout en desarroi.

En cet endroit permettez que je pleure.
Notre Ordre, hélas! est mort à la même heure
Que ce Monarque, & sont à saint Denis
Dans son Tombeau nos Pères réünis.
Car n'est-ce pas mourir cent fois pour une,
Que voir Crédit, Biens, Dignités, Fortune,
Tout dépérir? que d'être regardés
Comme vilains, honnis & dégradés?
Que de n'oser paroître dans la ruë,
Sans que chacun nous montre au doigt, nous huë?
Que d'être enfin réduits dans nos Maisons
A régenter une troupe d'Oisons?
Il est cassé ce joli moule à Lettre,
Qui nous servoit quand nous plaisoit de mettre
A la Bastille un Ennemi mutin,
Ou l'envoyer à Quimpercorentin!
Louïs vivant, c'étoit nous seuls en Gaule,
Qui l'Esprit saint (*p*) donnions dessus l'épaule;

Entre nos mains étoit toujours remis
Le fier Bâton semé de Fleurs de lis (q).
Bref, nous avions toujours nos poches pleines
De bons Emplois, Bénéfices, Aubaines.
Notre cher Prince, ou plutôt notre Dieu,
Il est donc mort! il faut lui dire adieu.
Que je l'aimois! j'en étois idolâtre.
Son ame aussi plus blanche que l'albâtre
Sortoit toujours du sacré Tribunal.
Pourvu que tout passât par mon canal;
Absous étoit; & par reconnoissance,
Un seul Rosaire étoit sa pénitence.
O le bon Roi! le grand Roi! le saint Roi!
Faut-il aussi que la mort soit pour toi!
Il est parti dans la ferme assurance
De joindre aux Saints un nouveau Roi de France.
Il est au Ciel, & nous dans ces bas lieux
Nous demeurons conspués, odieux.
S'il eût vêcu quatre mois davantage,
Sa mort n'eût pas été si grand dommage:
Car purement & simplement le Bref
Au Parlement apporté dérechef,
Auroit passé. Réprimandes très-vives
Auroient suivi, peines même afflictives.
Les Partisans des fausses Libertés,
Des Droits Royaux les François entêtés,
Bon gré mal gré, quittant leur entreprise,
Auroient enfin souscrit à notre guise.
Mais du Monarque à peine eut-on appris
La triste mort, que voilà tout Paris
Masque levé, qui crie & qui postule,
Pour qu'au saint Père on renvoie sa Bulle.

Livres en foule avec emportement
Font en public le procès à Clement;
D'autres déjà flétris par l'Assemblée,
D'un air nouveau viennent dans la mêlée,
Qui séduisant les Badauds curieux,
Fronder leur font le Pape à qui mieux mieux.
De ces Ecrits l'abondance étoit telle,
Qu'en la Province une bonne parcelle
S'en répandit, & chacun sans danger,
Soit par la Poste, ou par le Messager,
En fit venir, si qu'en moins d'une année
Toute la France en fut empoisonnée.
Mes Substituts Nosseigneurs les Prélats
Eurent beau faire un terrible fracas
A ce sujet, & dans leurs Diocèses
Bulle afficher; on traita de fadaises
Leurs Mandemens. Chapitres & Curés,
Prestolets, Clercs, & même gens cloitrés,
Formant ensemble une commune attaque,
Tous au saint Père avoient tourné casaque.
L'effronterie encor beaucoup plus loin
Se poussa-t-elle. Il n'en faut pour témoin,
Que l'insolence & l'erreur indocile
Qui fit du Pape appeller au Concile.
Quatre d'abord jettant le prémier dard (r),
Contre Clément levèrent l'Etendard,
Firent l'Appel; disant que la querelle
Assembleroit l'Eglise universelle;
Qu'en attendant, tous les Décrets rendus,
Les foudres prêts resteroient suspendus.
Ah! c'est ainsi que, lorsqu'on s'émancipe
Dans la croyance, écarté du principe,

De

De mal en pis dans l'abîme tombé,
On ne veut plus revenir à jubé.
Car au Concile appeller d'une Bulle
Qu'un nom divin autorise, intitule,
D'ailleurs reçuë, & confirmée en corps
Par mes Prélats, & par ceux de dehors,
N'est-ce pas là, malgré tous les murmures,
Faire juger Dieu par les Créatures ?
Oh! l'Hérétique est à bout, excédé,
Quand il se sert d'un pareil procédé!
Dans tous les tems depuis l'Arianisme,
Des Novateurs il annonça le schisme.
Pour décrier ces Appels factieux;
Aux Cabarets, & dans les mauvais lieux
J'allai, mettant sur chaque cheminée;
Rome a parlé, l'Affaire est terminée.
Bref, tant le dis, que Rome avoit parlé
Que par ma foi j'étois égosillé.
Abandonnant aux Capucins, aux Carmes,
Le soin zélé de donner des allarmes,
Et menacer des foudres préparés
Les mécroyans, du vrai dogme égarés,
Je fis à Rome une seconde course,
Et demandai pour dernière ressource,
Ou Bulle, ou Bref, Lettre, ou je ne sai quoi;
Qui pût donner un véritable effroi.
J'en tirai donc Missive Pastorale (s)
Qui foudroyoit d'avance la Cabale
Des Appellans en termes les plus forts;
Les condamnoit tant eux, que leurs Consorts
Sortis du sein de l'Eglise Romaine,
Et les livroit à l'éternelle peine

Peso

Ipso facto, si, voyant cet Ecrit,
L'Unigenit n'étoit par eux souscrit.
En beaux draps blancs tu me mets, dit le Pape.
Je ne crois pas qu'un autre m'y ratrappe
Sur ta parole, hélas! j'ai trop compté,
Et je crains bien d'être décrédité,
Pour t'avoir cru : mais faut sortir d'affaire
De notre mieux. Vous en viendrez, saint Pére,
A votre honneur, répondis-je à l'instant.
Je mentois bien, puisque si mécontent
En France on fut des termes de sa Lettre,
Que peu de gens voulurent s'y soumettre.
Le Parlement, sur l'avis du Parquet,
Sut bien rabattre & Rome & son caquet.
Il censura les paroles très-dures,
Les faussetés, & les grosses injures,
Donc il jugea ce Libelle farci.
A son *instar* d'autres Sénats aussi
De pur abus traitérent les menaces,
Dont il usoit envers les contumaces.
Et ces Arrêts dans leur stile étoient tels,
Qu'ils sembloient tous seconder les Appels.

Sortant aussi de sa douce indolence,
Le Cardinal rompit enfin silence (*t*),
Et du grand schisme arborant le Drapeau,
Plus ne pensa qu'il portoit un Chapeau,
Qui l'obligeoit à verser goutte à goutte
Plutôt son sang, que faire banqueroute
Si méchamment au dogme de la foi.
J'esperois bien qu'il demeureroit coi,
Lorsque je vis trépasser de la pierre
Le Prélat borgne (*v*), Ennemi de saint Pierre;

Qu'a-

Qu'aïant perdu son Maître & son Souffleur,
Il deviendroit dans la suite meilleur.
Je m'abusois; car son Appel en forme
Est contre Rome un attentat énorme.
L'ingrat qu'il est méconnoit par ce trait,
Mille bienfaits, auxquels j'ai grand regret.
BIENTÔT après renforçant sa Cabale,
S'émeut aussi toute la Capitale;
Et le Chapitre, imitant son Pasteur,
Fit son Appel en fade Adulateur.
Prêtres, Curés, de saint Benoit les Moines,
Et d'Augustin les opulens Chanoines,
A l'Oratoire incorporés soudain,
Contre Clément levèrent tous la main,
En soutenant que leur cause étoit bonne.
MAIS que dirai-je ici de la Sorbonne?
Ecole, hélas! qui régloit autrefois
Les sentimens des Papes, & des Rois,
De la foi pure ardente Protectrice,
Le Bouclier & la Mère nourrice?
Elle a failli cette Université,
Cette Sorbonne, en qui la vérité
Croyoit trouver un éternel azile,
A fait aussi son Appel au Concile.
J'eusse donné sur le champ volontiers,
De mes Prélats troc pour troc les deux tiers
Cent Facultés & d'Espagne, & de Flandre,
Si la Sorbonne eût voulu se déprendre.
Par son exemple à la file entraînés,
On ne voit plus que Prélats subornés.
Siége vacant, même on voit des Chapitres (x)
Etre Appellans, sans aucun droit ni titres;

Et

Et plus encor de malotrus Bourgeois (y)
Joindre aux Curés leur imbécile voix.
Mais ce qui plus me flate & me console,
C'est que malgré cette savante Ecole,
Le plus grand nombre est de notre côté;
Le témoignage en doit être écouté,
Public il est; voix divine il renferme.
C'est sur cela qu'insiste fort & ferme
Le Mandement de Monsieur de Soissons.
Je l'ai porté dans toutes les Maisons;
Et j'ai tâché de séduire le monde
Par son beau stile, avant qu'on y réponde.
Le tout en vain: car en moins de deux mois
Double Réplique est venuë à la fois.
Un grand Docteur travaille à la troisiéme (z);
Mais mieux que tous je la ferai moi-même;
Car les Extraits des Evêques lointains,
Les trois quarts faux, sont l'œuvre de mes mains.
Pauvre Soissons! c'est pourtant grand dommage
Qu'il soit tombé, ce triomphant Ouvrage;
Que son Sophisme ait été démasqué,
Quoiqu'à l'abri d'un passage tronqué,
Et soutenu des règles de Logique,
Dont l'art faisoit mon espérance unique.
Aussi d'écrire il étoit bien pressé:
Bien plus que lui j'y suis intéressé:
Car qui ne sait qu'en toute cette affaire,
Ce Prélat n'est qu'un Auteur honoraire?
De mes desseins me voyant débouté,
Qu'ai-je donc fait en cette extremité?
Voilà la Bulle, ai-je dit, confonduë;
De mes Prélats l'unité prétenduë

Cou-

Coulée à fonds; l'Univerſalité
Eſt deſormais un menſonge éventé.
Mes Prélats morts, adieu la gratitude
Qui les joignoit à moi par habitude.
Quant à préſent n'étant maître de rien (*a*)
Je ne puis plus les flatter d'aucun bien.
Ainſi bientôt je m'attends & je compte
Que la plupart ſans remords, & ſans honte,
Pour rendre auſſi leur Temporel plus ſûr,
Appelleront au Concile futur.
Au ſeul Régent la faute j'attribuë.
Si de la foi ſon ame étoit imbuë,
De ſon cher Oncle il auroit ſurement
Suivi les pas, & la Bulle autrement
Auroit tourné; mais bornant ſa puiſſance
A bien régler la Guerre & la Finance,
Il a voulu, trop indulgent, trop doux,
Se ménager & la chèvre & les choux.
Il a laiſſé liberté toute entière
De faire honneur, ou la nique au ſaint Père:
Et répétant toujours *je veux la Paix*,
Il nous malmène & nous trouble à jamais,
Nos Tribunaux déjà les araignées
Ont pollué par cinq ou ſix lignées;
Et de Sermons avec tant d'art appris,
Pas un ſeul mot ne ſe prêche à Paris.
Philippe ſait, ſans qu'il y remédie,
Qu'au Tribunal, comme à la Comédie,
Je ſuis contraint de donner un billet.
La cauſe il eſt que le Sexe douillet
S'enrhume, allant en voiture bourgeoiſe,
Faire viſer ſon abſoute à Pontoiſe (*b*)

Bref,

Bref, il eſt ſûr que s'il avoit voulu,
La Bulle & moi, nous aurions prévalu.
Pour le punir & venger la déroute
De tout notre Ordre, or en ſécret écoute
Ce qu'en mon chef je trame contre lui;
Et ce deſſein n'eſt pas pris d'aujourd'hui.
Je vas, je viens & je ſuis en Campagne
Depuis ſix mois, pour ſoulever l'Eſpagne
Contre la France; & bientôt l'on verra
Si de ce foudre il en appellera.
Traité conclu, (j'en ai ſigné la Lettre,)
Nous commençons par Philippe démettre
De ſa Régence; & de l'Eſcurial
Le feu viendra juſqu'au Palais Royal:
Puis envertons le Maître à Pampelune,
Où ſur le champ finira ſa fortune.
Tout cet argent, dont il ſe croit muni,
Ne tiendra pas contre un Alberoni.
Régent mettrai de notre faciendo,
Selon mon cœur, & tel que le demande
L'état préſent de la Société.
Le coup eſt proche, & très-bien concerté.
La malepeſte! un Régent trop habile
Connoit notre art, & le rend inutile.
J'aime bien mieux un Prince peu lettré,
Dans ſes conſeils par moi ſeul inſpiré.
A Loyola ſera toujours ſiniſtre,
Qui ſeul peut être & Régent & Miniſtre;
Rien ne pourrions apprendre à celui-ci;
Qui connoit tout, doit nous connoître auſſi.
Mais je lui garde une ſubtile botte!
Auſſi faut voir comme diable je trotte

Pour

Pour réüssir! Surpris ne soyez pas,
Qu'en sommeillant m'ayiez trouvé si las.
Si vous voulez en savoir davantage,
Tous mes Papiers j'abandonne au pillage;
Les voilà tous, prenez les. Je les pris:
Mais ne pouvant lire dans ses Ecrits,
Car à l'instant le jour alloit se clore,
Je le lâchai. Le Diable court encore.

F I N.

(*a*) *Unigenitus* est le nom de la Constitution du Pape Clément XI. par laquelle *le Nouveau Testament* du P. Quesnel est condamné comme un Livre dangereux, scandaleux, hérétique, &c.

(*b*) C'est l'âge de Ravaillac.

(*c*) C'est François Ravaillac qui tua Henri IV. Roi de France, le 14. Mai 1610.

(*d*) On peut consulter la morale pratique des Jésuites par M. Arnauld, Docteur de Sorbonne.

(*e*) La Société des Jésuites. Ignace de Loïola, Gentilhomme Espagnol, en est le Fondateur. Il obtint du Pape Paul III. l'approbation de son Ordre par deux Bulles, l'une de 1540. & l'autre de 1543. La Société ne fut pas plutôt approuvée par le Pape, qu'elle se répandit dans tous les Païs du monde, où saint Ignace envoya ses Compagnons pendant qu'il se tenoit à Rome, d'où il gouvernoit tout son Ordre. Il est surprenant combien les Jésuites se sont multipliés en peu de tems. En 1545. ils avoient déjà dix Maisons. En 1556. à la mort de saint Ignace, ils avoient douze grandes Provinces. En 1608. Ribadeneïra compte 29. Provinces

ces avec deux Vice-Provinces comprenant grand nombre de Maisons, & plus de dix mille Jésuites. Enfin dans le Catalogue imprimé à Rome en 1679. on trouve trente-cinq Provinces, deux Vice-Provinces, & près de dix-huit mille Jésuites. Ces Provinces se sont répanduës dans tous les Royaumes de l'Europe; en Asie, depuis la mer Méditerranée jusqu'aux extremités de la Chine, & dans l'Amérique septentrionale & méridionale; l'Afrique même n'a pas été exemte de cette contagion, puisqu'ils ont pénétré autrefois jusqu'en Ethiopie.

En 1550. c'est-à-dire, sept ans après leur Institution, ils obtinrent par le Cardinal de Lorraine des Lettres du Roi Henri II. pour être reçus en France avec pouvoir d'enseigner à Paris & non ailleurs. Quatre ou cinq ans après, ils présentèrent ces Lettres au Parlement, qui dés ce tems-là ne jugeoit pas autrement bien de ces Missionnaires Espagnols.

La Cour ordonna que ces Lettres seroient communiquées à l'Evêque de Paris (Jean du Bellai) & à la Faculté de Théologie. Ce fut pour lors que cette savante Ecole donna ce fameux Décret, qu'on peut appeller une espèce de Prophétie, dont nous voyons aujourd'hui l'accomplissement. Elle déclaroit dans ce Décret, qu'*il lui sembloit que la Société des Pères Jésuites étoit dangereuse en matière de foi*, (ce sont ses propres termes) *capable de troubler le repos de l'Eglise, de renverser l'Ordre Monastique, & de détruire plutôt que d'édifier.*

Les obstacles que les Jésuites trouvèrent de la part du Parlement, de l'Evêque de Paris, & de l'Université, ne servirent qu'à les rendre plus actifs. Ils firent tant, qu'ils obtinrent de François II. des Lettres addréssées au Parlement, qui lui ordonnoient de vérifier l'établissement de la Compagnie des Jésuites dans ce ce Royaume. Pour engager la Cour à leur accorder ce qu'ils demandoient, ils offrirent de se soumettre au Droit commun, & de renoncer à tous privilèges à eux accordés par le saint Siége, qui eussent pu être contraires à l'autorité des Evêques, Curés, Colléges, Universités; aux Coutumes & Libertés de l'Église Gallicane, & aux conventions faites entre nos Rois & les Papes.

Néanmoins la Cour rendit un Arrêt, par lequel elle renvoya la question d'approuver, ou de rejetter ce nouvel Ordre, à un Concile universel, ou à l'Assemblée de l'Église Gallicane; c'est tout ce qu'ils purent obtenir du Parlement.

Enfin le Cardinal de Tournon agit si puissamment pour eux au Colloque de Poissy, que l'Assemblée des Prélats les reçut, à condition qu'ils prendroient un autre nom que celui de Jésuites & de la Compagnie de Jésus, parce que l'on trouvoit ce nom trop superbe.

Aussitôt les Pères Jésuites firent l'ouverture du Collége de Clermont, qui leur avoit été donné par Guillaume du Prat, Evêque de Clermont, fils du Chancelier du Prat, à qui la France doit l'abolition de la Pragmatique Sanction & de l'établissement du Concordat. Ils mirent au-dessus de la porte cette inscription: *Collegium Societatis Jesu.* Depuis ils l'ont ôtée & y ont substitué celle-ci: *Collegium Ludovici Magni*; surquoi un de leurs Ecoliers nommé Garnier de Brillancour, a fait ce Distique:

Sustulit hinc Jesum, posuitque insignia Regis
Impia gens: alium non colit illa Deum.

L'Université ne manqua point de leur faire interdire par son Recteur la liberté d'enseigner. Les Jésuites aïant présenté Requête à l'Université pour y être incorporés, l'affaire fut portée au Parlement: deux fameux Avocats, Etienne Pasquier pour l'Université, & Pierre Versoris pour les Jésuites, plaidèrent cette cause avec autant d'éloquenquence que de chaleur. Bâtiste Dumesnil, Avocat du Roi, conclut contre ces Pères. Néanmoins on se laissa persuader alors que les Jésuites pourroient servir l'État & la Religion contre les Huguenots, dont les erreurs & les factions agitoient le Royaume. La cause fut appointée, & il fut permis aux Pères d'enseigner par provision. Ceci se passa sous Charles IX. en 1564.

Ils joüirent de ce privilége sans être inquiétés, jusqu'en 1594. que l'Université recommença ses poursuites: elle savoit que le Parlement regardoit alors les Jésuites comme des Emissaires d'Espagne, & comme des gens plus propres à former des divisions dans l'État en faveur des Espagnols, qu'à servir la Religion contre les Huguenots. Elle présenta donc sa Requête à la Cour, & après avoir exposé: „ Que les desordres qu'elle avoit soufferts, avoient été causés par une certaine Secte „ originaire d'Espagne & des environs, qui prenoit „ la qualité ambitieuse du nom de *Jésus*, laquelle „ de tout tems, & spécialement depuis les troubles, s'étoit renduë partiale & fautrice de la „ faction Espagnole, chose dés son avènement „ prévuë par les SUPPLIANS, & notamment „ par le Décret de la Faculté de Théologie, qui „ portoit qu'elle enfreignoit tout ordre, tant politique que hiérarchique: que cette Société, il „ y avoit trente ans, lorsqu'elle n'étoit pas épanduë par les autres villes de la France, aïant „ présenté sa Requête pour être incorporée à l'Université, la cause avoit été appointée au Conseil, & ordonné que les choses demeureroient „ en l'état qu'elles étoient, c'est-à-dire, que les „ Jésuites ne pourroient rien entreprendre au préjudice de cet Arrêt: à quoi ils n'avoient pas „ satisfait; mais qui plus est, se mêlant des affaires d'État, avoient servi de Ministres & d'Espions aux Espagnols, comme il étoit notoire à „ tout le monde: que l'Instance appointée au

„ Con-

„ Conseil n'aïant point été poursuivie, ni même „ les Plaidoyers levés de part & d'autre, étoit par „ ce moyen périe. Elle concluoit qu'il plût à la „ Cour ordonner que cette Secte fût exterminée, „ non seulement de l'Université, mais aussi de tout „ le Royaume, requérant pour cet effet la jon- „ ction du Procureur-Général.

La Requête fut répondue, & les Jésuites assignés au prémier jour. Les Curés de Paris intervinrent & furent reçus Parties: ils se plaignoient que les Jésuites entreprenoient sur leurs fonctions, & troubloient toute la Hiérarchie Ecclésiastique. Ils choisirent pour leur Avocat Louïs Dolé: Claude Duret fut celui des Jésuites, & ce fut M. Antoine Arnauld qui plaida pour l'Université.

C'est le Plaidoyer de ce dernier, qui a été appellé le PÉCHÉ ORIGINEL des Arnaulds: en effet, peu de personnes ignorent jusqu'où la Société a porté son ressentiment contre cette illustre & sainte famille.

(f) C'est-à-dire, Prêtre de l'Oratoire de France, parce que cette Congrégation a été établie en France par le Cardinal de Berule. Elle a été ouverte à Paris le 11. Novembre, jour de saint Martin en 1611. C'est aussi le Cardinal de Berule qui a amené les Carmelites en France en 1603. Il est mort en 1629. le 2. Octobre en célébrant la sainte Messe, à ces mots du Canon; *Hanc igitur oblationem, &c.* surquoi on a fait ces deux vers latins:

Cœpta sub extremis nequeo dùm Sacra Sacerdos
Perficere, at saltem victima perficiam.

Il est enterré dans l'Eglise des Pères de l'Oratoire de la ruë saint Honoré, & son cœur est dans celle du grand Couvent des Carmelites, Fauxbourg saint Jacques. Le Père Quesnel est mort en Hollande le 2. Décembre 1719. agé de 85. ans, quatre mois, & 18. jours.

(*g*) Louis Molina, Jésuite Espagnol, Auteur du système sur la Grace, tant débatu dans les fameuses Congrégations, *De auxiliis*, dont la prémière se tint le 2. Janvier 1598. Elles ont duré environ neuf ans sous les Papes Clément VIII. & Paul V.

Ce Jésuite professoit depuis longtems la Théologie dans l'Université d'Evora en Portugal, lorsqu'il fit imprimer pour la prémière fois en 1588. à Lisbonne, son Livre *de la Concorde de la Grace & du Libre Arbitre*. Ce Livre contient le Pélagianisme avec les subtilités que les Jésuites ont inventées pour faire passer plus aisément le Pélagianisme: telles que sont la Science moyenne & le Congruïsme, en quoi consiste la nouveauté du systême que Molina dit lui-même n'avoir été enseigné par personne. Molina & quantité d'autres Jésuites, avouent de bonne foi que saint Augustin, non plus que les autres Pères, ne connoissoient point ce systême.

La Science moyenne & le Congruïsme sont appuyés sur cette monstrueuse maxime; que *le Libre Arbitre dispose en Souverain des secours de Dieu, & qu'il fixe à son gré le succès, ou l'inutilité de ces secours, sans que Dieu décide sur un point si important. L'homme*, dit Molina en propres termes, *peut sans scrupule partager avec Dieu la gloire de son salut, & se glorifier de la coopération de son Libre Arbitre à la Grace:*

Le Livre de Molina n'eut pas vu le jour, qu'il excita de grands troubles, & causa un soulèvement universel. Il y eut même quelques Jésuites qui s'élevèrent contre avec beaucoup de force; mais de tous ceux qui vivoient alors, il n'y en a point qui s'y soit opposé plus vivement que Henri Henriquès, Jésuite Portugais. Il étoit entré dans la Société dès l'année 1552. & est mort à Tivoli en 1603. Il a professé à Salamanque: voici quelques-unes de ses

ses paroles. „ (*) Il s'élève (*Molina*) à la fa-
„ çon des Hérétiques, avec impudence contre
„ les saints Pères qui ont été remplis de l'esprit
„ de sagesse, & il prononce contre eux des bla-
„ sphèmes .... Il est suspect dans la foi,
„ & passe les bornes de la témérité même: en-
„ fin, poursuit Henriquès, il avance certaines
„ choses touchant la Prédestination de Dieu, qu'il
„ étend jusqu'à la personne des Apôtres, qui sont
„ erronées & peut-être même hérétiques, & qui
„ sont contraires à l'Ecriture. Il n'est pas possible
„ de corriger son Ouvrage, étant tout pétri de
„ dogmes dangereux & erronés, qui se trouvent
„ exprimés en une infinité d'endroits; car ce Li-
„ vre (c'est toujours Henriquès qui parle) pré-
„ pare la voie à l'Ante-Christ, par l'affectation
„ avec laquelle il relève les forces naturelles du
„ Libre Arbitre contre les mérites de Jésus-Christ,
„ les secours de la Grace, & la Prédestination,
„ &c.

„ (†) Si une telle Doctrine vient à être soute-
„ nuë par des hommes adroits & puissans, qui
„ soient membres de quelque Ordre Religieux,
„ elle mettra toute l'Eglise en péril, & causera la
„ perte d'un grand nombre de Catholiques. *Quæ Doctrina, si à viris astutis ac potentibus alicujus familiæ defendatur, afferet periculorum discrimen toti Ecclesiæ, & ruinam multis Catholicis.* Tel est l'horoscope que faisoit Henriquès de la Doctrine de Molina, près de six-vingts ans avant la Constitution *Unigenitus.*

(*b*) Lessius étoit de Brabant: il entra dans la Société en 1572. agé de 18. ans, & a vécu jusqu'en 1623. Il a laissé quantité d'Ouvrages de Théologie:

(*) Prémière censure de Henriquès, Jésuite, contre le Livre de Molina en 1594.

(†) Seconde censure de Henriquès en 1597.

gie : les Jésuites l'ont voulu faire passer pour un Saint : ils ont gardé de ses Reliques, & lui ont supposé des miracles ; cependant il a enseigné des maximes abominables sur la Morale. Etant venu enseigner la Théologie à Louvain avec Hamelius son Confrère, ils débitèrent d'un commun accord le nouveau système. La Faculté de Théologie fit en 1587. une censure dans les formes, des Propositions tirées des Ecrits de ces deux Jésuites.

Escobar étoit un autre Jésuite Espagnol & célèbre, qui a compilé & rédigé en un Corps toute la Morale des Jésuites. Voyez les Lettres Provinciales.

Diana n'étoit pas Jésuite, mais il étoit si fort uni de sentimens avec ces révérends Pères, qu'il a presqu'autant d'autorité chez eux, que s'il avoit eu l'honneur d'être de leur Société.

(*i*) Tambourin, Jésuite Italien, s'est rendu célèbre par ses opinions & ses décisions relâchées, que ceux de son parti appellent raisonnables.

(*k*) On lit dans d'autres Editions : *Du grand Vasquez la flatteuse, &c.* Vasquez étoit un Jésuite Espagnol que les Pères de sa Compagnie appellent le saint Augustin d'Espagne; il est plus célèbre par quelques questions incidentes, que par un système de Morale particulier : il soutient, par exemple, Disp. 167. Ch. 4. que les Ecclésiastiques ne sont pas proprement Sujets des Princes. *Ecclesiastici verè non sunt subditi Principibus, cùm ab iis puniri non possint.*

(*l*) Blaise Pascal, un des plus beaux & des plus grands Génies du Règne de Louis XIV. Le Diable l'appelle *Furet*, à cause des recherches & des découvertes qu'il a faites dans les Livres de leurs Auteurs, de leur Doctrine sur l'aumône, la simonie, les larcins, les meurtres, les restitutions, l'amour de Dieu, & la confession à laquelle ils ont apporté de si grands adoucissemens, que les péchés qu'ils n'ont pu excuser, sont si aisés à effa-

cer

cer par leurs nouvelles méthodes, que, comme ils le disent eux-mêmes, *les crimes s'expient aujourd'hui plus allégrement*, alacriùs, *qu'ils ne se commettent.* Imag. Prim. Sæc. L. III. Ch. 8. Voyez les 5. 6. 7. 8. 9. Lettres Provinciales, & sur-tout la dixième. M. Pascal nâquit à Clermont le 19. Juin 1623. Son Père étoit Etienne Pascal, Président de la Cour des Aydes. Il mourut le 19. Août 1662. agé de 39. ans & 2. mois.

(*m*) Voici quelle étoit cette famille: Antoine Arnauld, célèbre Avocat, si connu par le fameux Plaidoyer qu'il fit pour l'Université contre les Jésuites en 1594. épousa la fille unique de M. Marion, qui a été Président & Avocat-Général au Parlement de Paris: il eut d'elle vingt enfans, dont le prémier fut Robert-Arnauld d'Andilly, connu par tant d'Ouvrages célèbres, & Père de M. Simon-Arnauld de Pomponne, Ministre d'Etat; & le dernier fut le Docteur. Il n'en restoit plus que dix quand le Père mourut; quatre garçons & six filles. Des deux autres garçons, l'un fut Henri Arnauld, Evêque d'Angers, & l'autre étant Lieutenant-Mestre de Camp des Carabiniers, fût tué au service du Roi.

Les six filles ont toutes été Religieuses à Port-Royal; car Madame le Maître, l'aînée de toutes, & Mère de ces deux grands hommes M. le Maître, si célèbre dans le Parlement de Paris, & M. de Sacy, si connu par ses Ouvrages Ecclésiastiques, prit aussi l'habit dans cette sainte Maison, dés qu'elle se vit veuve.

La Mère de ces saintes filles s'y étoit aussi fait Religieuse avant Madame le Maître; & les six filles de M. Arnauld d'Andilly, aïant pareillement pris l'habit dans la même Maison, cette heureuse Mère eut cette consolation si rare & si singulière, de mourir Religieuse au milieu de douze filles, ou petites filles, toutes Religieuses comme elle. La Mère Angelique & la Mère Agnès, toutes deux Abbesses de Port-Royal, ont été deux prodiges d'esprit & de piété; & la prémière, après avoir réformé sa Maison, en réforma ensuite plusieurs autres de son Ordre, dont elle a eu la gloire d'être la prémière Réformatrice.

Elle eut le bonheur d'être connuë très-particulièrement de S. François de Salles, qui avoit conçu d'elle une grande estime: la Réforme qu'elle établit dans l'Abbaïe de Maubuisson, fut l'occasion de la liaison qu'elle eut avec le fameux Abbé de saint Cyran, qui fut celui dont Dieu se servit pour jetter les prémiers fondemens de tout le bien qui s'est fait à Port-Royal.

Le Diable a raison de se plaindre ici de la famille des Arnaulds: car il n'y en a point qui ait fourni plus de Sujets tous illustres, & qui ont dans leur manière tous travaillé à la destruction du règne du Démon, ou de celui des Jésuites, qui est la même chose, soit par la sainteté de leur vie opposée à leur morale corrompuë, soit par leurs Ecrits qui combattoient & leur morale & leur doctrine. Tels sont entre autres le Livre de la fréquente Communion par M. Arnauld, Docteur de Sorbonne, qui est la Réfutation d'un Ecrit fait par le Père Sesmaisons, Jésuite: Son Livre de la Tradition de l'Eglise sur la Pénitence & sur l'Eucharistie: Apologie des saints Pères sur la Grace contre le Jésuite Antoine Girard; les Ecrits de M. de Sacy, lesquels ne contenant que la Doctrine des saintes Ecritures & des saints Pères, sont par conséquent contraires à ceux des Jésuites, &c.

(*n*) Michel Baïus étoit un Docteur de Louvain, homme d'une grande simplicité, d'une conscience timorée, d'une piété tendre & d'un grand savoir. Il fut fait Docteur en 1550. & fut nommé mé l'année suivante par l'Empereur Charles V. à la place de Professeur pour l'Ecriture sainte; dans la suite il fut Doïen du Chapitre de saint Pierre de Louvain. Il avoit été envoyé avec deux de ses Confrères au Concile de Trente par ordre du Roi d'Espagne, & par le choix de l'Université.

Il avoit fort étudié les Pères, & en particulier saint Augustin. Les Scholastiques modernes, & sur-tout les Jésuites, qui n'aimoient point ses principes, & le langage qu'il avoit puisé dans S. Augustin & les autres Pères, s'efforcèrent à le rendre odieux, & fomentèrent cet orage qui aboutit à la Bulle qui fut donnée en 1567. On dénonça au Pape Pie V. 76. Propositions dont quelques-unes étoient de Baïus, & ne contenoient que la pure Doctrine de S. Augustin, telle que la 16. *L'obéissance que l'on rend à la Loi sans la charité n'est pas véritable*; ou la 37. *Tout amour de la créature raisonnable, est ou la cupidité vicieuse, par laquelle on aime le monde, & que S. Jean défend, ou cette loüable charité, par laquelle on aime Dieu, & qui est répanduë par le S. Esprit:* d'autres étoient mauvaises, d'autres captieuses, d'autres même contradictoires entre elles; mais ces Propositions n'étoient point de Baïus. On obtint une Bulle qui, sans parler de Baïus, condamnoit les 76. Propositions comme étant respectivement hérétiques, erronées, suspectes, téméraires, &c. Le Pape ne fixa point la qualification qui convenoit à chaque Proposition, & ne détermina point le sens dans lequel chacune étoit condamnable. Il se contenta de dire dans la même Bulle qu'il y en avoit plusieurs qu'on pouvoit soutenir.

Selon qu'on place différemment une virgule, la Bulle dira qu'*on les peut soutenir en rigueur, & dans le sens propre*; ou elle dira que *quoiqu'on les puisse soutenir, le Pape les condamne dans leur sens propre.* Cette virgule causa de grandes disputes. La Faculté de Louvain demanda d'être éclaircie touchant

 cet-

cette malheureuse virgule, & pour éclaircissement, on lui envoya de Rome un Exemplaire imprimé de la Bulle, où il n'y avoit ni points, ni virgules depuis le commencement jusqu'à la fin. Cet Exemplaire est déposé dans les Archives de la Faculté de Louvain.

Baïus addressa au Pape une Apologie très-respectueuse, mais il reçut pour toute réponse qu'il eût à se soumettre sans tergiversation; & on le regarda comme aïant encouru la censure par cette démarche. La conscience timorée de Baïus, que l'idée seule de censure allarmoit, le porta à accorder ce qu'on exigeoit de lui. Il abjura sans savoir ce qu'il abjuroit, & Morillon, Grand-Vicaire du Cardinal de Granvelle, Archevêque de Malines, lui donna une absolution dont il n'avoit pas besoin.

Grégoire VIII. aïant succedé à Pie V. donna une seconde Bulle sur le même sujet, à la sollicitation du P. Tolet, Jésuite, depuis Cardinal, & qui étoit alors Prédicateur du Pape. La Bulle de Grégoire VIII. ne contient que celle de son Prédécesseur en entier, avec un Préambule. Tolet porta cette Bulle à Louvain en 1580. Il la lut à la Faculté, & l'engagea à l'accepter; il exigea même une acceptation particulière de Baïus, qui la lui accorda par les mêmes motifs qui l'avoient porté à accepter la première.

Au reste, ces deux Bulles n'ont jamais été reçues canoniquement par l'Eglise, & en particulier par l'Eglise de France, comme on le peut voir dans la seconde Lettre du P. de Gennes à M. l'Evêque d'Angers, & dans l'Instruction Pastorale de M. le Cardinal de Noailles de Janvier 1719.

(*o*) Corneille Jansénius, Docteur de Louvain, & depuis Evêque d'Ypre, nâquit en 1585. en Hollande au Village d'Acquoi, près de Leerdam & de Rotterdam. Son Père s'appelloit Jean Otto. Sa famille étoit demeurée dans la Religion Catholique. Il fit ses études à Louvain, & ce fut à cette occasion

ſion qu'il prit le nom de *Janſénius*, c'eſt-à-dire, fils de Jean. Il puiſa dans cette célèbre Univerſité les ſentimens de S. Auguſtin ſur la Grace, qui s'étoient conſervés dans leur pureté dans la Faculté de Théologie, & qu'elle avoit défendu avec tant de zèle contre les nouveautés des Jéſuites. Il connut l'Abbé de S. Cyran, & ils ſe mirent tous deux ſous la conduite de Fromond. Son application à l'étude aïant altéré ſa ſanté, on l'obligea de changer d'air & de climat. Il paſſa un tems conſidérable en France, où il cimenta ſes liaiſons avec l'Abbé de S. Cyran. Il ſe confirmèrent mutuellement dans l'eſtime des vérités de la Grace, & ils puiſèrent la ſaine Théologie dans les plus pures ſources, en étudiant enſemble à Bayonne pendant ſix ans, l'Ecriture, les Pères, & ſur-tout S. Auguſtin, avec un travail infatigable.

Par-là ils s'étoient rendus l'un & l'autre ſupérieurs en lumières à la plupart des Théologiens de ces tems-là, dont les principes ſe reſſentoient des obſcurciſſemens que les plus importantes vérités de la Religion avoient ſoufferts, ſur-tout depuis les Congrégations *de Auxiliis*.

Janſénius étant retourné à Louvain en 1617. y profeſſa la Théologie, & fut enſuite nommé par le Roi d'Eſpagne, pour expliquer l'Ecriture ſainte. Enfin il fut fait Evêque d'Ypre en 1636. Il mourut le 6. Mai 1638. de la peſte, dont il avoit été atteint en viſitant ſes Diocéſains affligés de ce fleau.

Il a compoſé pluſieurs ouvrages, tant de Controverſe, que ſur l'Ecriture. Mais ſon *Auguſtinus*, auquel il travailloit depuis longtems, qu'il acheva dans les derniers jours de ſa vie, & qui ne fut imprimé qu'après ſa mort, a été, comme l'on ſait, l'occaſion de grands troubles dans l'Egliſe. Il avoit travaillé à ce Livre de concert avec l'Abbé de St. Cyran, à qui il rendoit compte de ſon ouvrage par lettres.

Les Jéſuites s'intriguèrent pour l'empêcher de pa-

 roinoître ; & ils mirent en mouvement la Cour de Rome. Cependant le Livre parut à Louvain, & ensuite à Paris, muni de l'approbation de tout ce qu'il y avoit de plus éclairé en Flandre & en France.

L'Inquisition de Rome donna le 1. Août 1641. un Décret par lequel elle défendoit la lecture de l'*Augustin* de Jansénius, & des Ecrits qui avoient paru pour & contre.

Urbain VIII. donna le 6. Mars de l'année suivante une Bulle, où il déclare que l'*Augustin* de Jansénius renferme & soutient plusieurs Propositions déjà condamnées, &c.

Dés l'Avent de l'année 1642. M. Habert, Théologal de Paris, & depuis Evêque de Vabres, excité par le Cardinal de Richelieu, à qui Jansénius étoit odieux, à cause de son attachement au Roi d'Espagne dont il étoit sujet, se déchaîna publiquement en Chaire contre le Livre de Jansénius, où il prétendoit avoir trouvé quarante hérésies. M. Arnauld engagé à la défense des vérités de la Grace par M. l'Abbé de S. Cyran, & encore plus par son zèle, & par son état de Docteur, commença la prémière Apologie de Jansénius, qui fut publiée en 1644. Elle convainquit toutes les personnes équitables, que M. Habert n'avoit pu parvenir à trouver des erreurs dans Jansénius, qu'en lui imputant des choses qu'il ne soutenoit pas, ou en prenant pour des erreurs les principes de S. Augustin, & en adoptant lui-même ceux des Pélagiens.

M. Habert modéra son zèle, & dans un Ecrit qu'il fit contre l'Apologie, il réduisit à 12. les 40. hérésies. Cet Ecrit fut réfuté par une seconde Apologie de M. Arnauld.

Enfin le 1. Juillet 1649. M. Cornet, Syndic de la Faculté qui, en quittant la Robe de Jésuite, n'en avoit pas dépouillé les sentimens, & qui l'étoit encore *incognito*, présenta dans l'Assemblée cinq Propositions, en quoi, par une seconde réduction, consistoit toute l'hérésie de Jansénius. Tout

le

le monde sait combien ces cinq Propositions, qui ne se trouvent point dans Jansénius, si ce n'est la prémière, dont les termes s'y lisent à la vérité; mais non avec le sens qu'elle semble présenter étant déplacée, ont causé de ravage dans l'Eglise, & l'usage que les Jésuites, qui les ont tirées de leur manufacture, en ont fait, pour persécuter tout ce qu'il y a eu jusqu'à présent de gens de bien.

(p) C'est que dans la 82. Proposition condamnée, le P. Quesnel enseigne que le Dimanche doit être sanctifié par des lectures de piété, & sur-tout des saintes Ecritures.

(q) La feuille des Bénéfices, qui étoit entre les mains du P. Confesseur pendant le règne de Louïs XIV.

(r) Le P. Quesnel a écrit deux Lettres très-respectueuses au Pape pour lui demander seulement la grace d'être entendu dans ses défenses, avec promesse de se soumettre en tout, en cas que ses Ecrits ne fussent point trouvés orthodoxes. Il publia deux Ecrits pour sa défense pendant l'Assemblée des Evêques; mais il n'a jamais pu obtenir ni du Pape, ni des Evêques, ce qui ne se refuse jamais aux plus grands scélérats, même parmi les Peuples barbares.

(s) Ville de Portugal; c'est une Université où les Jésuites dominent. Ces R. R. P. P. y ont soutenu que la Bulle *Unigenitus* devoit être regardée comme règle de foi descenduë du Ciel pour réformer la Théologie. Cette Université dans sa Lettre au Pape pour le complimenter sur sa Bulle *Unigenitus*, lui dit; Notre Université reconnoit que c'est Dieu-même qui a parlé par la bouche du souverain Pontife; au troupeau sur qui le S. Esprit la constitué l'Evêque universel pour gouverner l'Eglise de Dieu. *Non ignorat Conimbriensis Academia Dominum locutum esse per os summi Pontificis universo Gregi, in quo eum Spiritus Sanctus posuit universalem Episcopum regere Ecclesiam Dei.*

(t) Libère étoit Evêque de Rome dans le tems

que Constance gouvernoit l'Empire Romain. Cet Empereur qui favorisoit l'Arianisme, persécutoit violemment ceux qui soutenoient la Consubstantialité du Fils. Il envoya Libère en exil, d'où ce Pape ne revint qu'après avoir signé une formule de foi conforme aux sentimens Ariens. Il est mort le 24. Septembre 366. Il souscrivit à la condamnation de S. Athanase, l'an 357.

(v) Vigile étoit Pape du tems de l'Empereur Justinien. Son adhésion au V. Concile a donné lieu de croire qu'il avoit prévariqué & contredit la définition du Concile de Chalcedoine. Il défendit d'abord, & ensuite condamna les trois Chapitres. Il est mort le 20 Janvier 555.

(x) Ce sont les différentes qualifications dont le Pape flétrit dans sa Bulle les cent & une Propositions, sur lesquelles il prononce ainsi:

„ Nous déclarons par la présente Constitution, „ qui doit avoir son effet a perpétuité, que nous „ condamnons & réprouvons toutes & chacunes „ les Propositions ci-dessus rapportées, comme é„ tant respectivement fausses, captieuses, mal-son„ nantes, capables de blesser les oreilles pieuses; „ scandaleuses, pernicieuses, téméraires, injurieu„ ses à l'Eglise & à ses usages, outrageantes, non„ seulement pour elle, mais pour les Puissances sé„ culières, séditieuses, impies, blasphématoires; „ suspectes d'hérésie, sentant l'hérésie, favorables „ aux Hérétiques, aux hérésies & au schisme; er„ ronées, approchantes de l'hérésie, & souvent „ condamnées; enfin comme hérétiques, & com„ me renouvellant diverses hérésies, principale„ ment celles qui sont contenues dans les fameuses „ Propositions de Jansénius, prises dans le sens au„ quel elles ont été condamnées."

(y) Le P. Timothée de la Flèche, Définiteur Général des Capucins à Rome. Il étoit un des Agens des Jésuites à Rome pour accélérer les affaires de la Constitution, comme on le peut voir par une

une Lettre que le P. Tellier lui écrivit le 16. Février 1713. qui est rapportée tout-au-long dans la prémière partie des Anecdotes, pag. 112. Ce fut lui qui apporta de Rome la Barette au Cardinal de Bissy le 8. Juin 1715. aussi en étoit-il singulièrement considéré. Il avoit son logement dans l'Abbaïe de S. Germain; mais cette Eminence eut la mortification d'être témoin elle-même du mépris que les honnêtes gens en faisoient. Le Cardinal de Polignac entrant chez le Cardinal de Bissy pour y diner, le jour qu'on avoit fait à l'Abbaïe un service au Roi défunt, fit dire à son Confrère, dés qu'il apperçut ce Capucin dans la Salle, qu'il ne resteroit point à diner chez lui, si cet homme se mettoit à table. Quand on l'eut envoyé diner à sa chambre, le Cardinal de Polignac s'étendit sur toutes les indiscrétions de ce Moine, & le traita de fripon, & d'homme qui l'avoit décrié dans l'esprit du Pape, comme il avoit fait beaucoup d'autres gens de bien.

Les six vers qu'on a mis en italiques, ne sont point dans l'Edition de 1721. il y a apparence qu'ils ne sont point de l'Auteur. Prémièrement ce n'est point le P. Timothée de la Flèche qui a apporté la Constitution de Rome. Le lendemain que le Pape l'eut signée, c'est-à-dire, le 9. Septembre 1713. il en remit des Exemplaires au Cardinal de la Trimouille, pour les envoyer au Roi avant qu'elle fût publiée à Rome, & quelques jours après le Cardinal dépêcha un Courier extraordinaire pour l'apporter en France. Ce Courier arriva le 24. Septembre lorsque la Cour étoit à Fontainebleau.

D'ailleurs, il y a dans *Timothée de la Flèche* une faute de versification qui ne sauroit passer pour une négligence.

(2) M. le Cardinal de Noailles. Ses Adversaires les plus outrés, & qui le traitoient de Schismatique, ont été forcés d'avouër qu'on ne pouvoit s'opposer aux volontés d'un puissant Roi, ni à celles du Pape, avec plus de courage, & en même tems

avec

avec plus de respect qu'il a fait. Son amour pour la paix, le désir de voir finir les troubles de l'Eglise, la crainte d'un Schisme qui lui paroissoit inévitable, s'il se fût trop roidi contre le torrent, un grand fond d'attachement au S. Siége, & un caractère d'esprit peu propre pour les partis vigoureux, & pour les grandes résolutions, l'avoient engagé dans un systême de ménagement & de condescendance, dont l'évènement a montré plus clairement que ne pourroient le faire tous les raisonnemens théologiques, que ce Parti n'étoit pas celui auquel il falloit s'attacher dans une affaire pareille à celle de la Constitution *Unigenitus*. Il avoit de ce Décret la même idée que feu M. du Mans. Il le regardoit comme un poison qu'on pouvoit avaler, en le tempérant par un bon contrepoison qui en empêchât les mauvais effets. Aussi l'a-t-on vu perpétuellement occupé ou à obtenir, ou à donner de bonnes explications à la Bulle; à les faire autoriser par le Pape, ou par les Evêques de France; à les lier si bien avec la Bulle, qu'elles n'en pussent point être détachées.

Ceux qui n'ont pas connu son caractère doux & pacifique, & incapable de soupçonner le mal dans son prochain, ne peuvent s'empêcher d'être surpris comment il a pu ne pas voir que ses ennemis ne tendoient, par toutes les fausses espérances dont ils l'ont amusé pendant tant d'années, qu'à l'amener insensiblement à une acceptation pure & simple, à laquelle il a toujours marqué une très-grande opposition; mais ce qu'ils n'ont pu obtenir de lui de bonne guerre, ils l'ont obtenu par surprise. Il a paru de lui un Mandement d'acceptation pure & simple de la Constitution en date du 11. Octobre 1728. il ne faut que le lire pour reconnoitre qu'il n'est pas de lui, c'est-à-dire, que quand il l'a signé, il a cru signer toute autre chose, comme il feroit facile de le démontrer, si c'en étoit ici le lieu.

(*a*) Isoré d'Hervault, Archevêque de Tours. Il fut un des neuf Prélats opposans de l'Assemblée de 1714.

1714. C'étoit un Prélat respectable pour l'intégrité de ses mœurs, par son âge, & par sa longue expérience. Le Public lui rendoit la justice de le regarder comme un des Evêques du Royaume des plus distingués par sa capacité, & par la solidité de son jugement.

Il avoit appris à connoitre la Cour de Rome par le séjour qu'il y avoit fait en qualité d'Auditeur de Rote. Il se rencontra un jour avec Clément XI. qui étoit alors le Cardinal ou le Seigneur Albano. La conversation tomba sur la matière des Libertés de l'Eglise Gallicane. Le Seigneur Albano demanda avec mépris à l'Abbé d'Hervault ce que c'étoit donc que ces Libertés, & quel en étoit le fondement, & ajonta que si jamais il étoit Pape, il en feroit bien voir le foible. *Et moi*, répliqua l'Abbé d'Hervault, *si Dieu permettoit que je fusse alors Evêque, je me promets que je vous en ferois voir l'importance & la solidité.*

Il fut un des prémiers qui envisagea le remède de l'appel au futur Concile, & cela dés le tems de l'Assemblée de 1714. mais il n'a pas eu la consolation de le voir mettre en œuvre. Il méditoit, non sans une grande inquiétude sur la conservation du dépôt de la Doctrine, qui lui paroissoit dans un extrême danger par la Constitution. *Il faut*, disoit-il, *pourvoir à l'état de nos Eglises pour les tems qui viendront aprés nous.* Il est mort le 9. Juillet 1716.

(*b*) Henri Pons de Thiard de Bissy, Evêque de Meaux. Toute la conduite de ce Prélat fait horreur: il faudroit un Volume entier pour décrire toutes les manœuvres & les fourberies qu'il a mises en usage pour servir la Cour de Rome & celle de France dans l'affaire de la Constitution. Aussi n'a-t-il pas travaillé infructueusement; il a été recompensé de l'une par le Chapeau de Cardinal, & de l'autre par l'Abbaïe de S. Germain des Prez. Voyez l'histoire de la Constitution & les Anecdotes.

(*c*) Le Diable parle ici de l'Assemblée des Evêques qui se fit par ordre du Roi pour l'acceptation

de

de la Bulle. Elle commença le 16. Octobre 1713. & dura jusqu'au 5. Février 1714. jour auquel les quarante Evêques signèrent le Procès verbal d'acceptation. Quand tout fut terminé, le Cardinal de Rohan sortant de la Salle, dit au Cardinal de Noailles qui n'avoit point voulu signer, qu'il ne s'étoit conduit comme il avoit fait, qu'après avoir consulté les Théologiens les plus rigoristes; *& moi*, lui répondit son Confrère, *je n'ai pris mon parti qu'après avoir consulté les plus relâchés, qui m'ont assuré que je ne pouvois en conscience me conduire d'une autre manière.*

Rien n'est plus plaisant que le bon mot de l'Evêque du Mans à l'occasion des sens forcés que les XL. Evêques avoient donnés aux Propositions condamnées; *si le parti*, dit-il, *que les XL. Evêques ont pris, met la foi à couvert, il est certain qu'il n'y met pas la bonne foi.*

Un jour que l'Evêque de Vence dinoit à Ste. Géneviève, où il ne cessoit de dire que la Constitution ne valoit rien, on lui demanda pourquoi donc il l'acceptoit; *c'est*, répondit-il, *qu'il n'étoit pas possible de faire autrement, sans s'arracher le blanc des yeux, & se battre les uns contre les autres.* La plupart dirent seulement: *c'est que le Roi l'a voulu.*

(*d*) C'est un acte des neuf Evêques Opposans qui devoit être signifié à Messieurs les Agens du Clergé le 15. Janvier 1714. par lequel ils déclaroient qu'ils ne se trouveroient point à l'Assemblée, qui devoit se tenir pour délibérer sur l'acceptation de la Bulle, parce que les Actes qui leur avoient été communiqués, ne leur paroissoient pas suffisans pour conserver la vérité, la paix de l'Eglise, & les maximes du Royaume. Peut-être l'Auteur entend-il aussi les Mandemens que chacun de ces Evêques fit, quand ils furent retournés dans leurs Diocèses, où ils furent exilés.

(*e*) C'est le Cardinal de Rohan, à qui en effet on ne peut ôter, sans injustice, la prééminence sur tous ses Confrères pour la venusté du visage.

Les

Les Assemblées pour le travail se tinrent toutes à l'Hôtel de Soubise chez le Cardinal de Rohan. Quand l'Instruction Pastorale fut dressée, il fut résolu qu'on partageroit en quatre troupes tous les Evêques, & qu'on les inviteroit successivement pendant quatre jours, à venir dîner à l'Hôtel de Soubise, où l'on crut qu'il étoit expédient de leur communiquer la lecture de l'Instruction Pastorale, pour s'assurer de leur suffrage le plus adroitement qu'il seroit possible, afin que, lorsqu'on commenceroit à s'assembler à l'Archevêché, les délibérations ne fussent plus qu'une simple cérémonie, & qu'on pût dès auparavant compter avec certitude sur la pluralité des voix.

Quand cette distribution de Prélats eut été faite selon la date de leur consécration; on employa le Mardi 9. Janvier, & les trois jours suivans, à ces Fêtes Episcopales. L'abondance & la délicatesse y régnoient avec le goût le plus exquis. A la vuë de ces profusions magnifiques & assaisonnées de conversations vives & légères, quelques-uns des convives furent assez Gothiques pour réfléchir sur les Evêques du vieux tems, qui se préparoient à l'examen des Dogmes de la Religion par la prière & par le jeûne.

(*f*) Ce sont les neuf Evêques Opposans qui n'ont point signé l'Instruction Pastorale des XL. savoir le Cardinal de Noailles, l'Archevêque de Tours, & les Evêques de Verdun, de Laön, de Châlons, de Senez, de Boulogne, de S. Malo, & de Bayonne.

(*g*) C'est-à-dire, au sujet de la 91. Proposition condamnée. *La crainte même d'une excommunication injuste ne nous doit jamais empêcher de faire notre devoir.*

C'est une chose risible que la manière dont les XL. Evêques s'expriment dans leur Instruction Pastorale sur cette Proposition, pour y trouver un sens condamnable. *Si l'injustice*, disent-ils, *de l'excommunication est constante, si le devoir est un devoir réel & véritable, la Proposition renferme une vérité à laquel-*

quelle il est impossible de se refuser. Au moyen de cette explication ils ont accepté la Constitution, & par conséquent condamné la Proposition. Il faut donc qu'ils aient supposé que, par le mot d'injustice, le P. Quesnel avoit entendu une injustice qui n'est pas une vraie injustice, & par celui de devoir, un devoir qui n'est pas un vrai devoir.

(*h*) Le Général des Jésuites fait toujours sa résidence à Rome. Le Diable dit qu'ils sont *vils Esclaves* de ce Général : en effet, leur Institut porte qu'ils doivent écouter sa voix, & ses commandemens, comme la voix de Jésus-Christ, *Superioris vocem ac jussa non secùs ac Christi vocem excipite.* Et d'autant que les choses que les Supérieurs commandent, pourroient quelquefois sembler injustes & absurdes, & que pour cette raison on pourroit se croire dispensé de l'obéissance, comme cela est en effet, il leur est ordonné de captiver leur jugement, & de ne s'ingérer en aucun examen, à l'exemple d'Abraham ; ce qui est appellé chez eux *cæca simplicitas.* Il est aisé de voir les funestes conséquences d'une telle Règle.

(*i*) C'est-à dire, la Constitution *Unigenitus*, qui par la condamnation des Propositions 87. & 88. anéantit les Règles de la Pénitence.

(*k*) Le Parlement de Paris.

(*l*) La Pyramide de Jean Châtel. Voyez la seconde Sarcelle, p. 51.

(*m*) Ce petit accident est l'attentat de Jean Châtel sur la personne de Henri IV.

(*n*) C'est l'Arrêt d'enregistrement des Lettres Pat. & de la Constitut. Celle-ci ne fut enregistrée qu'avec diverses modifications & restrictions, qui la détruisent plutôt qu'elles ne lui donnent de la force & de l'autorité. Car comme ce feroit détruire un Symbole de foi, que d'en rejetter un seul article, c'est aussi détruire une Constitution qu'on propose comme Règle de foi, que de ne la recevoir qu'avec des modifications ou restrictions, puisque

que c'est suppofer que l'autorité d'où elle est émanée, non seulement peut tomber dans l'erreur, mais même qu'elle y est tombée; & qu'ainsi son jugement ne peut servir de Règle infaillible.

Nous pouvons placer ici l'avis d'un Conseiller des Enquêtes lorsque le Roi vint tenir son lit de Justice pour faire enregistrer sa Déclaration du 24. Mai 1730.

Un Jugement de l'Eglise universelle, dit-il, en matière de Doctrine, est un oracle du S. Esprit: il n'est permis à aucune Puissance, ni d'y toucher, ni de le modifier, ni de le restraindre; & tout fidèle doit à une telle décision, une soumission parfaite & entière, une obéissance de toute espèce. Or le Parlement a jugé que l'intérêt du Roi & de l'Etat demandoit qu'on restraignît la Bulle par des modifications: il a jugé qu'on ne devoit point à la Bulle une obéissance de toute espèce, *omnimodam obedientiam;* & Sa Majesté a rappellé & autorisé ces décisions du Parlement dans la Déclaration de 1720. donc on ne peut regarder la Bulle comme un jugement de l'Eglise en matière de Doctrine, c'est chose jugée. Modifier & restraindre un jugement de l'Eglise en matière de Doctrine; c'est impiété. Ne pas modifier la Constitution, ou anéantir des modifications qui sont plus nécessaires que jamais, c'est felonie.

Il y a une différence infinie entre accepter rélativement à des modifications, & accepter purement & simplement; entre ce qu'a fait le Parlement [en 1714.] & ce qu'on veut qu'il fasse aujourd'hui, que l'on demande une acceptation pure & simple.

Pour accepter la Bulle comme le veut la Déclaration [du 24. Mars 1730.] il faut penser comme la Bulle sur toutes les propositions qu'elle condamne, c'est ce qu'elle exige sous peine d'excommunication; or depuis la Légende & les Brefs, on sait certainement que l'Auteur de la Bulle pense sur la 91. Proposition, qu'en plusieurs cas il est en droit d'ar-

ra-

racher le sceptre des mains du Roi, & de disposer de sa Couronne. *Où avez-vous pris*, dit Monsieur le Chanceller à l'Opinant, *que le Pape pense ainsi? Dans la Légende*, répondit-il avec plusieurs autres Magistrats qui se joignirent à lui; *Tout cela est si effrayant*, ajouta-t-il, *que je ne crois pas qu'il y ait d'autre parti à prendre que de prier le Roi de retirer sa Déclaration.*

(*o*) Louïs XIV. est mort le prémier Septembre 1715. ce qui l'empêcha de venir au Parlement pour faire enregistrer la fameuse Déclaration, qui enjoignoit aux Evêques de recevoir & faire publier la Constitution dans leurs Diocèses, à peine d'être procédé contre eux, &c. Cette Déclaration devoit servir de fondement au jugement qu'on devoit porter contre le Cardinal de Noailles & les autres Evêques Opposans.

Ceux qui liront cet Ecrit ne seront peut-être pas fâchés que nous rapportions ici quelques circonstances touchant ce qui se passa à la Cour par rapport à la Constitution, quelques jours avant la mort du Roi.

Tout le monde se plaignoit hautement à Paris & à la Cour, que ceux qui avoient la confiance du Roi, ne l'engageassent point à voir son Archevêque. M. Doremieux, célèbre Avocat, écrivit à M. le Cardinal de Rohan, que s'intéressant sur un fait comme celui-là, qui soulevoit le Public, il ne pouvoit comprendre qu'on laissât mourir le Roi dans une espèce de séparation de communion d'avec son propre Pasteur. M. le Cardinal de Rohan dit, que M. le Cardinal de Noailles ne pouvoit venir voir le Roi, à moins que ce ne fût de sa part pour réparer le passé; & que sans cela, si le Roi le recevoit, ce seroit de la part de Sa Majesté une abjuration de tout ce qu'elle avoit fait. Le murmure sur une pareille conduite fut si grand, qu'il pénétra jusqu'à Mademoiselle d'Aumale, qui le dit à Madame de Maintenon, & lui en fit voir les conséquences. Cette Dame en parla au Roi l'après-dinée du Lundi 26. Août.

Août. *Vraiment*, répondit le Roi, *je serois bien-aise de le voir, & je serois fâché de mourir brouillé avec lui.* Sur cela M. le Cardinal de Rohan & le P. Tellier furent appellés. Celui-ci dit au Roi, que s'il voyoit M. le Cardinal de Noailles, on ne manqueroit pas de dire que Sa Majesté se seroit répentie à la mort, & que ce seroit avouër son tort; mais que si ce Cardinal vouloit accepter la Constitution, Sa Majesté pourroit le voir. Le Roi répliqua: *Mais je n'ai rien dans le cœur de personnel contre lui; je l'ai toujours estimé & aimé; que M. le Chancelier écrive, & qu'on mette au moins dans la Lettre quelque chose d'obligeant de ma part.* Ces Messieurs se retirèrent pour composer une Lettre qui ne fut finie qu'à huit heures du soir: ils la firent signer à M. le Chancelier, qui n'avoit point quitté la chambre du Roi, & dépêchèrent un Courier à Paris pour la rendre à M. le Cardinal de Noailles. Cette Lettre portoit; „ Que lui „ Chancelier, avoit été témoin que Madame de „ Maintenon avoit rendu compte au Roi de la pei„ne que son Eminence souffroit de ne pouvoir lui „ rendre ses devoirs, & même d'avoir lieu d'appré„hender qu'il ne restât à Sa Majesté quelque res„sentiment contre elle; que le Roi lui avoit com„mandé sur le champ de lui écrire, qu'il ne restoit „ dans son cœur ni dans son esprit rien de person„nel contre elle, Sa Majesté aïant fait un sacrifice „ sincère à Dieu de tout ce qui pouvoit intéresser „ son autorité dans la résistance que son Eminence „ avoit apportée à l'exécution de ses ordres, pour „ la reception & la publication de la Constitution, „ depuis même qu'elle avoit été acceptée par plus „ de 115. Evêques de France; que Sa Majesté le „ recevroit avec plaisir, & qu'elle auroit même u„ne consolation particulière de mourir entre les „ bras de son Archevêque; mais que la condition „ qu'elle lui imposoit, étoit de faire sincèrement „ son acceptation suivant le projet qu'on lui avoit „ proposé au mois de Mai dernier, & de donner

„ son

„ son Instruction Pastorale séparée de l'acceptation; „ que si son Eminence étoit prête à souscrire à ces „ articles, elle pouvoit venir sur le champ; qu'el- „ le seroit reçuë à bras ouverts, & que rien ne „ pouvoit faire un plaisir plus sensible au Roi, mais „ que tant qu'elle demeureroit dans le sentiment „ de se séparer du Corps des Pasteurs, ne voulant „ déférer ni à l'autorité du S. Siége, ni à l'exemple „ de presque tous les Evêques du Royaume, ni à „ l'autorité du Roi, que Sa Majesté n'employoit „ en cette occasion que pour appuyer la décision „ de l'Eglise, Sa Majesté ne croyoit pas devoir „ consentir que son Eminence vint la trouver; „ qu'il sembleroit par cete dernière action, que „ Sa Majesté autoriseroit la conduite qu'avoit te- „ nuë son Eminence; que la Religion s'y trouvant „ intéressée, le motif qui arrêtoit Sa Majesté pa- „ roissoit insurmontable, & que l'on ne pouvoit „ même lui proposer de se relâcher de cette fermé- „ té, fondée sur un principe de zèle pour la Reli- „ gion & pour la bonne cause." La Lettre finissoit par une exhortation pressante à M. le Cardinal de Noailles, de se conformer à ce qu'on lui proposoit.

La réponse que M. le Cardinal de Noailles fit à cette Lettre fut tendre & ferme.

„ Dieu seul connoit, y disoit-il, jusqu'où va „ ma douleur de ne pouvoir rendre mes derniers „ devoirs au Roi. Je n'ai pu refuser à mon atta- „ chement inviolable & tendre pour Sa Majesté „ d'en demander la permission; mais je regarde „ votre Lettre, Monsieur, moins comme une per- „ mission que comme une défense. La triste con- „ jonture où je me trouve, ne change rien à l'af- „ faire qui m'a attiré la disgrace du Roi, & ne me „ permet pas de faire présentement ce que j'ai cru „ ne pouvoir faire en conscience, lorsque Sa Ma- „ jesté étoit en pleine santé. Ce seroit une grande „ joie pour moi de donner au Roi quelque conso-

„ lation, & de lui faire connoître le fond de mon „ cœur, qui est pénétré de la plus vive reconnois„ sance, & prêt à tout sacrifier, à la réserve de „ ma conscience. Je conserverai jusqu'au dernier „ soupir de ma vie tous les sentimens que je dois „ au Roi, qui ne cèdent qu'à ceux que je dois à „ Dieu. Il ajoutoit, qu'il avoit mis en prière, aussi„ tôt qu'il en avoit eu la liberté, tout Paris, pour „ la conservation & la sanctification du Roi : qu'en „ son particulier il faisoit son devoir avec tout le „ zèle possible; & que le Courier l'avoit trouvé „ aux piés du saint Sacrement, &c."

Cette Lettre, lorsqu'elle fut venuë à la connoissance du Public, n'augmenta pas peu les murmures. M. le Cardinal de Noailles fut contraint de la montrer à quelques personnes pour arrêter l'abus qu'en faisoient ses Adversaires, en répandant le bruit qu'il avoit sèchement refusé au Roi la consolation de le voir avant sa mort. Ces discours furent portés jusque dans l'assemblée du Clergé qui se tenoit alors; & au recit qui en fut fait par l'Abbé de Broglie, un Evêque (*) s'écria : *Puisque ce Cardinal n'a pas voulu voir le Roi avant sa mort, nous devrions tous former aujourd'hui la résolution de ne le voir jamais.* Mais lorsque le fait fut éclairci, toute la haine de ce prétendu refus retomba sur ceux qui réduisoient l'Archevêque de Paris à la douloureuse situation de ne pouvoir voir dans les derniers momens, son Roi & la prémière brebis de son troupeau, qu'en se deshonorant & en trahissant sa conscience.

Cela regardoit principalement le P. Tellier, qui depuis la maladie du Roi, s'étoit tellement emparé de son esprit pour tout ce qui avoit rapport à la conscience, que personne n'osoit le contredire. Cependant il ne put obtenir du Roi qu'il donnât aucuns

(*) M. Madot, Evêque de Chalon sur Saône.

cuns ordres au sujet de la Constitution. Il lui présenta jusqu'à quatre fois le 22. Août un papier à signer, pour obliger M. le Duc d'Orléans à suivre à Rome & en France ce que Sa Majesté avoit commencé; & elle le refusa. Mais il se fit le lendemain désigner Confesseur du jeune Roi par le même Codicile où M. Fleuri, ancien Evêque de Fréjus, fut nommé son Précepteur. Trois jours après, ce Père retourna encore à la charge; & lorsqu'il recommandoit au Roi la Constitution, & qu'il le prioit en présence des Cardinaux de Rohan & de Bissi, de donner sur cela des ordres qui assurassent l'exécution de ses intentions à cet égard, le Roi leur dit, qu'*ils savoient bien que jamais il n'avoit entendu cette affaire, qu'il s'étoit conduit par leur avis, qu'il s'en remettoit à leur conscience, & qu'ils en répondroient devant Dieu.* Tous trois lui répondirent avec une confiance & une hardiesse, qui fit frémir quelques-uns de ceux qui étoient présens, & qui n'étoient pas autrement convaincus de la justice de leur cause; qu'*ils se rendoient volontiers les cautions de Sa Majesté; qu'elle ne devoit avoir aucune peine d'avoir suivi le Pape & les Evêques; & que pour eux, ils n'avoient eu égard qu'à la gloire de Dieu, au service de l'Eglise, & à l'acquit de leur conscience.* Le Roi leur dit encore dans une autre occasion: *Je suis de la meilleure foi du monde; si vous m'avez trompé, vous êtes bien coupables, car je ne cherche que le bien de l'Eglise.*

Il conserva jusqu'à l'extrémité une présence d'esprit admirable. La fermété avec laquelle il soutint pendant plusieurs jours la vuë de la mort, toutes ses paroles, tous ses sentimens furent dignes d'un grand Roi, & feront toujours regretter qu'un Prince si religieux n'ait pas eu sur les affaires Ecclésiastiques des Conseillers aussi desintéressés, que ses intentions étoient droites. *Hist. du Liv. des R. 1. Part. p. 385. & suiv.*

(*p*) Le Cordon bleu que portent les Chevaliers de l'Ordre du S. Esprit, institué par Henri III. qui en en solemnisa la Fête le prémier Janvier 1559. dans l'Eglise des Augustins de Paris. *Mezerai, Vie de Henri III.*

(q) Le Bâton de Maréchal de France.

(r) Ce sont les quatre Evêques de Montpéllier, de Senez, de Mirepoix, & de Boulogne, qui ont appellé au futur Concile par acte passé le prémier Mars 1717. auquel la Faculté de Théologie de Paris a adhéré le 5. du même mois.

(s) Ce sont les Lettres *Pastoralis officii* addressées par Clément XI. à tous les Fidèles, par lesquelles il déclare qu'il tient les *Opposans* séparés de lui, ainsi que de sa charité & de celle de la sainte Eglise Romaine; & que par conséquent ils n'auront plus ni avec lui, ni avec la sainte Eglise Romaine, de Communion Ecclésiastique. La date de ces Lettres est du 7. Août 1718. Elles ont été publiées & affichées à Rome le 8. Septembre suivant. Le Parlement de Paris & plusieurs autres Parlemens de France à son exemple, ont appellé comme d'abus de ces Lettres. L'Arrêt de celui de Paris est du 3. Octobre 1718. rendu par la Chambre des Vacations, confirmé par un second Arrêt du 10. Janvier 1719. Les IV. Evêques, M. le Cardinal de Noailles, & tous ceux qui ont appellé de la Constitution, ont aussi appellé des Lettres *Pastoralis officii.*

(t) M. le Cardinal de Noailles a publié son appel de la Constitution le 24. Septembre 1718. & celui des Lettres *Pastoralis officii* le 3. Octobre suivant. Son appel de la Constitution avoit paru imprimé dès la fin de Novembre 1717. sans qu'on sût par quelle voie. Les Exemplaires en furent par cette raison supprimés par Arrêt du Parlement, du consentement & même à la réquisition de cette Eminence. *Anecd. 2. Part. pag. 316. & suiv.*

L'appel de ces Lettres des IV. Evêques est du mois d'Avril 1719.

(v) M Isoré d'Hervault, Archevêque de Tours, mort le 9. Juillet 1716.

(x) Le Chapitre Métropolitain de Tours a fait son appel pendant la vacance du Siége, tant de la Constitution, que des Lettres *Pastoralis officii*, le 3. Septembre 1718.

(y) Le Diable a ici en vuë l'acte d'appel de deux Laïques, le père & le fils de Chauny, Diocèse de Noyon, tant de la Constitution, que du Mandement de séparation de leur Evêque. Ils s'appelloient tous deux Simon de Hagues. Leur acte est du 14. Février 1719. Il a été imprimé avec une Lettre de la femme du fils, par laquelle elle assure que c'est lui rendre justice que de croire qu'elle prend part à l'appel de son beau-père, & de son mari, parce que la Constitution est un nouvel Evangile auquel elle ne peut se soumettre.

(z) On attribuë cette réponse à M. Petitpied, Docteur de Sorbonne.

(a) Toute l'Europe sait le changement arrivé, par rapport au Père le Tellier, après la mort de Louïs XIV. Le Prince Régent lui ordonna de se retirer à Amiens.

(b) Le Cardinal de Noailles aïant interdit la Confession & la Prédication aux Jésuites, les Confesseurs se retirèrent à Pontoise, petite ville à sept lieuës de Paris, Diocèse de Rouën: leurs Pénitens alloient pendant cet interdit à confesse à des Capucins qu'ils leur indiquoient. Le Confesseur Capucin donnoit l'absolution, que ces Pénitens, ou plutôt Pénitentes, alloient faire ratifier à Pontoise par le véritable Confesseur Jésuite.

LE

LE PORTE-FEUILLE DU DIABLE, OU SUITE DE PHILOTANUS.

POËME.

DÉDIÉ À MADAME GALPIN.

A très-haute, très-magnifique & très-renommée

DAME GALPIN.

MADAME.

Le rang illustre que vous tenez parmi ceux du grand Parti, & sur-tout votre dévoûment sans bornes pour la pieuse Société, dont toutes les vuës & tous les projets ne tendent à rien moins qu'à la conquête spirituelle & temporelle de toute la Terre, ont rendu votre Nom si célèbre, que je croirois n'avoir rien fait, en composant ce petit Poëme, si je le mettois au jour sous d'autres auspices que sous les vôtres. En effet, MADAME, outre qu'il est, j'ose le dire, digne de vous, & de toute l'étenduë de votre glo-

glorieuſe protection, par la matière importante qui y eſt traitée, c'eſt en quelque ſorte le conſacrer à l'immortalité, que de le faire paroitre ſous un nom qui doit toujours vivre, & dont le ſouvenir doit paſſer d'âge en âge, juſqu'à la poſtérité la plus reculée.

Ouï, MADAME, tant qu'il y aura des Enfans d'Ignace, (eh! que deviendroit le monde, s'il n'y en avoit plus!) on dira parmi eux que dans le dix-huïtième ſiècle vivoit une Madame GALPIN, qui, après avoir amaſſé dans le commerce d'étoffes de ſoie ſuffiſamment de bien, pour vivre en Dame de qualité, n'a pas cru pouvoir faire un plus ſaint uſage de ſes facultés, & des dons qu'elle avoit reçus du Ciel, qu'en entrant de toute la plénitude de ſon cœur, dans les vuës de la Société, & en travaillant, autant qu'il étoit en elle, à l'avancement de ſa gloire.

On parlera de votre belle Maiſon d'Auteuil. Cette Maiſon, dira-t-on, digne du ſéjour d'un Prince, étoit le perpétuel azile de nos Pères de cet heureux ſiècle. La proprété, la délicateſſe, l'enjoûment, les ſaillies brillantes, & les ſatyres qui font l'ame & le ſel de la converſation, y régnoient paiſiblement. C'eſt là que les Ségaults, les Péruſſeaux, les Teinturiers, les

les Berruyers, les Lallemans, & les Tournemines venoient se reposer de leurs glorieux travaux, goûter les fruits de leurs victoires, & savourer la joie sensible que leur donnoit la vuë du trouble & de la confusion qu'ils avoient jettés dans le Parti contraire.

C'est dans ce Palais charmant, qu'on s'efforçoit tous les jours d'embellir pour eux, qu'on les voyoit ça & là dire dévotement leur Bréviaire en pantoufles & en bonnet de nuit, l'un majestueusement assis dans un fauteuil de commodité, garni d'un mol duvet, l'autre nonchalamment appuyé sur un lit de gazon, à l'ombre des ormeaux & des tilleuls; celui-ci en se promenant entre les jasmins & les orangers, & celui-là dans le fond d'un bosquet, au-milieu du ramage des rossignols & des fauvettes, aïant le cœur & l'esprit à Dieu à la façon de ces hôtes des bois.

C'est là qu'on régloit les affaires de l'Eglise & de l'Etat; qu'on examinoit les Mandemens & les Instructions Pastorales, & qu'on les mettoit dans l'état où elles devoient être, pour être envoyées aux Evêques de bonne volonté; qu'on projettoit les Arrêts & Déclarations qu'il convenoit de faire rendre au Conseil d'Etat du Roi, pour l'anéantissement des Partisans de la Morale évangelique & des vieux Dogmes.

C'est là, (& voilà, Madame, le comble de votre gloire, car on saura alors, comme nous le savons nous-mêmes à présent, qu'il ne se fait rien d'important aujourd'hui, qu'après avoir pris vos avis & consulté vos lumières;) c'est là, dira-t-on, qu'on prescrivoit à Dieu-même les règles qu'il devoit suivre dans ses opérations, s'il vouloit qu'elles fussent regardées comme de vrais miracles, & qu'on a pris tant de sages mesures, pour étouffer, autant qu'il a été possible, tous ceux de ce tems-là, comme n'étant ni du goût, ni de l'aveu de nos Pères.

C'est là, & en présence de cette incomparable Dame, qu'on faisoit de tems en tems la revuë des Sujets qui avoient mérité d'être inscrits dans nos Regîtres, afin de pouvoir faire avec discernement le choix de ceux qui devoient remplir les plus grands Siéges de l'Eglise, & occuper les postes les plus importans de l'Etat, dont nos Pères, (sans que le Prince lui-même s'en apperçût) avoient, dés ce tems-là, trouvé le sécret de se rendre les maîtres.

C'est de ce lieu, comme d'un Port assuré, qu'ils contemploient dans le calme de de leur ame, le progrès de l'incendie que leur zèle avoit allumé dans toutes les parties du Royaume. C'est là qu'ils venoient se consoler des disgraces passagères qui leur survenoient quelquefois, soit par la fermété du Parlement, soit par la mollesse du Ministre qui ne sécondoit pas toujours à leur gré leurs loüables intentions.

C'est là enfin que cette noble, cette vertueuse, & non jamais assez vantée, Dame les consoloit, les animoit, les encourageoit.

Mais je m'apperçois, MADAME, que mon zèle m'emporte au de-là des bornes que je m'étois prescrites. Je ne m'étois proposé de vous dire dans cette Epitre, que les raisons qui m'avoient engagé à vous dédier mon ouvrage, & insensiblement j'ose faire votre éloge.

Pardonnez-le moi, MADAME, je crois entendre d'ici, ce qu'on dira de vous dans les siècles à venir; & je vois déjà votre auguste Nom écrit dans les fastes de l'immortelle Société. En cela je m'égare, MADAME, mais enfin qui pourroit se promettre de ne se point égarer avec vous?

Je laisse donc à d'autres le soin de vous loüer comme vous le méritez, *laudabunt alii*, *&c.* Il faut des talens beaucoup supérieurs aux miens, pour parler dignement de vous. Je ſerai trop heureux, ſi, en agréant cet ouvrage, vous daignez le regarder comme un ſincère, quoique foible, témoignage des véritables ſentimens avec leſquels j'ai l'honneur d'être

MADAME,

Votre très-humble & très-obéiſſant Serviteur . . . .

AVER-

AVERTISSEMENT

DE L'EDITEUR, en 1733.

Il y a environ quinze ans, que parut le Poëme de Philotanus. *Cette Pièce a été si universellement goûtée du Public, qu'il seroit inutile de rien dire ici à son avantage. Il s'en est fait plusieurs éditions, mais qui sont toutes très-défectueuses. Dans les unes il y a des lacunes très-considérables, & dans d'autres des transpositions, & autres négligences qui défigurent entièrement l'ouvrage. La dernière qui s'est faite en* 1731. *avec les deux prémières Sarcelles, est la seule où l'on ait réparé tous les défauts des précedentes. Outre cela, on a imprimé à la fin, des Notes assez étenduës, & très intéressantes, qui rendent encore cette édition plus recommandable & plus précieuse.*

La Pièce que nous donnons ici, en est la suite. Les personnes de bon goût à qui nous l'avons communiquée, nous aïant témoigné avoir eu beaucoup de satisfaction de la lecture de ce nouveau Poëme, & jugeant qu'il seroit très-agréable au Public, nous avons cru être obli-

gés de le mettre promtement sous la presse, pour prévenir les éditions qui pourroient s'en faire sur de mauvaises copies. Nous pouvons assurer que celle dont nous nous sommes servis, est très-fidèle; & nous avons apporté tous nos soins, pour qu'il ne s'y glissât aucune faute d'impression, au moins essentielle; ensorte que nous avons lieu de nous flatter que le Public sera satisfait, tant de l'ouvrage, que de notre attention. On y verra la suite des évènemens depuis l'année 1718. jusqu'au rappel du Parlement en l'année 1732.

C'est toujours le Diable qui parle dans cette Pièce, comme dans la prémière. En effet, comme c'est lui qui a conduit toute l'affaire de la Constitution Unigenitus par l'organe des Jésuites ses Ministres & ses Agens, personne ne peut mieux que lui découvrir les intrigues sécrettes, & les manœuvres qui ont été mises en usage, pour faire réüssir cet Ouvrage de ténèbres.

LE PORTE-FEUILLE DU DIABLE, OU SUITE DE PHILOTANUS.

POËME.

DE'JA' Phébus pour la quinzième fois,
Avoit meuri les mélons & les pois :
Un certain soir retiré dans ma chambre,
(C'étoit vraiment dans le mois de Décembre,
Tems dangereux où courent les Esprits,)
Je feuilletois certains vieux manuscrits

En

Enliassés au fond de mon pupitre,
Et les rangeois chapitre par chapitre,
Quand tout d'un coup j'apperçus sur le mur,
L'affreux minois de mon esprit impur,
Qui me narguoit. Que veux-tu, Philopode?
Tous mes Ecrits dictés par le (*a*) Tripode,
Qui tout au plus, Monsieur, ne serviront,
Qu'à vous moucher l'antipode du front;
Car, entre nous, ce sont des (*b*) hiérogliphes
A nul connus, hormis aux (*c*) Tecnogriphes.
Dépliez-les. Tope. . . . . je ne puis voir
Dans ces Ecrits, que du blanc & du noir!
Lors le Malin, riant de ma figure,
Fronçant son nez, me dit; foi de parjure,
Point n'y lirez, je vous le dis tout net,
Qu'en apprenant la clef de l'alphabet.
Faites-vous donc de Clément Prosélite,
L'Unigenit lorgnant en chate-mite.
Moi curieux, je prononce à l'instant
Un ouï trompeur, un maudit soit qui ment.
Car de mentir, ce n'est pas si grand crime,
Quand le requiert la raison ou la rime.
Quoiqu'il en soit, le Moliniste Agent
Me tint parole, & devint mon Régent
Par un seul mot tiré du grand Grimoire
Qu'il me donna, je déchiffrai l'histoire.
Mais pour m'armer contre les attentats
De mon Démon, grand Maître des Sabats,
Je commençai par prendre d'eau bénite
Provision, & me signe au plus vite;
Sans oublier cordon de saint François
Qui me servit si bien (*d*) le long du Bois,

Ni

Ni Scapulaire en effets si fertile,
Pour éviter du malin Crocodile
Les pas glissans où j'eusse pu tomber,
Et tout en vie en Enfer me trouver.
D'une fois vive au Grand Dieu de la Grace
J'élevai lors & mon cœur & ma face,
Par ces deux mots : *Ciel, sois à mon secours,*
Et sauves moi de tous malins détours.
Puis dépliant l'infernale liasse,
Le titre seul remplit mon cœur de glace.
Tel il étoit : LE GRAND DIABLE ASTAROT
TRIOMPHERA DU GRAND DIEU SABAOTH.
Oh! ventre bleu, comme il s'y prend le drôle!
Voyons un peu s'il nous tiendra parole.
Faisant encor nouveaux signes de croix
Sur mon poitrail, je crie à haute voix
Pour n'avoir peur : *Quand même le grand Diable*
Seroit-ici, je suis inébranlable.
Puis saisissant d'une tremblante main,
Comme on saisit d'Abeilles un essain,
Tout le cahier, je poursuivis ma pointe.
Et je trouvai la Légende ci-jointe.
„ Nous Belzebut librement contractant,
„ Avec (*e*) Loïol, (*f*) le Tellier acceptant,
„ Sommes d'accord qu'en faveur de la Bulle,
„ Donnée en l'air par le Pape ou sa Mule,
„ Nous chercherons diaboliques détours,
„ Pour l'établir dans les suprêmes Cours;
„ *Primò* de France, ensuite d'Italie,
„ Chez le Teuton : la (*g*) docile Iberie
„ Dévotement, sans rime ni raison
„ La recevra. Chacun dans sa maison

„ La

„ La regardant d'un œil doux & propice,
„ Des Livres saints lui sera sacrifice.
„ En tous Païs soumis au joug Romain,
„ Elle sera mise de main en main.
„ A cet effet, Paul héraut de la Grace,
„ Dorénavant croupira dans la crasse.
„ Pour Augustin, (*b*) Jansénius, (*i*) Quesnel,
„ Ils seront tous en mépris éternel.
„ Or desormais nous userons de ruse,
Pour attirer ceux que raison amuse.
„ Et si la ruse à tout ne suffit pas,
„ Inventerons cent sortes de combats
„ Contre Dieu-même; & son saint Evangile
„ Prisé sera moins que *Contes d'Ouville.*"
Et si quelqu'un, Prêtre, Curé, Prélat,
Moine, ou Laïc, prétend faire le fat,
En s'élevant contre la Clémentine,
Nous lui ferons faire si triste mine,
Malgré son nez, n'en eût-il qu'à moitié,
Qu'il lui croitra pour le moins d'un grand pié.
Item. Voulons que dans notre cabale,
Crimes, forfaits, hardiment on étale,
Foulant aux piés & zèle, & piété,
Pour l'intérêt de la Société.
A cet effet menaces & promesses,
Rigueurs, présens, privations, largesses,
Chaînes, douceurs, en un mot, bien & mal,
Tous ces moyens seront en principal
Les seuls admis constamment en usage,
Pour arracher le Savant & le Sage
A son devoir, afin que Loïola
Abîme tout, sans dire, qui va là?

Et

Et cependant la fine Compagnie,
D'aucun grimaud ne sera plus honnie,
Ains au contraire imposera des fers,
A tous Chrétiens: jusque dans les Enfers
Dés à présent exerçant son empire
Nos vieux damnés fera rôtir & cuire
Selon son gré; moi, Belzebut pourtant
La primauté sur-tout me réservant.
Or desormais tout ce qu'on dit Jésuite
Affranchissons de loyale conduite
De bonne foi, de toutes saintes Loix,
Et des (*k*) sermens qu'en exigent les Rois.
A donc méshui les reconnoissant nôtres,
Nous les faisons des Enfers les (*l*) Apôtres,
Et qu'ainsi-soit; sur un noir taffetas,
Ils porteront écrit; *fas & nefas*.
Et pour qu'en rien notre dessein n'avorte,
Philotanus leur donnons pour escorte.
Le tout écrit au gentil (*m*) Mont-Louïs,
Dans un tems chaud, en sécret, à clos huis,
Le vingt Juillet de l'an mil sept-cens seize,
Dont chaque part fut contente & bien aise,
Par Belzebut & Michel le Tellier,
Tous deux savans dans le même métier.

Dès que j'eus lu la Chartre diabolique,
Je vis soudain de maint corps phantastique
L'air offusqué; j'en tremblai jusqu'aux os,
Et prononçai vite, *nescio vos*.
Prenant aussi Cordon & Scapulaire,
Je m'en liai, non de peur, mais pour faire
Moi-même peur à ces Esprits folets,
Qui sur la face auroient mains camouflets

San-

Sanglé ſans doute, & ſans miſéricorde
De moi chetif, ſans cette ſainte corde.
Raſſure-toi, dis-je du bout des dents,
Et traites moi ces Démons en Enfans.
A moi! (le mot tiré des clavicules!)
Pour vous domter, fuſſiez-vous des Hercules;
Allons, voyons ſi mon *Atropatos*
Ne briſera le plus dur de vos os.
Ah! vous fuyez, mes diaboliques Hôtes,
C'eſt le moyen de remporter vos côtes:
La male peſte, à qui vous jouez-vous?
Non, non, Meſſieurs, ce n'eſt pas avec nous
Qu'il faut lutter. Qu'on ſe retire vîte,
Et qu'on me laiſſe en repos dans mon gîte,
Fors Philopode à qui je veux parler.
Holà! coquin, hâte-toi de voler.
A ces gros mots, lentement comme un Coche
Philotanus en rechignant s'approche.
Que voulez-vous? n'êtes-vous pas content?
Vous avez lu l'infernal Inſtrument,
Lequel, ſans moi, vous étoit inutile.
Quant à préſent, il vous eſt très-facile
De pénétrer les différens reſſorts
Que, pour troubler les Vivans & les Morts,
L'on fait jouër. Oh! tu n'en es pas quitte!
Si me faut-il raconter tout de ſuite
Sans biaiſer, ce qu'a contre Queſnel
Produit enfin cet Acte mutuel.
Depuis quinze ans il s'eſt bien fait des choſes
De part & d'autre. Oh! ce ſont Lettres cloſes!
Cela, Monſieur, n'eſt dans notre marché.
Tudieu! tout-vif je ſerois écorché

Et

Et sans quartier par nos révérends Pères.
Permettez donc que j'aille à mes affaires,
Et donnez moi mon congé. Que dis-tu?
Tu penses donc t'enfuir, maudit Cornu?
Te souvient-il de l'eau (*n*) de la fontaine?
Tiens, celle-ci n'est pas moins souveraine:
D'en essayer le cœur te diroit-il?
Eh! non, Monsieur! c'est un poison subtil
Qui jusqu'aux os pénètre & s'insinuë;
J la connois. Allons donc, continuë,
Si non...: vois-tu? Je vais vous contenter;
Laissez donc l'eau; songez à m'écouter.

Le bon Clément voyant que son unique
(*o*) Dégringoloit, au fond de sa Boutique
Où j'avois mis un Traité d'expédiens
Pour relever de Jésus les Cliens,
Aïant fouillé, ne sachant plus que faire,
Enfin trouva le fil de son affaire,
Et qui le fit gaillardement sortir
Du labyrinthe. Or, pour ne point mentir,
C'est le Tellier qui m'en donna l'idée,
Me proposant d'invoquer l'Hyménée.
Ce que je fis: Clément le fit aussi.
Quoi? pour l'Hymen le Pape avoit souci?
Non; mais voulut par (*p*) plus d'un Mariage
De *Philippus* changer bouche & visage.
C'étoit assez; car du cœur ne nous chaud;
Le pouvoir seul est tout ce qu'il nous faut,
Pour écraser par malin tipe-tape
Les ennemis de la Bulle & du Pape.
Ils sont puissans, mais malgré leurs efforts,
Ils ont (*q*) senti que nous sommes plus forts.

Voi:

Voici le fait. Clément une nuitée
En sommeillant eut la fole pensée
D'abandonner sa Constitution
A la merci de l'Appellation.
Lorsqu'en son lit du grand Loïola l'ombre,
A lui parut en couroux, pâle & sombre,
Lui disant; quoi? Monarque des Chrétiens,
Jetterez-vous l'Unigenit aux chiens?
Et faudra-t-il que la gent Jésuitique
Soit le joüet de Jansénistе clique?
De par Mahom! si faites le Cagot,
On vous prendra pour un vrai Visigot.
Ah! tenez bon, Très-Saint, je vous conjure,
Ou vous serez comme infame Parjure
Vilipendé. Lors d'un aigre & haut
Le Romain dit; que je sois un Maraut,
Si dans huit jours je ne renonce au titre
De Père saint. Vous serez un Belître,
Deshonorant tous vos Prédécesseurs
De mon esprit très-zélés Possesseurs.
Encore un coup, tenez bon: faites face
Aux ennemis. Que faut-il que je fasse?
Ignorez-vous que ce n'est plus jadis
Qu'un Pape étoit plus craint qu'un Amadis?
En vain je damne, & je (r) *maranathise*,
Puisqu'en tous lieux mes foudres l'on méprise,
Sur-tout en France où l'Inquisition
N'a jamais pu faire sa fonction.
Un grand Héros qui ne craint Dieu, ni Diable,
En détruit plus en trois heures de table,
Qu'ex *Cathedrâ* n'en saurois prononcer.
En quel abîme allez-vous m'enfoncer?

Pen-

Penſez y bien. Ouï, ſaint Père j'y penſe,
Et vous ſerez encenſé de la France.
Prêtres, Prélats, Moines, Palais-Royal,
Juſqu'au Sénat, tout vous ſera loyal.
Comment cela? le Tellier le bon Père,
Hier me donna la clef de cette affaire,
Ecoutez moi. Très-Saint, vous ſavez bien
Que l'intérêt eſt un haut puiſſant moyen;
Qu'il charme tout. (*s*) Le Héros a Donzelles
Nous faut lier par de ſaintes ficelles,
A Souverains, qui leur tendant les bras
De tout leur cœur en feront leurs choux gras.
En voilà (*t*) deux à la Cour d'Ibérie,
De plus (*v*) un tiers vous fournit l'Italie;
Tous trois puiſſans & Dieux en racourci,
Qui pour ce fait vous diront grand-merci.
Le Papa qui d'ambition frétille,
Aimera mieux élever ſa famille,
Que protéger l'excommunié Quesnel.
Mais dites-moi, que deviendra l'Appel?
Eh! doucement! Il faut aller *piane*,
Comme ſavez, quand on veux aller *ſane*.
Rappellez-vous notre ennemi (*x*) *Baïus*,
(*y*) *Hus* le grillé, même *Janſénius*.
Avez-vous donc oublié leur déroute?
Contre Quesnel ſuivez la même route,
Où galopant vos fins Prédéceſſeurs,
De la Victoire ont été Poſſeſſeurs.
D'accord; mais lors la ſainte Compagnie
De mainte Cour ne ſe vit pas bannie
Comme aujourd'hui. Vous vous trompez bien fort;
Car en ce tems, malgré ſon cruël ſort,

Lors-

Lorsque commit l'insigne Parricide
Communément appellé (z) Henricide,
On la chassa, mais elle revint tôt,
Et s'éleva non au pas, mais au trot.
Comme un Soleil caché dans les nuages
Travaille lors à former des orages,
Foudres forger, allumer des éclairs,
Et faire bruits, éclater dans les airs:
Pareillement lorsque les bons Jésuites
Semblent grillés comme des Carpes frites,
Chacun disant qu'ils sont dans leur manoir
A ne songer qu'à barbouiller du noir;
Dame pour lors tremblez Sceptres, & Crosses,
Et cachez-vous dans très-profondes fosses,
Ou rangez-vous sous leur fiers étendars,
Car, fussiez-vous des coquins, des pendars,
Vous êtes Saints. En un mot voici comme
Doit proceder le Monarque de Rome.
Philotanus chargé de tout exploit,
Il fera plus lui seul du bout du doigt,
Que ne pourroient faire tous les Apôtres.
Adieu: je pars; soyez toujours des nôtres.
  DONC Loïola tout en faisant chemin
Me rencontrant à l'ombre d'un Sapin,
M'engaria d'aller jusques à Rome.
J'y vole, & prens de ducats une somme;
Puis à Paris je cours en une nuit;
J'entre au Palais, où ne fus éconduit,
Ains fut reçu comme Ange tutelaire,
Et mon projet rendit la Bulle claire
Comme le jour. Tout étant mis en train,
Contre Quesnel on prit la plume en main.

Le prémier trait imposa (*a*) le silence,
Pour simuler de fixer la balance.
Les Appellans consternés de cela,
Se rencontrant, se crioient: *qui va là?*
Comme ennemis. La fameuse Sorbonne
Parle, murmure, & de rage petonne
Contre l'Hymen. On vit Prélats, Curés,
Moines, Laïcs, tous gens très-épurés,
(*b*) Crier au feu. Le Cardinal lui-même
En fut transi jusqu'à devenir blême.
Le vieux Sénat qui vit ce changement,
Ne dit, si-non: Ah! pauvre Parlement!
Et cependant se fait maint équipage,
Tout se prépare à nuptial voyage.
Les trois beautés conduites par l'Hymen,
Partent enfin, disant à tout, *Amen.*
A leur abord elles sont embrassées,
Et sur ce point ne sont embarrassées.
Or le Papa joint à (*c*) l'homme de Bois,
Bien fort jura qu'il mettroit aux abois
En moins d'un an, (*d*) Quesnel & Quesnellistes,
Et qu'il feroit de tous les Jansénistes
Des partisans du pieux (*e*) Molina
Rempli d'attraits qu'aucun autre auteur n'a;
Joli, gentil... Alte-là, Philopode,
Et dis pourquoi le Héros si commode
Ne voulut pas à l'instant foudroyer
Les Appellans. Il voulut les choyer;
Non qu'il craignît ni faction, ni brigue,
Ni de Quesnel la dangereuse Ligue,
Mais prudemment conserver les voulut
Pour le besoin. Voici quel fut son but.

Vous ſavez bien qu'il appella (*f*) l'Infante
Qui n'étoit rien qu'une Pierre d'attente
Pour ſon deſſein ; car n'aïant que cinq ans
On ne pouvoit eſpérer de longtems
Que ſon Hymen fût approuvé du Sire
Qui pour l'Enfant n'avoit pas cœur de cire,
Ains au contraire, en enrageant tout bas,
Laiſſoit penſer qu'il ne l'aimeroit pas.
Or le ruſé, prévoyant que le Pape
Pourroit crier que l'Eſpagne on attrappe,
Dit à part-ſoi, ménageons tous nos chiens,
Et cependant tenons les aux liens,
Pour les lâcher contre Bête de ſomme,
Cheval, Baudet, & la Mule de Rome,
Sur-tout la Mule animal très-mutin
Qui trop ſouvent fait du maître lutin.
Quand donc l'Enfant régagna la Caſtille,
Du bon Clément l'Unigenite fille
Se fit valoir; mais le fier Parlement
Toujours contraire au Romain Document,
Ne voulut point l'inſérer dans ſes Livres.
Ho, ho, Meſſieurs, vous êtes donc tous yvres,
Dit le Héros, en parlant d'un haut ton,
Et vous joüez avec moi du bâton?
Vîte d'ici ſur le champ qu'on détale
A la légère avec petite male.
Quoi donc Robins, Gens de corde & de ſac,
Avec le Maître oſez faire tic-tac,
Et lui chercher très-cauteleuſe noiſe?
Allez apprendre à vous battre (*g*) à Pontoiſe.
On vous défend la Juriſdiction,
De par le Roi, ſans ma permiſſion.

LORS

Lors eussiez vu de Robins mainte Troupe
Portant leurs sacs, & leurs bonnets en croupe
Sur des chevaux allant *cabin caba*
Pélériner, dont maint Badaut chanta;
Ah! qu'elle y va tristement la Justice!
Jarnigoi comme on la prive d'épice!
Elle s'en va criant merci, pardon,
Mais c'est en vain, dondaine la dondon.
Ce n'est pas tout; le Père Linière
A'iant offert Indulgence plenière
Au Bienfaiteur, fut pour je ne sai quoi
(*b*) Le Confesseur de notre jeune Roi.
Qui murmura? Vous devez le comprendre.
Or il falloit le Cardinal surprendre,
Afin d'avoir son approbation,
Pour de Louïs ouïr la confession;
Mais le Devot d'un air doux & mystique,
En nazardant, répond d'un ton caustique;
Je ne puis pas en Evêque Chrétien
De votre Titre accorder le maintien.
Quand notre Roi sera Majeur & Maître,
Il choisira le Sujet qui doit être
Le Directeur de ses royales mœurs.
Allez en paix, & Dieu change vos cœurs.
Il sembloit donc que rien ne fût capable,
De ramollir ce Prélat intraitable
Qui sur sa tête avoit tant résisté
Au Roi défunt: plus avoit persisté
Dans son Appel; si bien qu'avec emphase
On le nommoit le François Athanase.
Or il falloit faire Bulle approuver
Par quelque Cour qu'on ne pût réprouver.

Le vieux Sénat n'y vouloit point entendre.
Que faire donc ? quel autre moyen prendre?
Philippe ſecond en courts expédiens,
Comptant beaucoup ſur ſes devots cliens,
Fit un juron par toutes les lorgnettes
Qu'il ſortiroit de ce pas brayes nettes.
A peine il dit, qu'avec grand appareil
Il dirigea ſes pas au (*i*) Grand-Conſeil.
Dame, eſcorté par ſes nombreux Satrapes,
Après avoir prié le Dieu des grapes
De l'inſpirer, pour que dés ce moment
Il pût mater le mutin Parlement.
Il monta donc au Siége avec emphaſe,
Et débutant par mainte périphraſe,
Il emboiſa les Membres de la Cour
En leur donnant de l'encens tour à tour.
Un ſeul d'iceux refuſant de lui plaîre,
Dont fut ſifflé, ne fit que de l'eau claire.
Fut donc tondu le remuant Quesnel
Par un *Vu bon*, du Reſcrit ſolemnel.
Ah! dirent lors les enfans de Bérule,
La voilà donc cette infernale Bulle
Souſcrite en Cour par un crime nouveau,
Qui met enfin notre Appel au (*k*) tombeau?
Que nous ſert-il de l'avoir enterrée
Pompeuſement? la voilà révérée,
Et maintenant par Arrêt odieux
Miſe en état brillant & glorieux.
Peu s'en fallut qu'à ſi triſte nouvelle
Le Cardinal n'en perdît la cervelle.
On dit bien plus: c'eſt que la Faculté
En blaſphémant fit de ſa Sainteté

Un

Un Apoſtat, un Ante-Chriſt, un Diable,
Et du Régent un Tyran déteſtable.
(*l*) Oh! ſacre-mort! Meſſieurs les Appellans
Tondus ſerez comme Moutons bêlans,
Jura du Bois. Eh quoi! lâche canaille,
Prétendez-vous faire barbe de paille
A votre Maître; à moi ſon grand mignard,
Et nous croquer comme couënnes de lard?
Ha! voyez donc, comme quoi cette race
S'en fait accroire, en oſant faire face
Aux Potentats! Peſte ſoit des Faquins!
Allez, lourdauts, (*m*) chauſſez vos brodequins
Et détallez, pour que ne ſoyiez pire,
De nos Etats; car voulons faire & dire
Ce qui nous plait, pour nos purs intérêts,
Que n'entendez, comme étant des ſécrets
Dont ne devez vous troubler la caboche:
C'eſt à nous ſeuls de les garder en poche.
Il dit ainſi; lors la Société
D'un air riant, & plein d'hilarité,
Apprit de moi l'agréable nouvelle,
Que le Héros à toute la ſéquele,
Que la Thémis engraiſſe en ſon giron,
Avoit parlé comme un vrai Ciceron;
Si que jamais de Jéſus l'Oratoire
Ne pourroit plus attenter à ſa gloire;
Et ſur le champ montant ſur Pacolet,
Pour Poſtillon aïant eſprit folet,
Pris mon chemin vers le tour de la France,
Pour aux Paſteurs demander audience,
Et trompetter ſi grand évènement,
Qu'il n'en fut tel ſous le rond Firmament,

Sans autre fin, que de narguer la clique
Des Appellans, & leur faire la nique,
Fus donc tout droit à Montpellier, Bayeux;
A Mirepoix, Senès, où de mes yeux
Je vis, *Primò*, (*n*) les quatre grands Apôtres
Des Appellans, disant leurs patenôtres.
Bonjour, leur dis, mes très-loyaux Seigneurs,
Je vous dirai que Paris est en pleurs....
Raison pourquoi? Je n'ose vous le dire.
Ecrivez donc, si vous savez écrire,
Me dirent-ils: écrivez, ou parlez.
Eh! bien, Seigneur, [puisqu'ainsi le voulez,]
Je vous dirai; [mais retenez vos larmes,]
Que Paris est dans d'affreuses allarmes,
Ne sachant pas quel sera votre sort,
Depuis qu'on dit que vous avez grand tort
De vous liguer contre Sire le Pape,
Qui de vous tous rit maintenant sous cape,
Aïant appris que la Bulle aux abois
Est aujourd'hui la plus sainte des Loix.
Qui vous l'a dit? dirent-ils tous ensemble;
Le Grand-Conseil, qui, selon qu'il me semble,
L'Unigenit a reçu lourdement
Contre (*o*) le droit qu'a le seul Parlement
D'enregistrer & de rendre authentique,
Tout ce qui sort de Papale Boutique.
Il a jugé sans forme ni procès,
Que dans la France elle auroit tout succès.
Je suis payé pour vous en rendre compte.
Fâché j'en suis, & même j'en ai honte.
Comme je dois poursuivre mon chemin,
Permettez-moi de vous baiser la main.

TOUT

Tout de ce pas je courus au (*p*) Calvaire,
Le Cardinal étoit là sans affaire,
Il est, tout seul en contemplation,
Et rémâchant la Constitution.
Que Dieu vous gard, Défenseur de la Grace,
Grand Cardinal, que personne n'efface
Par traits malins, que toute Nation
Comble au rebours de bénédiction.
Je suis Courier: Daguesseau (*q*) si revêche
Auparavant, aujourd'hui me dépêche,
Pour vous apprendre en quel piteux état
Est votre Appel qui faisoit tant d'éclat,
Et que la Bulle encore que tissuë
De mainte erreur, est à la fin reçuë.
O tems! ô mœurs! Eh par quel contre-tems,
Est arrivé le malheur que j'entens?
Le fier Papa pour guinder ses Pucelles
Au plus haut point où l'on voie Donzelles,
A déprimé dans son cœur terrien
Pour réüssir tout sentiment Chrétien.
On quitte donc Doctrine de l'Eglise,
Comme guenille ou bien vieille chemise?
Vous le voyez. Déjà de Loïola
(*r*) Les compagnons courent deçà delà,
Criant par tout: *à la plus grande gloire*
De Dieu soit fait, nous avons la victoire!
Est-il possible? ô Dieu, soyez béni!
Je verrai donc mon Mandement terni,
Et dit sera que mon Corps de Doctrine,
Etant flétri, n'aura ni jeu, ni mine?
Cela se peut; mais le plus triste cas
Est que la Bulle a fait un grand fracas

Dans les esprits; & que la Compagnie
Dans tout Paris sa Doctrine publie.
Quoi, disent-ils, *Quesnel pour nous sauver*
Fait de ce Monde une espèce d'Enfer!
Tel qu'un Grimaud, un faquin sans mérite,
L'homme, dit-il, *fût-il un saint Hermite.*
(s) N'est que misère? Oh! nous lui ferons voir
Qu'un Payen même a toujours le pouvoir
De se sauver, s'il le met en usage;
Que tout mortel, lorsqu'il est bon & sage,
Est redevable à l'opération
De son vouloir; que l'inspiration
Vient tout au plus de la divine Grace
Qu'en opérant il rend seul efficace.
L'homme charnel se voyant si flatté,
Dans ses forfaits & dans sa vanité,
Prend le parti de vivre en Moliniste,
Avec l'espoir de mourir Janséniste.

TOUT en parlant sur ce critique ton,
Je vis paroitre un très-gros peloton
De Gens devots, à pié malgré la crotte,
Que conduisoit la Quesnelle Marote
Chez le Prélat, sur quoi mon passeport
Je pris soudain, ce qui lui déplut fort.
De-là courus comme un Diable à la Ville,
Où mettant bas postillonne guenille,
Pris un habit fait de cent peaux de chat,
Pour me trouver cette nuit au Sabat,
Où j'emportai trois des plus gros Jésuites,
Qui firent part des nouvelles susdites
A nos Chiens, dont ils furent joyeux,
Voyant berner les Devots aux doux yeux.

OR

Or le Héros voulant finir l'affaire,
A son honneur, fit du Missionnaire
Si bel & bien, qu'en moins de quinze mois
Il sut changer le dur marbre en mol bois.
Employant donc bienfaits & bénéfices,
(t) Exils, Prisons, & d'autres maléfices
Pour subjuguer les foibles & les forts,
Il n'oublia ni moyens, ni ressorts
Que lui fournit son Art Caballistique,
Lesquels unis avec sa politique
Le faisoient craindre en grand Diable & demi
De tous Frondeurs. A peine quelque ami
Du bon Quesnel (v) osa-t-il faire face,
Ni marmoter de la Grace efficace.
Dés lors à l'huis de Dame Faculté
Fut nuit & jour maint Hoqueton posté,
Pour empêcher que la sacrée Ecole
Contre l'Arrêt ne fît de la Discole.
Lorsque quelqu'un y tranchoit du subtil,
On lui servoit une (x) Lettre d'exil.
Alors on vit le Chef de l'Oratoire,
Et de Benoit le mutin Consistoire
De leur Appel ne faisant plus de cas
Du fier Héros baiser jusques aux pas,
Pancher le cou commes Anes qu'on étrille,
Comme Escargots rentrer dans leur coquille.
Item, on vit par prodige nouveau
Subir le joug au (y) zélé Daguesseau,
Qui las de vivre en Cagot Solitaire,
D'Unigenit se rendit tributaire.
Mais qui l'eut dit que le (z) grand Cardinal
Se fût soumis au Romain Tribunal,

Lui qui jadis en Lion plein de force
Du Grand Louïs fut éviter l'amorce ?
Or le Sénat trouvant le tems fort noir,
Ne désiroit que paternel manoir.
Pour le gagner il lui falloit sans rire
Céder au tems, & la Bulle souscrire.
Que faire ici, dit un des Présidens ?
Nous occuper à nous curer les dents,
Tandis que tout à notre ennemi cède ?
Mon avis est, le Diable me possède,
D'aller vers lui criant : (*a*) avons péché.
Dorénavant vous seroit attaché
Le Parlement, si dans la Capitale
Le rappelliez vers cette Martingale.
Chacun à part sur ce sage conseil
Réfléchissant, le trouve sans pareil,
Et sur le champ ils députent des Membres
Tous Présidens pris dans toutes les Chambres,
Qui sans façon, sans robe ni bonnet
Vont au Héros pour lui dire tout net
Par beau début : Dieu vous gard, Maître Sire,
Vos Sénateurs devenus tous de cire,
Nous ont chargé de vous dire en trois mots
Qu'ils sont des fous, des anes & des sots,
D'avoir osé de Gallicane Eglise
Trop prendre à cœur le droit & la franchise,
Très-répentans d'avoir voulu borner
Votre pouvoir. Veuillez leur pardonner,
Les rappeller dans leur chère Patrie ;
De la revoir ils pétillent d'envie,
Ils ont juré de ne plus vous fâcher,
Et pour jamais vous leur serez très-cher.

Com-

Comme est requis soit fait, dit le bon Prince,
Et cependant que dans chaque Province
Soit envoyé votre loyal aveu,
Pour que vos Pairs fassent écrire : *Veu*,
Le passepié nommé Palinodie
Que le Sénat de Paris Psalmodie,
A son exemple allons nous conformer
Et le dit fait par acte confirmer.
Lors de Robins, mainte bande joyeuse
Du grand Paris prit la route bourbeuse,
Et s'arrêtant en chemin pour diner,
Se mettent tous à rire, à raisonner,
A boire sec dans la grande mesure,
Et puis chanter : *Voilà*, *Cousin*, *l'allure*.
Donc guillerets en printaniers pinçons
Tous sur le soir regagnent leurs maisons.
Ne croyez pas qu'ici finit l'Histoire;
Ma foi nenni! Le Héros eut affaire
A prestolets plus roides que du fer,
Et plus malins que le Diable d'Enfer.
Trois gros (*b*) Abbés, Appellans indomtables
Pour accepter furent bien moins traitables.
On menaça. Zeste, ce fut en vain.
C'étoient des drus allant toujours leur train.
On eut voulu que n'eussent fait ces drilles
D'autre métier que de jouër aux quilles,
Mais par Pluton! ils étoient nuit & jour
En mouvement, à la Ville, à la Cour,
Pour récruter leur parti de Devotes,
Qui pour Quesnel en tenoient jusqu'aux bottes;
Et vous savez que si le Cotillon
Faire vouloit du Pape un Papillon.....

N 6 Mais

Mais respectons le Sexe, & ses fredennnes:
Ma foi sans lui mal iroient nos domaines.
Or ce fut donc à ces trois champions
Plus craints de nous que nous ne les aimions,
Que fîmes longue & très-cruelle guerre
Sans avoir pu leur faire perdre terre.
Laissons les là: revenons (c) au Quatrain
A qui jamais n'avons pu mettre un frein,
Ce sont autant d'imitateurs d'Ambroise,
Qui ne craignant ni Fresne ni Pontoise,
Font un grand mal à la Société
Par leur Doctrine, & par leur fermété.
On ne vit onc de si vaillans Athlètes,
Ni si jaloux des droits de leurs Houlettes.
De par Ignace en vain, dit le Tellier,
Eux & les leurs tirent à plein collier
L'horrible char de la troupe rébelle,
En fomentant la maudite querelle
Tant allumée entre Quesnel & nous.
Je suis bien sûr que nous les aurons tous,
Et voici comme il s'y prit le bon Père.
Il résolut sans façon ni mystère,
Pour ruïner le *Quatrium virat*,
De Soënen plus avisé qu'un rat,
Ouvertement attaquer en Concile,
Lequel battu, les autres feroient gille.
Ainsi bien sûr de l'Evêque Tencin,
Il le choisit pour sonner le tocsin.
Devers Embrun on vit courir Evêques
Pour de l'Appel célébrer les obsèques.
A cet effet maints & maints passe-droits
Y furent faits, & parmi mes exploits

Je

Je compte ceux de ce brigand Synode,
Où tout fut fait par (*d*) moi seul Philopode.
Or Soënen y fut donc suspendu,
Sans avoir pu jamais être entendu.
Il eut beau dire, eh! Messieurs, mes Confrères,
Auparavant m'envoyer aux Galères,
A tout le moins écoutez mes raisons;
Car fussiez-vous plus étourdis qu'Oisons,
Instruits serez que ma Doctrine est pure....
Non; taisez-vous; vous êtes un parjure,
Un hérétique au suprême dégré,
Et malgré tout coupable à notre gré.
Il nous suffit que la gent Jésuitique
Vous ait traduit à notre Cour Aulique,
Pour que soyiez biffé, rasé, tondu,
Et peu s'en faut que ne soyiez pendu.
Allez, marchez, & changez de Montagne,
Et vous soit dit, que voilà ce qu'on gagne
En s'opposant au Décret de Clément.
Or nous verrons si votre Parlement
(*e*) Vous tirera de nos griffes sacrées.
Point de quartier avec têtes mitrées.

Après ce fait, chef d'œuvre solemnel,
Qui n'auroit cru qu'un respect éternel
Rendu seroit à la Bulle du Pape?
Mais Diable-zo! puisque sans cesse on sape
Ses fondemens par de plus sages Loix,
Mises au jour par (*f*) Docteurs d'un grand poids,
Qui sont, dit-on, de Themis les Oracles;
Et sans compter très-fréquens Miracles
Qu'on voit éclorre au Tombeau de Pâris,
Tous (*g*) avérés des bigots de Paris.

Vous voyez bien où le bât nous chatouille,
Car, entre nous, ce nouveau Saint barbouille
Tous nos desseins, dont espérions la fin,
Mais il nous faut encor jouër au fin;
Car dans Paris voici comme on raisonne.
Des Appellans la vie est belle & bonne,
Puisque le Ciel en fait ses instrumens
Pour opérer prodiges étonnans.
Si de Chrétiens ils ont & mœurs & mine,
Nous concluons qu'ils ont saine Doctrine.
Mais chut! en peu tout l'Univers saura
De mon pouvoir la force, *& cætera*,
Car je ne puis en dire davantage
Pour le présent: cependant je m'engage,
Foi de Démon, à bientôt vous revoir.
Adieu, je parts pour me rendre (*b*) au manoir....
Holà, coquin, achève ton histoire,
Si tu ne veux que je te fasse boire.
Vous révéler des mystères pervers,
C'est m'exposer à de fâcheux revers!
Allons de l'eau.... de grace finissez..
Encore un jet.... eh! j'en ai bien assez;
Je dirai tout: Parle donc, je t'écoute.
Prens garde au-moins de bien suivre ta route,
Car vois-tu? zeste.... Ah! je vais commencer,
Quand Loïola devroit s'en offenser;
Car de Satan je crains moins la colère,
Que les fureurs des Enfans de ce Père.

Or écoutez: vous savez que (*i*) du Luc
S'étant (*k*) nourri de la moële & du suc
De Molina dés sa plus tendre enfance,
A sa Doctrine a joint la pétulance

Des

Des Compagnons qu'on nomme de Jésus,
Par quoi devint son pauvre esprit perclus?
Ce que sachant l'illustre Compagnie,
Le trouva propre à sa sainte manie,
Pour être au rang de ses nombreux Valets,
Et la servir dans ses vastes projets.
Par nos soins donc ce gros homme de paille
L'on vit (*l*) remplir le Siége de Noaille.
De paille il est, très-promt à prendre feu,
Et ne fait rien, sinon de notre aveu.
Or ce du Luc voyant donc les miracles
Du bon Pâris donner de beaux spectacles
A tous Badauts courant à son Tombeau,
Prit d'abord soin de leur crier (*m*) tout beau,
Tout beau grands fous! quel est donc la furie
Qui meut ainsi votre badauderie?
Croyez-vous donc qu'un indigne Appellant,
Excommunié par le Pape Clément,
Puisse opérer miracles & prodiges?
Vous êtes fous, ce ne sont que prestiges.
Vous croyez voir, & vous ne voyez rien.
Tel vous paroit, & croit se porter bien,
Qui dans le fond n'a qu'un soufle de vie.
Vous croyez donc de sa Paralisie
Cet homme quitte? Il marche à ce qu'on dit;
Et moi d'ici je le vois dans son lit.
Je vois sans voir. Tel est le privilége
Des esprits sains & devots au saint Siége.
De ce beau Saint, je brulerai les os,
Pour arrêter vos fervens *audi nos*.
Il dit, il fait: par maintes Pastorales,
Qui dans Paris valent Bulles Papales;

Par

Par des Rescrits appellés Mandemens,
Il a proscrit sa peau, ses ossemens,
(*n*) Ses vie & mœurs, déclarant hérétiques,
Excommuniés, rébelles, schismatiques
Tous ses Devots; jusques-là tout va bien,
Le nouveau Saint sera compté pour rien.

Ce qui dérange un peu notre Conseil,
Est un Ecrit critique sans pareil,
Intitulé: *Gazette Ecclésiastique*,
Qui vivement nous déchire & nous pique,
Sans barguigner allant tout droit au fait,
Et nous détruit par maint convainquant trait.
Nous ne pouvons en empêcher l'entrée,
Malgré les soins du subtil Asmodée,
Qui dans Paris, & tous ses environs
Fouille par-tout, jusque dans les girons
Des Colporteurs, des femmes & des filles,
Sans dédaigner les plus sales guenilles.
De plus encore notre Féal Hérault
Se laisse prendre en aveugle lourdaut;
Car à son nez on introduit en Ville
Lettre, Chanson, Gazette, Vaudeville;
En un mot tout ce qu'écrit contre nous
Plume très-propre à soulever les fous,
Les ignorans, les savans, & les sages,
Qui de concert nous accablent d'outrages.
On crie au feu contre (*o*) Père Girard.
On nous rejette, (*p*) Oldécorne, Guignard,
Garnet, Châtel; & dans la place vuide
Chacun voudroit revoir la Pyramide.

Le Peuple même instruit par ces Ecrits,
Nous montre au doigt, nous siffle dans Paris.
De ces Ecrits ceux nommés Sarcelades
Nous ont sur-tout mis en capilotades,
Hachés menus comme chair à pâté:
Non pas (q) ceux-là qu'un Poëte crotté
A leur *instar* voulut mettre en lumière.
On l'a traité de fade Plagiaire,
Et le Lecteur voyant le prémier mot,
Sans passer outre, a dit: peste du sot!
Mais les prémiers dans leur tour & leur stile
Ont venin, que chaque vers distile.

Mais à quoi sert ce grand débordement
De bile jaune envers le Document,
Reçu par-tout sans caution aucune,
Sans excepter mainte & mainte lacune,
Que remplirons, quand bon nous semblera,
Contre les Rois que détruire voudra
Pape Romain, s'il lui vient en pensée
De prononcer de sa chaise percée,
Qu'ils sont déchus de leu Trône Royal,
Et dévolus à l'arbitre Papal.
Le Parlement a beau dire au Monarque;
On vous trahit, on renverse la Barque
„ De Pharamond & de ses Descendans,
„ Et vos Sujets appellés *Appellans*,
„ Sont les appuis de votre Royal Trône,
„ Et les remparts contre assauts que l'on donne
„ A tous vos Droits, à votre autorité,
„ Dont consternés souvent avons été.
„ C'est donc pourquoi, Grand Roi, faisons posture,
„ Pour empêcher votre déconsiture,

„ Qui

„ Qui ne faudroit avant qu'il soit un an,
„ Si nous laissions faire le Vatican.
„ Reposez-vous sur notre ministère,
„ Et vous verrez bientôt finir l'affaire.
„ Envoyez paitre, & chassez loin d'ici
„ Les Cardinaux Fleuri, Rohan, Bissi,
„ Tous trois fauteurs de la Papomachie,
„ Qui nous semond de Doctrine gauchie,
„ Et ferez bien, sinon (soit fou qui ment)
„ Aurez un jour besoin du Parlement,
„ des Appellans, & de toute personne.
„ Pour soutenir votre belle Couronne.
„ Peut-être alors, le tems étant passé,
„ Vous dira-t-on, *quiescat in pace*.
Vous pensez bien que notre ami Loïole
De tout ceci fait mainte capriole
Encourageant de nouveau ses Enfans
D'abîmer tout par leurs enseignemens.
„ Courage, Enfans, dit-il, à ces Apôtres,
„ Tout est gagné, si Louïs est des nôtres.
„ (*r*) Or il l'est bien, & nul doute il n'y a
„ Qu'à notre but irons. *Alleluia*.
„ Nous nous verrons sur la terre & sur l'onde
„ Seuls adorés, & les Maîtres du monde.
Et sur cela d'un subtil cadenat
On ferme à clef les bouches du Sénat.
De ce beau Corps on sépare les Membres,
Et d'un seul coup on exile (*s*) sept Chambres.
Mais, ouf..... qu'as-tu? Je suis embarrassé,
Et ne sait pas si, tout bien compassé,
Je n'ai pas tort d'avoir tant fait la rage:
Car entre nous, le Parlement est sage,

De

De soutenir & l'Etat & le Roi,
Contre attentats d'une burlesque Loi.
Le Cardinal ne voit goute, ou faut croire
Qu'il vend comptant de son Maître la gloire.
Il n'est pourtant plus tems de reculer,
Sans le danger de choir & s'acculer.
Ne doutez donc que le (t) Sénat ne plie;
Que Chauvelin & la Pourpre Fleurie
Ne tiennent bon jusqu'au dernier moment,
Et c'est assez. Comment faire autrement?
Quoi? faut-il donc que le Roi s'humilie?
Que retractant, comme l'on le publie,
Ce qu'il a fait, il soit turlupiné
De ses Voisins, qui d'un goût rafiné
Décideroient d'un ton plus froid que glace,
Qu'un si beau Roi fait très-laide grimace.
Non, non : il sait qu'Arbitre souverain,
De ses Etats il a le sort en main;
Que Ducs & Pairs, Princes, Sénat, Eglise,
Tout doit plier, & marcher à sa guise.
Il sait cela, mais je tremble pourtant
Sur ce qu'on dit qu'il paroit mécontent
Qu'on ait commis l'autorité Royale
Contre un Sénat, qui de mainte cabale
Arrête feu, fureur, vexation,
Et sans lequel sainte Inquisition
Ravageroit bientot la pauvre France,
D'où s'ensuivroit totale décadence
Du Roi, des Loix, de l'Etat, de la Foi,
Et verroit-on Rome donner la Loi
A l'Univers. C'est pourtant où j'aspire,
Et des Enfers j'aurois le grand Empire,

Si

Si le dessein de la Société,
Par mes travaux étoit exécuté.
Mais je crains fort..... Arrête, je te prie;
Quel est le but de cette Compagnie?
N'a-t-elle pas un absolu pouvoir
Aux autres Cours? Oh! tout ou rien avoir
Est sa devise. Elle ruë & fait rage
Des quatre piés, & met tout en usage
Pour ce projet à son but amener.
Quant à présent son soin est de miner
L'autorité des Princes, des Monarques,
Pour prendre un jour le Timon de leurs Barques;
Et vous verrez qu'à la fin ces Mineurs,
Du Monde entier seront Dominateurs.
Et voilà tout, lâchez-moi, je vous prie.
Je le veux bien, mais s'il me prend envie
De te revoir encore sous cet abri,
Reviens bien vîte, & vole au prémier cri.

F I N.

(*a*) *Tripode* ou *Trepié*; en latin *Tripus*, *odis*, ou *Cortina*. C'étoit une petite Table à trois piés, sur laquelle s'asseïoit la Pythonisse ou Prêtresse d'Apollon, pour rendre ses Oracles dans le Temple de Delphes, consacré à ce Dieu.

(*b*) *Hiéroglyphes*, est un mot tiré du Grec, qui signifie *images*, ou *figures sacrées*, parce que les Egyptiens s'en servoient pour couvrir & envelopper tous les sécrets de leur Religion. C'est Hermes, ou Mercure Trismégiste, qui en est l'Inventeur.

(*c*) Ce mot qui tire son étimologie du Grec, signifie des animaux qui ont des griffes, & qui habitent dans les flammes.

(*d*) Non seulement ce n'est pas un crime de mentir *quand le requiert la raison ou la rime*, mais même les Jésuites enseignent que ce n'est qu'un péché véniel de calomnier, & d'imposer de faux crimes, pour ruïner de créance ceux qui parlent mal de nous. *Quidni non nisi veniale sit detrahentis autoritatem magnam sibi noxiam, falso crimine elidere.* Th. Lovan. an. 1645. Voyez la quinzième Lettre Provinciale, où la Doctrine des Jésuites sur le mensonge & la calomnie est mise dans tout son jour. On sait de quelle utilité leur a été de tout tems, & leur est encore tous les jours, cette Doctrine contre ceux qui leur font quelque ombrage.

(*e*) Ignace de Loïala, Gentilhomme Espagnol, Législateur de la Société des Jésuites, mort en 1556. Voyez les Notes sur Philotanus, *pages* 239. *& suivantes.* Le Pape l'a canonisé, il est donc saint. Le Pape a fait brûler la Vie de M. de Pâris, comme étant hérétique : celui-ci est donc damné. Ces conséquences sont justes, si le Pape est infaillible ; mais si le Pape s'est trompé ſur le compte d'Ignace de Loïola, comme il ſe trompe ſur celui de M. de Paris, où eſt le pauvre Ignace avec ſa canoniſation? A Dieu ne plaiſe que nous penſions, & encore moins que nous voulions inſinuër qu'il n'eſt pas avec les Bienheureux, mais quelles autres preuves a-t-on de ſa ſainteté, ſinon qu'il eſt le Fondateur des Jéſuites.

(*f*) Le Père Tellier, Jéſuite, Confeſſeur de Louïs XIV. après la mort du Père la Chaiſe. Voyez ce qui eſt dit du Père Tellier dans la véritable Harangue au Roi des Habitans de Sarcelles.

(*g*) Tout le monde ſait que toutes les formalités qui s'obſervent en Eſpagne, à la réception d'une Bulle de Rome, c'eſt de l'enfermer, ſans la lire, dans un coffre de fer; de l'encenſer, quand elle eſt bien enfermée, & de la laiſſer repoſer en paix. Eſt-ce par reſpect, ou par indifférence?

(*h*) Cornelius Janſénius, Docteur de Louvain, & depuis Evêque d'Ypres, dont le Livre intitulé *Auguſtinus*, a été l'occaſion de tant de troubles dans l'Egliſe. Janſénius s'eſt attaché dans ce Livre à faire ſentir, d'après ſaint Auguſtin, la profondeur de la plaie que l'homme a reçuë par le péché, & l'impuiſſance où il eſt de guérir par ſes propres forces, &c. Voyez les Notes ſur *Philotanus*, *page* 251.

(*i*) Paſquier Quesnel. Prêtre de l'Oratoire de France, né à Paris le 15. Juillet 1634. & mort à Amſterdam le 2. Décembre 1719. On peut lire les circonſtances édifiantes de ſa mort, & ſa Profeſſion de foi, dans l'Hiſtoire de la Conſtitution, 2. *Part. pages* 345. *& ſuivantes.*

(*k*) Les Jéſuites enſeignent que les Clercs, (à plus forte raiſon les Jéſuites) ne ſont point à proprement parler, Sujets des Princes. *Clerici verè non ſunt ſubditi Principibus.* C'eſt-à-dire, que les

les Rois n'ont point sur les biens & sur les vies des Clercs autant de puissance qu'ils en ont sur celles des autres Sujets. D'ailleurs la Profession qu'ils font d'une obéissance aveugle envers leur Général, est incompatible avec la fidélité qui est duë aux Puissances de la Terre. Il faut encore observer que, selon eux, un Roi dépossédé & excommunié par le Pape, *n'est plus Roi.*

(*l*) Ils l'ont toujours été. Dieu veuille les éclairer, & qu'ils cessent de l'être.

(*m*) Maison à un quart de lieuë de Paris, que le Roi avoit donnée au Père la Chaise. On l'appelle encore *la Maison du Père la Chaise.* Elle est devenuë depuis l'appanage des Confesseurs du Roi. C'est où les Cordons bleux des Jésuites s'assemblent ordinairement pour traiter des affaires les plus importantes de la Société. Ils tiennent aussi quelquefois leurs Diettes à Anteuil, dans la Maison de la fameuse Dame Galpin.

(*n*) La Fontaine qui étoit au bord du Bois, auprès duquel le Diable dormoit. Voyez *Philotanus*, au commencement.

(*o*) Le Pape aïant appris la mort du Roi, & que le Cardinal de Noailles avoit été choisi par le Prince Régent, pour Chef du Conseil de Conscience, en fut consterné. Ce n'étoit pas sans raison. Le Prince rendit aux Docteurs persécutés la liberté d'assister aux Assemblées, & à toutes les Délibérations. Les Prisons furent ouvertes ; les Exilés furent rappellés, &c. Voyez la véritable Harangue au Roi des Habitans de Sarcelles. D'ailleurs les Jésuites allarmés de la place qu'on avoit donnée au Cardinal de Noailles, donnérent au Nonce de telles idées de cette Eminence, que le Ministre Italien s'alla persuader que le Cardinal vouloit se faire Patriarche de l'Eglise de France, rendre son Siége Patriarchal, & anéantir par-là une grande partie des droits de l'Eglise de Rome. Il n'en falloit pas tant pour déconcerter le Pape & toute sa Cour.

(p) Il est certain que, si le Prince Régent n'avoit pas eu des raisons de ménager la Cour de Rome pour ses intérêts particuliers, c'est-à-dire, pour l'établissement des Princesses ses Filles, en quoi le Pape pouvoit le servir, ou lui nuire, il eut bientôt terminé l'affaire de la Constitution, en la renvoyant par de-là les Monts.

(q) Au moyen des persécutions qui ont été renouvellées.

(r) *Maranathise.* De Maran Atha, anathême, maudit, exterminé, &c. Ce mot est Syriaque, & signifie proprement, le Seigneur vient, ou est venu. Saint Paul dans la prémière Epitre aux Corinthiens, chap. XVI. vs. 22. dit: Si quelqu'un n'aime point Notre-Seigneur Jésus-Christ, qu'il soit anathême, Maran atha. *Si quis non amat Dominum Nostrum Jesum Christum, anathema sit, Maran atha.* Comme s'il disoit; Si quelqu'un n'aime point Notre-Seigneur Jésus-Christ, qu'il soit anathême, le Seigneur vient, ou est venu, qui sera son Juge, l'exterminera, &c.

Les Jésuites, (pour le dire en passant) citent sur ce mot le Passage de saint Paul dans leur Dictionnaire de Trévoux; mais comme ils ont senti qu'en le rapportant, ils fournissoient des armes contre eux, en donnant occasion au Lecteur d'y reconnoitre la nécessité d'aimer Dieu, dont ils ont entrepris de dispenser les hommes, ils ont cru devoir remédier à cet inconvénient, en l'avertissant au même endroit, que l'Apôtre ne prononce cette Sentence, que contre ceux qui ne vouloient point reconnoitre Jésus-Christ pour le Messie.

Plus on y fait attention, plus on reconnoit qu'ils ont raison d'interdire la lecture de l'Ecriture sainte à ceux qu'ils dirigent; car en vérité qui

qui se seroit jamais avisé de penser que c'est là le sens de saint Paul? Le Père Quesnel lui-même, (aussi la Bulle l'appelle-t-elle, *vrai fils de l'ancien Père du mensonge,*) a eu la mauvaise foi de nous exposer ce Passage tout crûment, en disant: „ N'est-ce pas un tonnerre que ces paro-
„ les? & à peine reveille-t-il quelqu'un de ceux
„ qui font par leur vie une profession publique
„ de ne point aimer Jésus-Christ. Qui n'aime
„ point ses Maximes, son Eglise, & sa Croix,
„ peut s'assurer de ne l'aimer point lui-même.
„ Si c'est être anathême & excommunié, que
„ de ne point aimer ainsi Jésus-Christ, que doi-
„ vent attendre ceux qui en font leçon, & qui
„ en tiennent école?"

Ne voilà-t-il pas une réflexion bien consolante. Vive les Jésuites pour savoir addoucir & manier dextrement tout ce qu'ils traitent. Mais disons mieux; Qui n'admireroit que les Jésuites soient Jésuites par-tout, & qu'il ne puisse sortir de leurs mains un seul Livre, pas même un Dictionnaire pour la Langue Françoise, qu'il ne faille lire avec précaution, & qui ne se ressente de leur corruption?

Sincerum est nisi vas, quodcunque infundis acescit.

Hor. Ep. 1. L. 1.

(*s*) Monseigneur le Régent avoit alors six filles; savoir, Marie-Louïse-Elizabeth, Duchesse de Berry, née le 20. Août 1695. morte le 20. Juillet 1719. Louïse-Adélaïde, Abbesse de Chelles, née le 13. Août 1698. Charlotte-Aglaé, mariée au Prince-Héréditaire de Modène, née le 22 Octobre 1700. Elle s'appelloit alors Mademoiselle de Valois. Louïse-Marie-Elizabeth, Reine d'Espagne, Douairière de Louïs I. Roi d'Espagne, née le 11. Décembre 1709. Elle s'appelloit alors Mademoiselle de Montpensier. Philippine-Elizabeth, nommée Mademoiselle de Beaujolois, née le 18. Décembre 1714. Et N... nommée Mademoiselle de Chartres, née le 28. Juin 1716. Elle a été nommée depuis Louïse-Diane, & a été mariée à Monseigneur le Prince de Conty. Il étoit question alors de l'établissement, sur-tout de Mademoiselle de Valois & de Mademoiselle de Montpensier.

(*t*) Louïs, Prince des Asturies, Fils aîné du Roi d'Espagne; & Dom Ferdinand I. Infant d'Espagne.

(*v*) François-Marie, Prince-Héréditaire de Modène.

(*x*) Michel Baïus, Docteur de Louvain, d'une grande piété, & d'un profond savoir. Voyez les Notes sur *Philotanus*, page 248.

(*y*) Jean Hus, Recteur de l'Université de Prague, fameux Hérésiarque, qui a renouvellé les erreurs des Vaudois, & de Wiclef, condamné à être brûlé vif avec ses Livres, par le Concile de Constance, l'an 1415.

(*z*) Voyez la deuxième Sarcelle, où il est parlé des meurtres de Henri III. & de Henri IV. de l'heureuse expulsion, & du fatal rappel des Jésuites.

(*a*) La Déclaration du Roi qui imposa silence aux deux Partis, est du 7. Octobre 1717. *Voulons*, y dit le Roi, *que toutes les disputes, contestations, & différens qui se sont formés dans notre Royaume, à l'occasion de la Constitution de notre saint Père le Pape, contre le Livre des Réflexions Morales sur le Nouveau Testament, soient & demeurent suspendus..... imposant par provision un silence général & absolu sur cette matière, & ce pendant le cours des instances que nous continuërons de faire auprès de notre saint Père le Pape, pour obtenir de sa sagesse & de son*

son autorité des secours capables d'éteindre & de terminer entièrement les divisions présentes, &c. Ces secours qu'on attendoit de la sagesse du Pape, étoient des Explications; mais il étoit de sa sagesse-même, (ici sagesse veut dire finesse, politique, &c.) de n'en point donner, & encore moins d'en recevoir, & c'est aussi ce que lui & ses Successeurs ont constamment fait, malgré les instances réitérées de la Cour de France, & de plusieurs Evêques, & les vœux de tout le Royaume. Quel despotisme! Nos Rois n'en usent pas ainsi envers leurs Sujets. Tous les jours ils donnent des Arrêts en interprétation de leurs Edits, Déclarations, &c. Il est certain que la Cour de Rome verroit plutôt l'anéantissement de la Religion, si elle pouvoit être anéantie, que de consentir au moindre déchet de ses fausses prétentions. Nous n'en avons par malheur que trop d'exemples. Elle ne recule jamais, dit-on. Funestes dispositions qui se trouvent dans le centre même de l'unité, qui subsistent depuis bien des siècles, qui se fortifient de plus en plus, & qui annoncent l'accomplissement de la prédiction de saint Paul, au Chap. XI. de l'Epître aux Romains.

(*b*) La Déclaration du Roi deplut à deux sortes de personnes; les Acceptans rigides, & les Appellans zélés, se plaignoient également que l'on portoit l'autorité Royale au de-là de ses justes bornes, en confondant l'erreur avec la vérité, par une Loi qui imposoit silence à l'une & à l'autre. *Hist. de la Const.* 2. *Part. page* 89.

Il y eut une seconde Déclaration en date du 5. Juin 1719. en confirmation de celle du 7. Octobre 1717. qui imposoit silence pour un an. *Hist. de la Const.* 2. *Part. Sect.* 2. *page* 306.

(*c*) Le Cardinal du Bois, prémier Ministre.

(*d*) Lorsque les mariages du Roi avec l'Infante d'Espagne, & du Prince des Asturies avec Mademoiselle de Montpensier, Fille de Monseigneur le Duc d'Orléans, furent déclarés, on crut y trouver le dénouëment de tant d'ordres émanés depuis quelque tems de la Cour en faveur du Parti Constitutionnaire, & du peu de ménagement que le Prince Régent gardoit envers les Appellans. C'est la réflexion qu'on fait dans une Lettre écrite de Paris le 23. Novembre, en ces termes :

„ Le Public, qui étoit surpris de voir que la „ Cour prît en toute occasion le parti des Con„ stitutionnaires, vient d'être éclairci par la pu„ blication des grands mariages qui occupent „ maintenant tous les esprits, & n'est plus éton„ né qu'on ait paru si fort favoriser les Jésuites „ depuis quelque tems, dés qu'il a été informé „ que ces Péres ont eu grande part à ces ma„ riages ; & que le Pére d'Aubenton, Confes„ seur du Roi d'Espagne, a été Agent de toute „ cette affaire." *Hist. de la Const. Part.* 3. *Sect.* 2. *page* 135.

(*e*) Molina, Professeur de Théologie dans l'Université d'Evora en Portugal, Auteur du Livre *de la Concorde de la grace, & du libre Arbitre.* Il en est parlé au long dans les Notes sur *Philotanus*, page 244.

(*f*) L'Infante arriva à Paris le 2. Mars 1722. & on lui fit une entrée très-magnifique.

(*g*) Comme le Diable est le pére du mensonge, il ne sauroit s'empêcher, lors-même qu'il rapporte des faits vrais, d'y mêler toujours quelque chose du sien, soit dans la cause, soit dans les circonstances de ces faits. Le Parlement de Paris fut en effet transféré à Pontoise en 1720. sur la fin de Juillet, mais ce fut en haine des efforts qu'il avoit faits pour s'opposer à l'établissement du systême de Law, & à ses suites, & en particulier du refus qu'il avoit fait d'enregistrer la Dé-

Déclaration du Roi qui fixoit les Rentes au dénier cinquante.

(*b*) Monſeigneur le Duc d'Orléans s'étoit ſervi du Père d'Aubenton, Jéſuite & Confeſſeur du Roi d'Eſpagne, pour procurer l'établiſſement des deux Princeſſes ſes Filles, en Eſpagne, comme nous l'avons dit dans la Note ci-deſſus. Comme les Jéſuites ne font rien gratuitement, le Roi d'Eſpagne, à l'inſtigation de ſon Confeſſeur, exigea pour conditions ſécrettes de ce traité, qu'on agiroit en France avec plus de vigueur pour la Conſtitution, & qu'on donneroit au Roi, ſon Neveu, un Confeſſeur Jéſuite, & la Cour de France le lui promit. Pour tenir cette parole, on profita de la conjoncture où M. l'Abbé Fleury, Confeſſeur du Roi, étant fort agé, & devenant infirme, demanda à ſe retirer. Sa demande lui fut accordée ſans peine, & pour le remplacer, on jetta les yeux ſur le Père Linières, Jéſuite. Monſeigneur le Duc le préſenta au Roi, en cette qualité le 31. Mars 1722. Après qu'il eut été préſenté au Roi, Monſeigneur le Régent lui dit: *Vous voilà nommé; j'ai fait ce qui dépendoit de moi: accommodez-vous maintenant avec Monſeigneur le Cardinal de Noailles.* Mais cet accommodement n'étoit pas facile; & Monſeigneur le Cardinal de Noailles refuſa en effet de l'approuver. Cependant il fut mis en poſſeſſion des honneurs & des émolumens attachés à la place de Confeſſeur du Roi. Il alla auſſi rendre ſes devoirs aux Princes & Princeſſes, & Madame l'Abbeſſe de Chelles, qui étoit pour lors à Paris au Val-de-Grace, fit cette réponſe peu obligéante à ſon compliment: *Mon Père*, lui dit-elle, *dés qu'il falloit néceſſairement qu'un Jéſuite fût Confeſſeur du Roi, j'aime autant que ce ſoit vous qu'un autre, mais je ne puis vous diſſimuler que je ne ſois fâchée de revoir un Jéſuite dans cette place, car vous devez ſavoir, que je n'aime point votre Compagnie: je la crains pourtant un peu. Vous voyez que je suis bonne Françoise.*

Monseigneur le Cardinal de Noailles paroissant toujours inflexible dans le refus de ses pouvoirs, & l'affaire étant trop importante pour l'abandonner, on se détermina à faire aller le Roi à Versailles pour y faire son séjour ordinaire, afin que le Roi s'approchât de S. Cyr, où le nouveau Confesseur pourroit exercer les pouvoirs qu'il obtiendroit facilement de Monseigneur l'Evêque de Chartres, parce que S. Cyr, qui n'est qu'à une petite lieuë de Versailles, est de l'Evéché de Chartres. Ce projet fut exécuté, & le Roi alla le 29. Juin, jour de S. Pierre, à S. Cyr, accompagné de Monseigneur le Régent, de Monseigneur le Duc de Chartres, & de M. le Maréchal de Villeroi. Il y trouva le Père de Linières qui l'attendoit, & se confessa à lui pour la prémière fois.

Le Cardinal de Noailles alla quelques jours après à Versailles, se plaindre de ce que le Roi avoit été à confesse à un Jésuite interdit dans le Diocèse de Paris; mais ses plaintes ne produisirent d'autre effet que d'exciter l'indignation du Public contre les Jésuites, qu'on voyoit courir avec tant d'avidité à un ministère si rédoutable, & vouloir s'en emparer comme de force, & contre toutes les règles. Les personnes les plus judicieuses regardèrent même ces confessions comme faites en fraude, & au préjudice de l'autorité légitime de l'Archevêque de Paris, dont le Roi étoit certainement Diocésain, faisant son séjour ordinaire à Versailles, & une telle manœuvre leur parut peu digne de la Religion, & de la Majesté du Roi Très-Chrétien.

Dans la suite le Cardinal de Noailles céda aux instances de la Cour, & donna des pouvoirs au Père de Linières, en remettant au Roi un Mémoire dans lequel étoient expliqués les motifs

de

de son refus. *Hist. de la Constit. Part. 3. Sect. 3. page 77.*

(*i*) Monseigneur le Régent par plusieurs vuës de politique, faisoit tous ses efforts pour former entre les Evêques un accord qui se terminât à l'acceptation de la Constitution. Le moyen qu'on proposa pour faciliter cette acceptation aux Evêques Opposans, ce fut un nouveau Corps de Doctrine, intitulé: *Explication de la Bulle*, qu'ils joindroient à leur acceptation. On fit adopter ces Explications par environ cent Evêques, tant Acceptans, qu'Opposans. Monseigneur le Cardinal de Noailles qui aimoit si sincèrement la vérité, donna à l'Eglise le scandale d'entrer dans cet accommodement si injurieux à la vérité, & si contraire à la bonne foi, lequel fut conclu le 12. Mars 1720. & en conséquence publia son acceptation par un Mandement du 2. Août 1720. où les Explications étoient insérées, mais non pas la Constitution, & qu'il n'obligea pas ses Curés à publier.

Monseigneur le Régent, pour sceller de l'autorité Royale ce prétendu accommodement, donna une Déclaration du Roi du 4. Août 1720. qui fut envoyé au Parlement, séant à Pontoise, pour l'enregistrer, mais le Parlement aïant refusé l'enregistrement, elle fut envoyée au Grand-Conseil, qui le refusa aussi le 18. Septembre, & on ne réussit à le lui faire accorder le 23. qu'en y faisant entrer les Princes, les Ducs, & les Maréchaux de France, &c. que Monseigneur le Régent ména avec grand appareil, dont les avis réunis l'emportèrent par le nombre, sur ceux des Membres naturels de ce Tribunal, & cette Loi fut scellée au bruit des fiffres & des tambours: il n'y manquoit que les éclairs.

(*k*) La Déclaration du Roi ordonnoit en effet que la Constitution fût observée dans le Royaume: défendoit d'en interjetter appel, & vouloit que les Appels ci-devant interjettés fussent regardés comme *de nul effet*.

(*l*) Tout le monde sait avec quelle élégance le Cardinal Dubois savoit jurer. Son Cocher & celui de l'Archevêque de Rheims disputant un jour sur la primauté de leurs Maîtres, celui du Cardinal Dubois disoit que son Maître étoit Archevêque de Cambrai, ce qui lui donnoit la dignité de Prince du S. Empire; celui de l'Archevêque de Rheims disoit que son Maître avoit l'avantage de sacrer les Rois de France; *& le mien*, repliqua le Cocher du Cardinal Dubois, *sacre Dieu plus de cent fois par jour.*

(*m*) Comme cet accommodement n'avoit pour fondement qu'une politique humaine, & non la vérité & la justice, les Appellans renouvellèrent leurs Appels, & la Cour ses persécutions.

(*n*) Les quatre Evêques Appellans, qui étoient Messieurs de Senez, de Montpélier, de Mirepoix, & de Boulogne. *Voyez les Notes sur* Philotanus.

(*o*) Il est hors de doute qu'il n'appartient qu'au Parlement d'enregistrer les Bulles des Papes, & de leur donner force de Loi dans le Royaume; aussi y eut-il des Lettres Patentes dattées du 15. Septembre, portant évocation & attribution au Grand-Conseil de toutes les contestations nées & à naître au sujet de la Constitution *Unigenitus* dans le Ressort du Parlement de Paris.

(*p*) *Le Calvaire*, ou *Mont-Valérien*, à deux petites lieuës de Paris, au-dessus de Surennes. Il y a sur cette Montagne une Communauté de Prêtres, dont l'Archevêque de Paris est le Supérieur-né. Elle fleurissoit du tems de M. le Cardinal de Noailles, par la solide piété & par le zèle de ces saints Prêtres; mais depuis que le Loup s'est emparé de la houlette du Pasteur, & qu'il s'est mis à la tête

du

du Troupeau; je veux dire, depuis que M. de Vintimille, Destructeur de tout bien, a succédé à M. de Noailles, il a fait exiler la plupart de ces Prêtres, qui se trouvent aujourd'hui réduits à trois, de huit ou dix qu'ils étoient.

(*q*) Aucun Magistrat n'a fait paroître plus de fermété & de courage contre la Constitution que M. Daguesseau lorsqu'il étoit Procureur-Général. Cette fermété & ce courage lui ont mérité l'honneur d'être privé des Sceaux, & d'être exilé deux fois à sa Terre de Frêne, au commencement qu'il a été Chancelier. Depuis ces deux exils, il a égalé les plus outrés persécuteurs des Appellans, & les plus zélés Protecteurs de la Bulle. Il étoit autrefois le bras droit de M. le Cardinal de Noailles, pour résister aux volontés de Louïs XIV. & à présent il est le bras droit de M. le Cardinal de Fleury, pour tromper Louïs XV. C'est une chose étonnante de voir de quelle manière ce grand homme se précipite tous les jours de plus en plus; mais comme a fort bien dit un excellent Poëte;

Dans le crime il suffit qu'une fois on débute,
Une chûte toujours attire une autre chûte.
Desp. Sat. X.

On assure que ce sont les pleurs de Madame la Chancelière qui, en lui représentant le tort qu'il faisoit à sa fortune, l'ont fait tomber de ce haut dégré d'estime & de réputation, où son mérite & son ancienne probité l'avoient élevé. C'est cette même Dame qui, lorsqu'elle n'étoit que Procureuse-Générale, lui dit le 11. Août 1715. avant son départ pour Versailles; *Allez, Monsieur, & agissez comme si vous n'aviez ni femme ni enfans; j'aime infiniment mieux vous voir conduire avec honneur à la Bastille, que de vous voir revenir ici deshonoré.*

A voir M. Daguesseau régler sa conduite sur les dé-

démarches de Madame son Epouse, ne se soutenir que tant qu'elle le soutient; chanceller quand elle chancelle, & tomber quand elle tombe, on seroit presque tenté de croire ce que M. le Régent, qui étoit assez bon connoisseur, dit de lui après son retour de Frênes; *Qu'il venoit de démasquer un Tartuffe.*

(r) Tandis que la Constitution gagnoit du terrain par l'accommodement, & par la Déclaration dont nous avons parlé, les Jésuites profitoient de ses progrès pour répandre leur mauvaise Doctrine, avec une nouvelle hardiesse, dans tous les Diocèses où ils enseignoient la Théologie. Mais tous ces Diocèses n'avoient pas des Pasteurs aussi attentifs à arrêter leur témérité, que le fut M. de Tourouvre, Evêque de Rodès, qui condamna par une Ordonnance du 15. Mars 1722. des erreurs que le Père Cabrespine avoit enseignées sur l'amour de Dieu, sur la liberté, sur la probabilité, & sur le péché originel. Ce Prélat offrit d'épargner le Jésuite, pourvu qu'il voulût bien signer quelques Propositions qu'il lui présenta, mais le Jésuite le refusa opiniatrément. Une de ces Propositions étoit, *qu'on ne satisfait pas au précepte de l'amour de Dieu en se contentant de ne le pas haïr.* Voilà ce que ne veulent point signer ceux qui mettent tout à feu & à sang, pour faire signer la Constitution à tout le monde.

(s) *Que peut-on être autre chose que ténèbres, qu'égarement, & que péché sans la lumière de la Foi, sans Jésus-Christ, sans la Charité?* 48. Proposition condamnée par la Bulle. Cette Proposition est la Réflexion du Père Quesnel sur ces paroles de S. Paul aux Ephésiens, chap. V. vs. 8. *Eratis enim aliquando tenebræ, nunc autem lux in Domino.* Vous n'étiez autrefois que ténèbres, mais maintenant vous êtes lumière en notre Seigneur. Qui ne voit qu'on n'a pu condamner la Proposition du Père Quesnel,

nel, ſans condamner en même tems le texte de S. Paul?

(*t*) Quand les Moliniſtes ne porteroient que ce ſeul caractère d'être les Perſécuteurs du Parti qui leur eſt oppoſé, il n'en faudroit pas davantage pour faire comprendre aux eſprits les plus ſimples, mais qui cherchent à connoitre la vérité, que leur Doctrine eſt fauſſe, & que la Doctrine de ceux qu'ils oppriment, eſt celle de l'Evangile. Qu'on parcoure l'hiſtoire depuis les Apôtres juſqu'à nous, on verra que les vrais Fidèles ont toujours été dans l'oppreſſion, ſoit de la part des Payens pendant les quatre prémiers ſiècles, ſoit de la part des hérétiques dans les ſiècles ſuivans. On n'a jamais vu les Orthodoxes faire leur Cour auprès des Empereurs, & en extorquer des Reſcrits ou Lettres de Cachet pour réduire leurs adverſaires. C'a toujours été par la perſuaſion qu'ils ont entrepris de les ſoumettre, ou plutôt de les gagner.

(*v*) Le Diable déguiſe ici la vérité. On vit dans ce tems-là des Liſtes imprimées où étoient les noms d'un grand nombre de ceux qui avoient adhéré au renouvellement d'Appel des IV. Evêques. Ces Liſtes, tant celles du Diocèſe de Paris, que celles des Provinces, contenoient les noms d'environ 1500. Docteurs, Curés, Prêtres, Religieux. Outre ceux-là il y eut beaucoup d'autres Perſonnes dont les noms ne furent pas imprimés, qui adhérérent au renouvellement d'Appel, & qui réclamèrent contre l'Accommodement, & contre la Déclaration. *Cat. Hiſt. Part.* 2. *p.* 302.

(*x*) Après l'enregiſtrement de la Déclaration, un des prémiers ſoins de la Cour fut de rétablir par Lettre de Cachet du 9. Janvier 1721. les Docteurs Moliniſtes, qui avoient tant cauſé de troubles dans la Faculté du vivant de Louïs XIV. & que la Faculté avoit depuis exclus de ſes Aſſemblées. Cela n'empêcha pas que l'on ne rendît dans

les

les Assemblées de Sorbonne plusieurs témoignages contre l'Accommodement; & ceux qui se rendirent plus recommandables en ces occasions, furent presque tous ou exilés, ou exclus. M. Jollain, Syndic, aïant témoigné son zèle pour la vérité dans un Discours qu'il fit le 4. Juin 1721. fut exclus de la place de Syndic; & M. Romigni, Moliniste déclaré, fut mis à sa place aussi par Lettre de Cachet, & il a toujours été continué par de nouveaux ordres jusqu'à cette présente année 1733. *Ibid. pag.* 306.

(y) M. Daguesseau avoit déja donné auparavant de grandes marques d'affoiblissement: on peut en juger par la manière dont il se comporta dans l'affaire de l'Accommodement, & par le Discours qu'il prononça au Grand-Conseil, pour y faire enregistrer la Déclaration du 4. Août 1720.

(z) M. le Cardinal de Noailles en acceptant, n'avoit pas intention de se soumettre *au Romain Tribunal*, parce que ne le faisant que relativement aux Explications *du nouveau Corps de Doctrine*, il croyoit mettre la saine Doctrine à couvert, mais il s'y soumettoit pourtant réellement, puisque son prétendu Accommodement ne servit qu'à ouvrir la voie à une acceptation pure & simple. En effet, bientôt après on présenta la Constitution toute nuë; on ne voulut plus souffrir d'Esplications, ni aucune relation, ni aucune mention *du Corps de Doctrine*. En 1726. on comptoit 900. Ordres de la Cour ou Lettres de Cachet contre les Opposans; qu'on juge par-là combien il y en a eu depuis, & sur-tout depuis le ministère du Cardinal de Fleury.

(a) Le Diable décrit ici à sa manière les motifs, & les circonstances du retour du Parlement; mais voici comme la chose se passa.

Sur le refus que fit le Parlement d'enregistrer la Déclaration, les Ordres furent donnés pour le transférer de nouveau de Pontoise à Blois, mais aïant

aïant enfin accordé l'enregiſtrement, il eut la permiſſion de revenir à Paris: Au reſte, dans cet enregiſtrement, il rappelle les modifications qu'il avoit cruës néceſſaires à l'enregiſtrement de la Conſtitution, & inſéra diverſes clauſes qui prouvent qu'il ſentoit le mal que pouvoit faire cette Déclaration, quoiqu'elles n'aient pas été ſuffiſantes pour y remédier. *Cat. Hiſt. Part.* 2. *page* 299.

(*b*) Les Abbés d'Asfeld, Daguesſeau, & Petitpied.

(*c*) Les IV. Evêques Appellans.

(*d*) Le Diable parle ici dans l'exacte vérité. Il ne s'eſt rien paſſé dans le Concile d'Embrun qui n'ait été ſon ouvrage. On obtint une Lettre du Roi pour la tenuë de ce prétendu Concile. Monſeigneur de Senez, auſſi bien que les autres Evêques ſes Comprovinciaux, fut invité à s'y trouver par une Lettre de Sa Majeſté. Le bruit s'étant repandu que le Concile n'étoit aſſemblé que pour le juger, au ſujet de ſon Inſtruction Paſtorale du 28. Août de l'année précedente 1726. il fit, avant que d'arriver, ſignifier le 11. Août 1727. un Acte à Monſeigneur de Tencin, Archevêque d'Embrun, Préſident du Concile, par lequel il déclaroit quil étoit prêt de s'unir au Concile pour y travailler de concert, à des Règlemens utiles à la Religion; mais que pour ce qui regardoit la cauſe de ſon Appel, il déclaroit qu'il regardoit le Concile Provincial comme incompétent pour juger une affaire déjà portée au Tribunal de l'Egliſe univerſelle.

Quand Monſeigneur de Senez fut préſent au Concile, qui étoit composé de cinq Evêques, en le comprenant, on y dénonça ſon Inſtruction Paſtorale. Il recuſa le Tribunal du Concile, comme incompétent. Il recuſa enſuite perſonnellement l'Archevêque d'Embrun, comme accuſé publiquement de Simonie confidentiaire, & ne s'étant pas lavé de cette accusation; il recusa aussi les trois autres Evêques, parce qu'ils s'étoient déja hautement déclarés contre lui. Mais le Concile composé de quatre Evêques recusés, jugea les recusations nulles & illusoires. On appella des Evêques des Provinces voisines, pour qu'il y eût dans le Concile le nombre de Prélats suffisant pour le Jugement d'un Evêque. On ne manqua pas de faire venir ceux qui étoient les plus dévoués aux Jésuites, & à la Constitution. On arrêta & on mit en Prison un Messager chargé des Papiers de Monseigneur de Senez. On chassa du Concile les Théologiens qu'il avoit amenés avec lui. Enfin, après avoir violé toutes les règles de l'équité, & toutes les Loix Canoniques, la Sentence finale du Concile, qui avoit été concertée auparavant entre les Prélats & les Jésuites, dans la Maison-même de ces Pères, fut prononcée & signifiée à Monseigneur de Senez, le 27. Septembre, veille de la dissolution du Concile. On y condamne son Instruction Pastorale, & on le suspend de toute fonction Episcopale & Sacerdotale, & peu après il reçut une Lettre de Cachet, qui l'exiloit à l'Abbaïe de *la Chaise-Dieu*, dans les Montagnes d'Auvergne. *Cat. Hist. Part.* 2. *pages* 356. *& suivantes.*

(*e*) Monseigneur de Senez a interjetté Appel comme d'abus au Parlement, de la Sentence du Concile d'Embrun, mais le Roi a évoqué cette affaire à son Conseil, & en a interdit la connoissance à ses autres Cours & Juges.

(*f*) Les 50. Avocats qui ont signé la fameuse Consultation en faveur de Monseigneur de Senez. Elle est datée du 30. Octobre 1727. Elle contient 60. *pages in quarto*, c'est une des pièces les plus lumineuses qu'on puisse voir dans ce genre. Ces Messieurs y discutent trois points, La forme du Jugement; la compétence du Tribunal, & le Corps

du

du délit imputé à l'Accusé, & concluënt que le Jugement rendu contre Monseigneur de Senez est un tissu d'abus & d'injustices. *Voyez cette Consultation, & la Lettre de Monseigneur de Senez au Roi du prémier Mars* 1729.

(*g*) Il y a actuellement cinq Recueils complets des miracles opérés par l'intercession de M. de Pâris. Ces Recueils, contiennent près de 50. Relations, en y comprenant celles des 4. miracles qui ont été constatés par feu M. le Cardinal de Noailles. La plus grande partie de ces Relations sont accompagnées des Certificats des Médecins, Chirurgiens, &c. & des Actes de dépôts qui en ont été faits chez les Notaires.

(*h*) La Maison Professe des Jésuites, appellée les Grands Jésuites, ruë S. Antoine.

(*i*) Charles - Gaspar - Guillaume de Vintimille des Comtes de Marseille du Luc, Archevêque de Paris.

(*k*) A proprement parler, M. de Vintimille n'a guères étudié ni la Doctrine de Molina ni celle des saints Péres; mais il est vrai de dire, que s'il a quelque teinture de Théologie, c'est de celle des Jésuites. Il ne voit que par leurs yeux; Il ne décide rien que par leurs avis. Il semble qu'il marche à tâtons, quand il fait quelque pas sans eux. Voilà *l'Eglise Enseignante*.

(*l*) M. de Vintimille prit possession de l'Archevéché de Paris le 6. Septembre 1729. vacant par la mort de M. le Cardinal de Noailles arrivée le 3. de Mai de la même année.

(*m*) Par son Mandement du 15. Juillet 1731. qui déclare faux & supposé le Miracle opéré le 3. Novembre 1730. en la personne d'Anne le Franc, & qui défend de rendre aucun culte religieux à M. de Pâris, d'honorer son Tombeau, &c. Ce Mandement a été solidement réfuté par deux Ecrits, l'un intitulé: *Lettre de M.... à un de ses Amis, touchant les informations qui se font à l'Officialité de Paris, au sujet du Miracle arrivé le* 3. *Novembre* 1730. *en la personne d'*Anne le Franc. Et le second: *Seconde Lettre d'un Ecclésiastique à un Ami au sujet du Mandement de M. l'Archevêque de Paris, du* 15. *Juillet* 1731. On a dit dans le monde que ce Mandement étoit un ouvrage sans science, sans vérité & sans pudeur.

(*n*) Par son Mandement du 30. Janvier 1732. *le saint Nom de Dieu invoqué*, il condamne les trois Vies de M. de Pâris, & défend de les lire, ou de les garder, sous peine d'excommunication. On peut assurer que M. l'Archevêque a par ce Mandement fait schisme avec plus des trois quarts & demi de ses Diocésains. Quelle charité!

(*o*) On a imprimé depuis peu une Lettre de M. le Chancelier à M de Maliverny, Président au Parlement de Provence, datée du 14. Novembre 1731. par laquelle le Chef de la Justice prie ce Magistrat de lui envoyer les motifs que lui & ceux de son Parti ont eu pour opiner au feu contre le Père Girard. Après cette Lettre suivent les motifs des Juges, par lesquels il est démontré que le Père Girard étoit digne du feu.

(*p*) Voyez la deuxième Sarcelle.

(*q*) Il a paru successivement trois mauvaises Pièces, intitulées, la prémière, *Compliment inespéré des Sarcellois au sujet de leur pélerinage à saint Médard.* La seconde: *Les très-humbles & très-respectueuses Rémontrances des Habitans du Village de Sarcelles au Roi, au sujet des affaires présentes du Parlement de Pâris, &c.* Et la troisième: *Remerciment des Habitans de Sarcelles au Roi sur le retour du Parlement.* Il paroit depuis cette année un Ecrit menstruël, intitulé: *Mercure Ecclésiastique.* Cet Ouvrage ne semble avoir été entrepris que pour avoir occasion de faire l'éloge de ces trois pitoyables Sarcelles, & les venger du mépris qu'en a fait le Public. Le prémier

mier de ces Mercures, qui a paru dans le mois de Février, contient 24. pages *in* 12. & l'Auteur en employe 15. ou 16. à louër ces Sarcelles postiches, & à critiquer les véritables. Seroit-ce faire un jugement téméraire, que de penser que l'Auteur du Mercure est le même que celui des fausses Sarcelles? Quoiqu'il en soit, & les Sarcelles & le Mercure méritent à-peu-près une égale estime. Si l'Auteur ne nous en croit pas, il doit du moins en croire le Public. Il dira peut-être par représaille que l'Auteur des véritables Sarcelles l'est aussi de cette suite de *Philotanus*, mais nous lui déclarons d'avance que non.

(*r*) Pure calomnie & fanfaronade du Diable & des Jésuites, injurieuse au Roi. Si Sa Majesté étoit bien informée de tous les maux qui se font en son Nom, & de l'abus énorme qu'on fait de son Autorité, avec quelle sévérité ne puniroit-il pas les coupables? L'esprit de Religion & le fond de piété qu'on remarque en lui ne permettent pas d'en douter.

(*s*) Les cinq Chambres des Enquêtes, & les deux Chambres des Requêtes. Messieurs les Présidens & Conseillers de ces Chambres reçurent les Lettres de Cachet le Dimanche 7. Septembre à 4. ou 5. heures du matin, & partirent le même jour pour le lieu de leur exil.

(*t*) Le Diable n'est pas bon Prophête, comme on voit, ou plutôt le Cardinal Ministre & les Jésuites ont été trompés, & ne s'attendoient pas à tant de fermété.

La démission que Messieurs du Parlement ont donnée de leurs Charges, & l'exil qu'ils ont souffert, plutôt que de manquer à ce qu'ils devoient à la Religion, au Roi, & à la Patrie, sont deux traits qui rendront leur mémoire précieuse à la postérité; mais ce qui étonne & afflige le Public, c'est qu'après cela ils confient encore aux Jésuites l'éducation

tion de Messieurs leurs Enfans, destinés à remplir un jour leurs fonctions, & à marcher sur leurs traces.

Lorsque ces Péres parurent en France, le Parlement s'opposa de toutes ses forces à leur établissement, parce que, entre autres raisons, il croyoit qu'il étoit dangereux de confier la Jeunesse Françoise à ces nouveaux venus. Ils n'étoient que suspects alors; est-il moins dangereux de la leur confier maintenant qu'ils sont connus: On a beau avoir le sang François, on se ressent toujours d'une éducation Jésuitique.

Utcunque defecere mores,
Dedecorant bene nata culpa.
Hor. Carm. 4. Od. 4.

Ce seroit une chose bien désirable que tous les Membres du Parlement donnassent encore à cet égard l'exemple aux autres bons François. Il est certains que sans les Colléges des Jésuit s, nous ne verrions pas tant de François Ultramontains.

Fin de la seconde & dernière Partie.

Reliure serrée

www.ingramcontent.com/pod-product-compliance
Lightning Source LLC
Chambersburg PA
CBHW072350030726
47505CB00014B/1453
9782011169983